Gill



# Katchanga

Libre Expression
QUEBECOR MEDIA

**Catalogage avant publication de Bibliothèque et Archives Canada**

Gougeon, Gilles
Katchanga
ISBN 2-7648-0169-6
I. Titre.
PS8563.O839K37 2005 C843'.54 C2005-941558-4
PS9563.O839K37 2005

Direction littéraire : Monique H. Messier
Maquette de la couverture : France Lafond
Illustration de la couverture : Masterfile
Infographie et mise en pages : Claude Bergeron
Photo de l'auteur : Robert Etcheverry

---

Les Éditions Libre Expression reconnaissent l'aide financière du gouvernement du Canada par l'entremise du Programme d'aide au développement de l'industrie de l'édition (PADIÉ) pour ses activités d'édition. Nous remercions le Conseil des arts du Canada, la Société de développement des entreprises culturelles du Québec (SODEC) du soutien accordé à notre programme de publication. Gouvernement du Québec – Programme de crédit d'impôt pour l'édition de livres – gestion SODEC.



**Les Éditions Libre Expression**
7, chemin Bates
Outremont (Québec) H2V 4V7
Tél. : (514) 849-5259

Dépôt légal
3e trimestre 2005
ISBN 2-7648-0169-6

Imprimé au Canada

À mes parents, Alice Bourgeois et Jacques Gougeon, qui m'ont appris à chercher la vérité dans le plus grand respect de soi et des autres.

Si la voiture était identique – une BMW noire, moteur turbo, toit ouvrant –, le conducteur, lui, n'était plus le même. Greg avait loué le véhicule à Burlington ; il le rendrait à San Francisco où il allait retrouver Fred et Teresa. « Mais qu'est-ce qui m'arrive ? » ne cessait-il de répéter.

Il en était à sa troisième journée de voyage qui le ferait dormir aux environs de Salt Lake City, Utah. Par la fenêtre ouverte du toit, il laissait les premiers vents tièdes du début de mars entremêler ses longs cheveux châtains qu'il ne coiffait plus depuis de nombreuses semaines. Depuis qu'il avait laissé son visage buriné être envahi par une savane de poils sauvages, il ne reconnaissait plus dans les miroirs et le rétroviseur le Greg fier, responsable et irréprochable qui avait quitté la Californie il y a trois mois pour récupérer la boîte noire la plus recherchée au monde.

Il roulait à fond, insouciant des limites de vitesse. Il souhaitait même se faire intercepter par un policier pour s'offrir un interlocuteur à qui il pourrait hurler sa solitude, son désespoir et sa haine du mensonge. Il n'avait plus de son pays le même respect. Il n'avait plus de la planète la même vision. Fred, cet ami à qui il devait tout, devrait maintenant s'expliquer. Pourquoi l'avait-il recommandé à la NASA ? Pourquoi ne l'avait-il pas averti que l'Afrique allait le transformer ? Pourquoi ne lui avait-il jamais parlé du secret que son père avait sans doute partagé avec lui ?

Il loua une chambre de motel, « au rez-de-chaussée, avait-il spécifié au gérant. S'il y a un tremblement de terre, je veux que tout me tombe dessus ». Le gérant avait souri. Le lendemain, très tôt, toujours vivant, il reprit la route vers San Francisco.

# 1

C'était il y a trois mois. Dans l'autre vie d'un autre Greg.

****

Cinq secondes de silence. Peut-être dix. De nouveau l'angoisse. Seul le vent frais du désert témoignait de la vie. Greg savait qu'une autre secousse allait venir.

– *Come on*[1] *!* commanda-t-il, comme si le sol devait lui obéir.

Il ne restait que quelques heures avant le lever du jour. Il devait retrouver son lit, mais ne dormirait pas avant que la terre ne tremble de nouveau. Le torse nu, il était appuyé sur le cadre de la porte ouverte. Il avait choisi une chambre à l'étage. « Si tout s'effondrait, avait dit Fred, tu en aurais moins sur la tête. » Il était comme ça, Fred, attentif à tous les détails.

L'électricité du motel était coupée. Les étoiles piquaient des millions de trous d'épingles dans le voile

[1] Allez, bouge !

charbonné du ciel. Ces instants exceptionnels de grande solitude lui permettaient de visiter sans témoin le personnage secret emprisonné au fond de son âme. Il lui racontait qu'un grand fleuve de lumière érodait le dôme de la Terre depuis des millénaires. Un jour, ce plafond s'effondrerait. Les habitants de la Terre allaient découvrir qu'ils n'étaient pas seuls au monde et lui, Greg, allait libérer ce personnage, cet autre Greg qui l'accompagnait depuis si longtemps ; un Greg qui ne figurait sur aucune photographie.

– Et si c'était vrai ? se dit-il à voix haute, pour s'en convaincre.

Jeune, il avait tapissé les murs de sa chambre de photos de la Terre vue de l'espace. Il passait des heures à imaginer comment un extra-terrestre découvrirait les Terriens et leur mode de vie. Avec le temps, il avait acquis la conviction qu'il n'y avait sur notre planète qu'une apparence de vie. Il existait une autre vie ailleurs dans l'univers ; ailleurs en lui aussi, entre ses rêves et sa vie. Il n'avait jamais osé révéler cette obsession à quiconque, même pas à son meilleur ami. Fred lui avait déjà parlé de ces univers inconnus et chaque fois, en regardant le ciel, inquiet, il avait senti le vertige des enfants incapables de dormir à la noirceur.

Fred était son ami. Il n'oublierait jamais le regard de cet homme que John, son père, lui avait présenté pour la première fois, il y a vingt-trois ans. C'était l'été. Greg allait entrer dans la maison en coup de vent, comme tous les garçons de onze ans pressés de boire un verre de lait au chocolat et de ressortir jouer avec leurs amis. Sur le pas de la porte, il avait freiné sa course en apercevant les deux hommes qui conversaient assis à la table de cuisine. À travers la moustiquaire, il avait eu l'impression de les déranger. Son père lui avait alors fait signe de s'approcher.

– Greg, voici Fred Truman, un *ami*, avait insisté John en haussant légèrement la voix, comme le font ceux qui ne disent pas toute la vérité.

Fred avait retenu la main de Greg dans la sienne pendant quelques secondes de plus que le ferait normalement celui qu'on rencontre pour la première fois. Par la suite, il l'avait revu de temps à autre à la maison. Peu à peu, sa présence était devenue naturelle. Une fois tous les deux ou trois mois, Fred visitait les Robertson ou prenait de leurs nouvelles par téléphone. Il s'intéressait aux résultats scolaires et sportifs de Greg, lui parlait avec passion de l'astrophysique, lui apportait des photos extraordinaires des planètes, répondait à ses questions sur la vie à l'extérieur de la Terre, dans le cosmos.

Subtilement, John avait incité son fils à s'intéresser à l'espace, « comme Fred », disait-il. Greg trouvait sympathique de voir un professeur d'université prendre le temps de l'écouter et de répondre à ses questions. Il échangeait avec lui comme il ne pouvait le faire avec son père, chauffeur d'autobus, dont les opinions et les émotions étaient emmurées derrière la carapace de l'homme responsable et honnête qu'il était. Greg était d'ailleurs intrigué par cette complicité qui existait entre un homme aussi renfermé que son père et ce Fred, communicateur exceptionnel.

Lorsqu'à dix-huit ans Greg choisit d'étudier en aéronautique dans un collège réputé de la région de Boston, Fred avait joué de son influence pour faciliter son admission.

Aujourd'hui, Fred avait cinquante-quatre ans et Greg, trente-quatre. Comme un héritage, l'amitié avait glissé du père au fils. Demain, Greg le retrouverait avec joie. Fred était maintenant professeur à l'Université Berkeley de Californie et conseiller de l'Agence spatiale américaine, la NASA, dont il rêvait d'ouvrir les portes à son jeune ami spécialiste des accidents d'avion.

– Je ne peux rien te révéler par téléphone, avait dit Fred. Viens nous voir à San Francisco. Teresa sera ravie.

En fin de journée, Greg avait quitté Barstow où il habitait. Fatigué, il avait préféré louer une chambre, « à l'étage », avait-il insisté auprès du gérant du motel. Demain, il compléterait la route vers San Francisco.

Le grondement attendu monta des entrailles du désert. Une faible vibration secoua les vieilles planches du motel. Quatre, peut-être cinq secondes d'éternité. Le monstre souterrain s'essoufflait. Greg rentra à tâtons et retrouva son lit avec des yeux au bout des mains. Il allait enfin dormir.

# 2

Nisha s'étira en bâillant. Comme une chatte qui accroche ses griffes à la moquette, elle allongea les bras jusqu'au clavier de l'ordinateur. D'un coup sec de l'index droit, elle noircit l'écran. Les bras tendus, elle regarda ses ongles. Son père n'allait pas apprécier. Comment une jeune femme de vingt-six ans pouvait-elle appliquer une laque vert émeraude sur chaque bout de doigt ! Les yeux lourds et rougis par la fatigue, elle promena son regard sur les horloges plaquées au mur, chacune affichant le nom d'une ville. Il était quinze heures trente à Los Angeles, seize heures trente à Denver, dix-sept heures trente à Chicago, dix-huit heures trente à New York. Dans sa ville, Mumbay, que les étrangers appelaient toujours Bombay, il était cinq heures le lendemain matin. Sa « journée » de travail venait de se terminer.

– On va boire un coup ? lança Nikesh en débranchant son casque téléphonique.

La vingtaine de garçons et filles levèrent les yeux sans dire un mot. La réponse était connue : c'était oui. Sitôt dans la rue, le verre des lunettes de Nikesh s'embua. En quittant les bureaux de la Callpro Company, ils passaient de l'Amérique climatisée à la chaleur des rues de Mumbay. Pendant que leurs parents dormaient, ils allaient terminer la nuit dans un bar situé au cœur de ce district des centres d'appels où des milliers de jeunes Indiens, diplômés en marketing ou en finance, empochaient trois cents dollars par mois à contacter des gens qui se trouvaient à des milliers de kilomètres pour leur demander de payer leurs comptes en souffrance, ou prendre note d'une commande de sandales magiques, d'appareils de musculation ou de vidéo porno. Le bar portait justement le nom de leur job, le Outsourcing.

Nikesh prit Nisha par la taille et posa ses lèvres sur son cou. Elle inclina la tête vers son copain comme pour le remercier et en même temps lui interdire de continuer. Elle plongea ses doigts effilés dans son épaisse tignasse de jais qu'elle s'était amusée à lacérer de mèches écarlates. En un tournemain elle se sculpta un chignon ; elle eut l'impression qu'il faisait ainsi moins chaud, moins humide. Pour respecter le code vestimentaire rigoureux des patrons indiens, elle portait un chemisier de soie vert émeraude, qui s'harmonisait avec ses ongles. Mais sous la chemise indienne, pour affirmer son américanisme, elle n'hésitait pas à revêtir un T-shirt à l'effigie des rappers les plus populaires des États-Unis. Son jean tombait sur des chaussures de sport à semelle épaisse, fort utiles pour éviter les ordures et les excréments qui jonchaient encore la ville deux mois après la mousson. Le groupe s'était fractionné en couples et en trios qui naviguaient entre les familles agglutinées pour dormir sur les portions de trottoirs qui leur appartenaient depuis quelques générations.

Cette misère hallucinante qui hantait les rues des grandes villes de l'Inde ne les troublait pas. Ils avaient grandi au milieu de ce fracas humain où les castes et les centaines de dialectes fractionnaient cette société puissante et démocratique sans en étouffer le développement. Ces jeunes formaient l'avant-garde de ce bataillon de techniciens et d'universitaires, de scientifiques et de gestionnaires qui transformaient l'économie et la culture du deuxième plus grand pays au monde. Ils ouvraient autant les portes de l'Inde au monde que les fenêtres du monde à l'Inde. Ils savaient passer des traditions familiales aux modes les plus récentes, franchir sans émotion la frontière de la richesse et de la pauvreté sans perdre leur identité. Ils formaient la génération qui bâtissait les ponts entre la nouvelle Asie et le vieil Occident. Il y a un an, ils dansaient avec plaisir sur les rythmes du Bollywood Blues Band. Mais leur volonté de s'identifier de plus en plus chaque jour à cette Amérique qui les faisait vivre et rêver avait forcé le patron de la boîte à noyer les haut-parleurs de musique purement américaine.

À la sortie du bar, à l'aube, les jeunes clients du Outsourcing croisèrent comme d'habitude les employés de la municipalité qui ramassaient les corps encore étendus sur le sol. On ne laisse pas les morts pourrir au soleil sur les trottoirs.

# 3

Avec maladresse, Greg tendit la main gauche. « Attends qu'il avance la sienne », avait conseillé Fred. Le rendez-vous était si inattendu que Greg n'avait pas eu le temps de s'exciter face à la proposition qui allait lui être faite. Henry Langsworth lui écrasa la main en le saluant. Ce vétéran de l'armée de l'air dirigeait la section des enquêtes spéciales du Dryden Flight Research Center, à Edwards, dans le désert Mojave. Les cheveux taillés en brosse, comme dans les années cinquante, le visage sanguin, ce costaud avait le même âge que Fred. « Il a perdu le bras droit dans l'écrasement de son appareil, il y a trente ans, avait expliqué Fred. Il s'est fait un point d'honneur de devenir aussi habile avec sa main gauche qu'avec sa main droite. »

– Tu le connais depuis longtemps ? avait demandé Greg.

– On s'est connus à San Francisco il y a plus de vingt ans. Un bon copain.

La puissance de sa poigne révélait que Langsworth avait aussi transféré dans la gauche l'énergie qu'il aurait normalement partagée entre ses deux mains.

– Fred m'a beaucoup parlé de vous, dit Langsworth. Je vous remercie de vous être déplacé.

Fred s'était assis en retrait et observait la scène avec un plaisir évident. Langsworth parcourait des yeux le curriculum vitae de Greg dont Fred lui avait déjà donné copie.

– Fred m'a dit que votre père et votre grand-père avaient servi dans les Forces armées. Bien. Vous avez le sens de la discipline et du secret, paraît-il.

Greg ne répondit pas. « Tu attendras qu'il te pose une vraie question, lui avait dit Fred. Il va faire des affirmations auxquelles tu n'as pas à réagir. C'est un militaire, mais aussi un enquêteur. Il a ses manies. Un homme secret. Si tu tentes d'intervenir trop vite, cela lui donnera l'impression que tu ne sais pas attendre les ordres ou que tu es bavard. »

Depuis son enfance, Greg avait appris à respecter les opinions et les recommandations de ses aînés. Son père, ses professeurs, Fred, tous avaient su l'orienter sur la voie du succès et de la reconnaissance. On lui avait enseigné, non pas à obéir, mais à « respecter l'expérience et la sagesse » de ceux qui souhaitaient sa réussite. Jusqu'à maintenant, le succès de sa vie professionnelle en était une preuve irréfutable. Il avait donc appris à se taire plutôt qu'à mentir ; à fuir plutôt qu'à désobéir. Il confondait volontiers son bonheur avec celui qu'il procurait aux autres en suivant leurs conseils. Il se disait heureux.

Langsworth continua de promener son regard entre Greg-l'homme et Greg-le dossier. Puis, il lança la première question comme on tire un coup de feu.

– Êtes-vous disponible pour partir rapidement à l'étranger ?

– *Yes, Sir*[2], répondit Greg.

– Votre dossier et notre enquête confirment que vous êtes efficace, compétent et discret. Fred m'a suggéré votre nom parce que je cherche quelqu'un de l'extérieur à notre service d'enquête.

Greg faillit lui demander pourquoi, mais se retint de le faire.

– Vous devez m'assurer de la plus grande discrétion, même si vous refusez ma proposition, dit Langsworth.

– Vous avez ma parole, promit Greg, la main sur le cœur.

– La mission est la suivante. Lors de l'explosion de la navette spatiale, avant-hier, les fragments se sont dispersés sur le territoire des États-Unis, sauf pour le module d'enregistrement des données, ce que vous appelez la boîte noire dans l'aviation civile. Nous avons mis vingt-quatre heures à localiser le point d'impact. Selon nos recherches, c'est en Afrique. Le

[2] Oui, monsieur.

module ne s'est sans doute pas désagrégé au moment de l'explosion. Il a maintenu son orbite un certain temps avant de terminer sa rentrée dans l'atmosphère. Comme il était enrobé d'une sorte de coupole qui faisait office de bouclier, il aura été protégé. S'il n'est pas détruit, il se trouverait ici.

Langsworth se leva et déroula une carte de l'Ouganda. De sa main gauche, il décrivit un cercle autour de la ville de Rakai.

– C'est au sud de la capitale, Kampala, près de la frontière avec la Tanzanie. Il y a des lacs dans la région. La boîte s'est peut-être abîmée dans l'eau. Si c'est le cas, vous pourrez repérer le bip de l'émetteur. Sinon…

– Sinon, interrompit Greg, ce sera comme d'habitude : recherche visuelle ; hors de l'eau, les boîtes ne déclenchent pas de signal sonore.

Greg marqua un point. Langsworth avait volontairement semé ce petit piège pour vérifier l'acuité de ses réflexes.

– Si elle était tombée dans un coin peuplé, continua Langsworth, on le saurait. Il y aurait des victimes. Fred m'a dit que vous n'étiez jamais allé en Afrique.

Greg ne répondit pas.

– Vous devrez trouver la boîte, et vite. Selon nos sources, il faut concentrer les recherches près d'un hameau nommé Katchanga.

Langsworth déroula une autre carte.

– C'est tellement petit que ça ne figure pas sur les cartes officielles du pays. Voici une carte précise de la région obtenue par nos satellites. Katchanga c'est ici, près d'une bourgade nommée Kiotera. Vous avez des questions ?

– Oui, dit Greg. Vous dites qu'il faut trouver vite cette boîte. Cela signifie moins de trente jours puisque la durée maximum de l'émission du signal est de trente jours. Déjà, il n'en reste que vingt-huit.

– Le module d'enregistrement des données de la NASA a un signal dont la durée de vie est légèrement plus longue : six semaines.

Langsworth expliqua que justement, dans six semaines, le comité sénatorial responsable des activités de la NASA allait étudier des demandes de crédits supplémentaires. Or, depuis l'explosion de la navette, deux clans avec des visions différentes s'affrontaient. Certains pensaient que la NASA avait été imprudente et qu'avant de voter les nouveaux budgets il fallait une enquête sur la gestion de l'Agence. D'autres croyaient que si les budgets n'avaient pas été réduits depuis quelques années, la NASA aurait pu déceler à temps les fissures qui avaient sans doute provoqué l'explosion.

– Comme ces deux clans ont des alliés au sein de l'Agence, dit-il, on ne veut pas prendre le risque de laisser les données contenues dans le module d'enregistrement entre les mains de gens qui auraient intérêt à s'en servir politiquement. La mission de mon service est de la récupérer et de m'assurer que son contenu sera ajouté au dossier de la commission d'enquête sur l'explosion, quel que soit le résultat du débat politique autour du financement de la NASA. C'est pourquoi j'ai besoin de quelqu'un de l'extérieur de mon service.

– Y a-t-il d'autres candidats pour ce poste ? Je ne savais même pas que j'allais vous rencontrer aujourd'hui.

– Ce n'est pas un poste, répliqua Langsworth, c'est une mission. Nous sommes peu nombreux à savoir que vous partirez enquêter là-bas.

– Vous pouvez être assuré de ma discrétion. Ce que vous ferez de la boîte ne me regarde pas.

Langsworth remit à Greg copie des cartes et une série de renseignements techniques. Il disposerait de l'équipement le plus sophistiqué pour repérer la boîte et d'une carte de crédit sans plafond de dépenses.

– Vous savez que je ne connais rien de l'Afrique, insista Greg.

– Je sais. Fred, lui, connaît l'Afrique et vous connaît. J'ai confiance en son jugement. D'un point de vue plus pratique, nos services vont vous procurer les vaccins nécessaires et une trousse de premiers soins. En passant, vous y trouverez des seringues. Si vous deviez recevoir une injection là-bas, n'utilisez que vos propres seringues. Ils en manquent tellement qu'ils les réutilisent. Avec le sida, on ne sait jamais... De plus, les autorités de notre ambassade à Kampala seront avisées de votre mandat et devront vous fournir l'assistance nécessaire.

– Et si je ne trouve pas la boîte ? lança Greg.

– Vous la trouverez !

– Dois-je signer un contrat particulier ?

– Surtout pas, répliqua Langsworth. Il ne doit y avoir aucune trace écrite de votre mandat. Vous êtes déjà à l'emploi d'une agence du gouvernement, c'est suffisant. Je m'organiserai avec vos supérieurs pour un congé spécial. Cependant, je peux vous promettre une chose : si vous revenez avec la boîte dans les délais prévus, je vous offre de vous intégrer au service de recherche Dryden que je dirige.

Greg en eut le souffle coupé. Il jeta un regard vers Fred qui lui fit un signe d'approbation, le pouce en l'air. Greg avait déjà confié à son ami qu'il souhaitait s'éloigner des carlingues d'avion fumantes et, surtout, des cadavres. Langsworth lui offrait de réaliser son rêve. Le Dryden Flight Research Center, situé sur la base d'Edwards, était le siège des recherches les plus poussées en aviation. C'est de là que, vers la fin des années quarante, le premier humain avait décollé pour franchir le mur du son. Accéder à ce sanctuaire de la recherche, c'était être admis parmi les grands du métier.

– Vous partez dans quatre ou cinq jours, dit Langsworth.

Ils se quittèrent sur une poignée de main. Langsworth lança un clin d'œil de satisfaction à Fred.

Langsworth s'était déplacé à San Francisco pour rencontrer Greg, au lieu de le recevoir à Edwards, qui n'était qu'à une soixantaine de kilomètres de Barstow. La mission était donc vraiment secrète.

Greg rentra avec Fred, qui semblait plus excité que son jeune ami du résultat de cette rencontre.

– Ça y est ! lança-t-il à Teresa en ouvrant la porte. Greg part pour l'Afrique.

Teresa sauta au cou du jeune homme en l'étreignant comme une mère. À cinquante-et-un ans, cette fille de famille chilienne parlait encore l'anglais avec un soupçon d'accent espagnol qui lui faisait mouiller certaines syllabes, comme pour attendrir une langue parfois trop brutale. Au début de la vingtaine, elle avait manifesté dans les rues de Santiago contre le régime du dictateur Pinochet. Son père, un syndicaliste militant, avait investi toutes ses économies pour lui permettre de fuir vers les États-Unis où elle avait complété ses études en soins infirmiers à l'Université de Boston. Au moment où elle avait amassé suffisamment d'argent pour faire venir ses parents, elle avait appris leur tragique disparition. Dorénavant sans famille, elle s'était installée dans un petit appartement en banlieue de Boston. Elle avait connu Fred lorsqu'il avait subi une opération à l'hôpital où elle travaillait. Ils ne s'étaient jamais plus quittés. Ils formaient un couple dont l'unique échec était de ne pas avoir eu d'enfant. Depuis que Greg était entré dans leur vie, il avait pris la place de ce fils dont ils avaient rêvé.

Pendant le repas, il demanda à Teresa de prendre une photo, peut-être la centième où on le voyait en compagnie de Fred, mais celle-là était « historique », selon Greg.

# 4

– Elle dort encore ?

– Sanjay, je t'en prie, laisse-la se reposer. Nisha travaille de nuit, tu le sais.

– Ce que je sais, Sushma, c'est que nous sommes en train de perdre notre fille… Et notre honneur ! Depuis qu'elle gagne deux fois mon salaire, elle n'est plus la même. Elle ne porte plus le sari[3], ne va plus au temple et ne s'intéresse à aucun garçon dont nous lui avons parlé.

Sanjay Bijapurkar et sa femme, Sushma, subissaient le choc que des milliers de jeunes Indiens provoquaient dans leur famille en travaillant pour les nombreux centres d'appels installés dans les principales villes de l'Inde depuis quelques années. Pour être en contact avec des consommateurs d'Europe et d'Amérique, ils devaient travailler la nuit, se détendre et s'amuser à la levée du jour et dormir pendant la moitié de la journée. Ils étaient tous bilingues ou

[3] Longue robe traditionnelle.

trilingues et avaient souvent complété des études universitaires. Pour enrichir le vocabulaire et développer l'accent de ceux et celles qui, comme Nisha et ses amis, travaillaient avec la clientèle américaine, l'employeur avait embauché deux Américains, originaires du sud et de l'est des États-Unis. Ils apprenaient à ces jeunes Indiens à émailler leur conversation d'expressions locales et de références culturelles récentes. De plus, on leur faisait regarder les cassettes d'émissions de télévision comme *Friends, Sex and the City, Who Wants to be a Millionnaire ?*, et même de quelques grands bulletins de nouvelles de NBC ou ABC, afin de les immerger dans l'univers quotidien des consommateurs auxquels ils devraient s'adresser et qui ignoraient qu'on les contactait de l'autre bout du monde.

Enfouie dans les brumes sourdes du sommeil, Nisha n'entendit pas sa mère frapper à la porte de sa chambre.

– On te demande au téléphone.

Pas de réponse. Sushma entrouvrit la porte. Les épaisses tentures noires bloquaient le soleil de fin d'après-midi. Seuls quelques rayons furtifs avaient réussi à se glisser entre l'étoffe des rideaux et le mur tapissé d'affiches. Les images de Brad Pitt, Nicole Kidman et Tom Cruise s'intercalaient entre celles de New York, Chicago et Los Angeles. « Même dans son sommeil, elle vit aux États-Unis », songea Sushma. Au-dessus du lit, les cinquante étoiles du drapeau américain remplissaient le ciel de ses nuits. Seule une plaquette de bronze illustrant la triade de Brahma, Vishnu et Çiva rappelait que la chambre était celle d'une jeune Indienne.

* * * *

– Papa n'est pas là ? demanda Nisha en bâillant et s'étirant.

– Parti en vitesse, répondit la mère qui gardait chaud le repas du soir. Une livraison urgente. Voyage de nuit. Il reviendra demain soir. Tu auras sans doute le temps de le voir avant d'aller travailler.

Sanjay Bijapurkar était chauffeur de ces fameux lorrys, les camions remorques multicolores qui règnent sur les routes encombrées de l'Inde. À quarante-neuf ans, il travaillait depuis plus de vingt ans pour la Indian Oil, la plus grosse compagnie du pays. Il avait livré des hydrocarbures dans tout le pays. Autrefois, il s'absentait entre dix et vingt jours par mois. Lorsqu'il rentrait à la maison, comme tous les pères absents, il cherchait à reprendre le contrôle de la famille. Nisha, sa sœur et son frère craignaient autant qu'ils admiraient cet homme costaud, aussi généreux qu'autoritaire. Mais depuis quelques années la situation avait changé. La sœur de Nisha était mariée à un homme que ses parents l'avaient aidée à choisir ; son frère, également marié, vivait à Bangalore avec sa femme et ses deux enfants. Sanjay avait réussi, grâce à son ancienneté, à réduire la durée et la fréquence des voyages lointains. Maintenant, pour les prochains dix à douze ans, il allait partir au travail le matin, compléter ses livraisons dans la journée et rentrer à la maison chaque soir. Plus présent, il n'en supportait que moins le fait que Nisha soit encore célibataire et, surtout, qu'elle menât une vie aux antipodes des valeurs de la société indienne traditionnelle. Et son récent virage « américain » ajoutait aux occasions d'affrontement entre un homme qui avait connu une Inde unitaire et conservatrice et une jeune femme branchée sur le reste du monde dont il avait perdu le contrôle.

– Ton amoureux, Nikesh, a téléphoné, dit la mère.

– Ce n'est pas mon amoureux ! répondit Nisha en bâillant.

– Comment peux-tu coucher avec un homme qui n'est pas ton amoureux ?

Jamais Nisha n'avait entendu sa mère poser avec autant de calme une question si brutale.

– C'est papa qui dit ces conneries-là ?

– Non, c'est moi, justement parce que ton père n'est pas là ! Je ne suis pas naïve, Nisha. Je sais quel genre de vie tu mènes. Ça ne peut pas continuer comme ça.

Nisha respira profondément. Elle sentit sa mère prête à entendre ce qu'elle voulait lui dire depuis longtemps.

– Je sais que mon mode de vie vous dérange et vous gêne. Alors je crois que ça va se régler facilement.

La mère retira la grande cuillère de bois du chaudron et la posa sur le comptoir.

– Je vais prendre un appartement. J'ai l'argent, dit Nisha.

Sushma vint s'asseoir près de sa fille.

– Tu ne peux pas faire cela, dit-elle, bouleversée. On ne vit pas ainsi, en Inde.

– Vous ne viviez pas ainsi, *vous* ! Maman, l'Inde ce n'est pas que vous. Il y a nous, les jeunes. On vit branchés sur le reste du monde. Papa pense connaître beaucoup de choses parce qu'il voyage. Il ne connaît que l'Inde. Moi, je n'ai jamais voyagé et je suis en contact avec le monde. Le frère de Nikesh fait la comptabilité de la compagnie Swissair par satellite chaque jour. Mes amis qui parlent français travaillent à la recherche des bagages perdus par les clients d'Air Canada à Montréal. Moi...

– Oui, je sais, toi... tu vis aux États-Unis. Chaque nuit, tu pars pour New York et tu ne viens que dormir à Mumbay. Ce n'est pas une vie ça !

– C'est ma vie maman ! New York, Chicago, Denver, Los Angeles... Et, de plus, je change de prénom...

– Quoi ?

– Mais oui ! En plus d'apprendre à parler avec l'accent américain, lorsque je m'identifie auprès des clients là-bas, je me nomme Jane.

– Mais, Nisha, ce n'est pas ton vrai prénom !

– Tu l'as dit, maman, la nuit, je suis américaine.

# 5

– *Shit*[4] !

Greg jura en tapant des deux mains le volant de sa BMW. Il avait raté l'embranchement de Bakersfield et se dirigeait maintenant vers Los Angeles. Il lui faudrait rouler encore une vingtaine de kilomètres, faire demi-tour et revenir sur l'autoroute quatre-vingt-dix-neuf en direction de Barstow. Mais sa distraction l'amusait. Depuis son départ de San Francisco, il n'arrivait pas à croire ce qui lui arrivait. Fébrile, il notait, tout en conduisant, la liste des préparatifs auxquels il devait s'attaquer rapidement : vérifier la validité du passeport, recevoir les vaccins, récupérer le matériel technique, choisir les bons vêtements, vérifier l'appareil photo, activer la nouvelle carte de crédit, téléphoner à son père, récupérer la trousse médicale… La tête lui tournait.

Si tu réussis, ton avenir est assuré à la NASA, avait dit Fred.

[4] Merde !

Pour la première fois, Fred lui avait parlé d'avenir. Jamais cet ami astrophysicien n'avait cherché ouvertement à l'influencer. Il savait écouter, mais n'imposait pas ses idées. Fred respectait le silence autant que les opinions des autres. Greg était étonné du nombre de personnes qui le fréquentaient, mais ne parvenait pas à en identifier plus de trois ou quatre comme de véritables amis intimes. On le sentait chez lui partout, et à l'aise avec tout le monde. On retrouvait son nom tant dans des revues scientifiques qu'au conseil d'administration de la Ligue des droits de l'Homme et dans la liste des bénévoles où lui et Teresa recueillaient des fonds pour un centre d'accueil pour jeunes sidéens de San Francisco. Autant Teresa était vive et exubérante, autant Fred était discret et secret.

Il y avait cependant chez ce scientifique une espèce de lac intérieur où Greg avait le privilège de naviguer en toute liberté. Un portrait au pastel de Greg, enfant, occupait une place privilégiée sur un des murs du salon. Le couple le consultait ou l'informait avant de prendre certaines décisions importantes. Greg était convaincu que ses amis n'avaient aucun secret pour lui ; ils l'avaient d'ailleurs accueilli pendant quelque temps à la maison lorsqu'il avait déménagé en Californie, il y a trois ans. Puis lors de ses visites, avant de repartir, Teresa lui donnait un gâteau, des biscuits, des beignets qu'elle avait cuisinés. « C'est pour la route », disait-elle. Mais cette fois, il rentrait chez lui avec plus que des gâteaux. Sa nouvelle mission l'enivrait au point qu'il avait raté la bretelle de l'autoroute.

Greg ralentit, bifurqua vers la quatre-vingt-dix-neuf et mit le turbo du moteur de sa voiture à contribution pour reprendre le temps perdu. Le dimanche, en début de soirée, les radars des patrouilleurs de la route étaient rangés. Il accéléra. Cent vingt, cent trente, cent quarante kilomètres à l'heure. Les pierres ocre qui balisaient la route semblaient au repos après l'agression du coup de chaleur quotidien du désert Mojave. Des flammes invisibles dansaient encore au-dessus du bitume. Il ferma la climatisation et ouvrit la fenêtre du toit. Il était à jeter un coup d'œil sur la liste des tâches à accomplir avant de partir lorsque, soudain, un renard surgit devant la BMW. Il appliqua les freins, tenta de contourner l'animal et vit foncer vers lui un camion remorque qui hurlait de tous ses klaxons. Il évita le mastodonte et, après un tête-à-queue, se retrouva dans le gravier de l'accotement. Furieux, et surtout humilié d'avoir si mal manœuvré, il allait repartir lorsqu'il sentit monter en lui ce souvenir qu'il n'avait jamais réussi à chasser de sa mémoire.

Il avait dix ans. Il hurlait dans la voiture. Sa mère, Madeleine, tentait de le faire taire tout en tenant le volant de la Chevrolet.

– Si tu continues, on retourne à la maison, rageait-elle.

– Si on est en retard, ce sera de ta faute ! Si je ne gagne pas la course, ce sera de ta faute ! criait-il.

C'était un samedi matin, vers sept heures trente. Il avait neigé. Le soleil commençait à peine à effleurer les eaux froides du lac Champlain. Après deux ans d'efforts et d'entraînement, Greg avait accédé aux finales de natation. Son père l'avait inscrit très jeune au programme d'excellence sportive des États-Unis. « Un jour, tu seras un héros », lui avait-il dit. Cette compétition du quatorze décembre allait déterminer les représentants de Burlington aux championnats de l'État du Vermont dans la catégorie atome, qui regroupait les plus jeunes. Contrairement à son habitude, John n'était pas venu réveiller son fils, n'avait pas mangé une bouchée avec lui et ne l'avait pas emmené à la piscine. Des éclats de voix provenant de la chambre des parents avaient sorti Greg de son sommeil. Finalement, sa mère s'était précipitée pour l'accompagner. Énervé, frustré, Greg gueulait. En voulant le secouer un peu pour le faire taire, Madeleine avait perdu le contrôle de la voiture qui, après quelques tonneaux, avait éjecté l'enfant, mais pas la mère. Blessé, étendu dans la neige, il avait vu une fumée noire envelopper la voiture. La route était déserte. Il avait rampé jusqu'à la Chevrolet où une boule de feu s'était emparée du corps de sa mère. Un camionneur s'était attaqué aux flammes avec un extincteur chimique en hurlant à Greg : « *Get back* ! *Get back*[5] ! » Lorsque les secours étaient enfin arrivés, on avait placé Madeleine dans une ambulance et l'enfant, dans une autre. Ses souvenirs de l'accident s'arrêtaient là. Greg inspira et expira longuement. Il embraya et remit la BMW en direction de Barstow. Il roula à cent kilomètres à l'heure. Pas un de plus. En arrivant, il se coucha, épuisé par ce mascaret d'émotions où le flux d'une grande joie avait été freiné par le reflux d'une profonde douleur.

[5] Éloigne-toi ! Éloigne-toi !

****

« Bonjour, Greg. Je retournais ton appel de la semaine dernière. Je serai absente en début de semaine, mais tu pourras me rappeler à compter de mardi soir. C'est confirmé : je devrais accoucher dans quatre semaines ! Bob est ravi, mais il me semble inquiet. On s'en reparlera. En passant, j'ai bien reçu les fleurs pour mon anniversaire. Merci. J'aurais préféré que tu les envoies au bureau... À l'appartement, c'est plus compliqué... Enfin, tu comprends... Bob n'apprécie pas trop... Des fleurs de la part de mon ex ! À bientôt. »

Greg posa le verre de jus d'orange près de l'appareil et cessa d'écouter ses messages téléphoniques. Il était six heures quarante-cinq. Il n'avait dormi que six heures après avoir roulé depuis San Francisco. « Quel imbécile je suis ! » murmura-t-il tout en souriant à l'idée de voir le compagnon de Brenda ouvrir la porte et découvrir une gerbe de fleurs lui rappelant qu'il n'était pas le premier dans la vie de sa dulcinée. Greg détestait les ruptures. Il ne comprenait pas pourquoi, après la fin d'une relation amoureuse, il fallait couper les ponts. Il en avait parfois parlé avec Fred qui, un jour, lui avait demandé : « Est-ce si important qu'on ne t'oublie pas ? » Depuis la mort de Madeleine, chaque instant de la vie lui apparaissait comme un morceau essentiel d'un immense puzzle qu'il avait l'obligation de compléter. Il lui fallait réussir tout ce qu'il entreprenait. Il n'y avait pas de place pour des trous, des échecs ou des absences. Une vie devait être parfaite ou ne pas exister.

Il secoua la tête. Malgré la fatigue et le vent frais de décembre, il revêtit son costume de jogging et sauta dans sa voiture. Il avait gardé de ses années de collège ce comportement spartiate par lequel il faut soumettre le corps à l'esprit. Pendant le court trajet, il prit quelques notes pour compléter la liste des choses à faire avant de partir. « Seringues, condoms. » Il stationna à la frontière du désert, à proximité des gigantesques antennes paraboliques du Jet Propulsion Laboratory, pour courir la dizaine de kilomètres qu'il s'imposait tous les matins avant de partir travailler. Depuis les championnats de natation remportés pendant son adolescence, il n'avait cessé d'accorder à la forme physique et à la compétition une importance parfois démesurée. Football, tennis, jogging, il était un sportif naturel. À trente-quatre ans, il mesurait encore ses efforts par sa capacité de suer à grosses gouttes. L'exercice terminé, il prenait toujours quelques secondes pour observer son corps d'athlète, éponger ses cheveux châtains bouclés et se lancer un petit coup d'œil dans un miroir qui lui renvoyait l'image de vainqueur et de champion qu'il souhaitait projeter.

Il n'avait pas choisi d'habiter Barstow. Grâce à Fred, il travaillait pour le bureau des enquêtes du Service fédéral de l'aviation civile. Il y a un an et demi, son ami l'avait pistonné pour un poste d'enquêteur spécialisé au sein d'une agence de la NASA. Il avait accepté de déménager à Barstow, à cent soixante kilomètres à l'est de Los Angeles, au cœur du désert Mojave. « Tu seras près de ton lieu de travail au Goldstone Deep Space Communications Complex », avait expliqué Fred. Après Boston, Chicago et

Los Angeles, vivre dans cette petite ville de vingt mille habitants, au sud de la vallée de la Mort, ne lui souriait pas. Mais la porte de la NASA s'ouvrait et, de plus, il venait de quitter Brenda à Los Angeles. La séparation avait été difficile, car il se sentait profondément amoureux. Lorsqu'elle lui avait parlé de son rêve d'avoir un enfant, il avait fui. Il ne pouvait imaginer une vie où il devrait refuser certains défis professionnels pour rentrer à la maison, s'occuper d'un enfant, d'une famille. Il avait toujours vu son père organiser sa vie et ses horaires de chauffeur d'autobus en fonction de son fils. Perfectionniste, Greg en avait tiré deux leçons : il ne fallait pas faire les choses à moitié, et jamais il ne sacrifierait ses ambitions et son rêve de réussite pour mener la vie casanière de son père. Être papa, c'était se condamner à l'isolement.

Il faisait à peine dix degrés en ce matin clair de décembre. En sueur, Greg franchit les cent derniers mètres à fond de train. Il ouvrit la portière de la BMW au moment où son portable sonnait. Il n'était que huit heures. L'afficheur de l'appareil indiquait un numéro commençant par 1800. « Un autre vendeur de bricoles », se dit-il. Il ne répondit pas. Il avala un litre d'eau, compléta ses étirements et rentra chez lui au moment où deux avions ventrus du corps des marines décollaient pour l'entraînement quotidien des parachutistes.

Arrivé à l'appartement, il remarqua le petit feu clignotant de l'appareil téléphonique. Sur l'afficheur, il lut le même numéro que sur le portable : 1800. Il prit le message. « Bonjour, monsieur Robertson, mon nom est Jane et je vous appelle de la part de Golden

Card. J'aimerais discuter des arrangements que vous souhaitiez prendre pour le remboursement minimum mensuel du solde de votre carte de crédit. Je tenterai de vous contacter un peu plus tard. Passez une bonne journée. »

– *Shit !* jura Greg. J'ai encore oublié de payer.

C'était là un défaut qu'il n'avait jamais réussi à corriger.

# 6

Fébrile, Greg composait le numéro de téléphone de son père. Il avait juré à Langsworth, et surtout devant Fred, de ne parler de sa mission à personne. Mais il ne pouvait imaginer quitter le pays sans en informer John, dont il connaissait la discrétion et le respect de la parole donnée. « S'il arrive quelque chose, se dit-il, il faut que mon père puisse me retrouver. » En l'invitant, il pourrait partager vingt-quatre heures avec cet homme qu'il ne voyait plus souvent et lui confier son secret. Après son jogging, il avait l'esprit clair et la journée s'annonçait calme au bureau.

– Salut, papa, c'est moi.

Enfant unique, Greg était seul à pouvoir l'appeler « papa » sans se nommer.

– Que dirais-tu de venir passer vingt-quatre heures à Barstow ?

John n'était encore jamais venu visiter son fils depuis le déménagement dans cette ville du désert. Retraité depuis un an, il s'était souvent retenu de contacter son fils et, encore plus, de s'inviter en Californie. Greg, c'était sa fierté, sa vie ; un enfant irréprochable qu'il ne fallait pas déranger. Il l'avait élevé comme un héros de guerre devait le faire : droit, vainqueur, généreux et obéissant.

Greg savait que son père avait combattu au Vietnam. Mais il était surtout fier qu'il ait été décoré pour des gestes de bravoure. Lorsque, enfant, les autres parlaient de leur mère, Greg répliquait avec les faits d'armes de son père. Et s'il fallait en rajouter, il remontait alors à l'héroïsme de son grand-père qui, lui, avait été décoré pour s'être battu en Europe entre mille neuf cent quarante-trois et mille neuf cent quarante-cinq. Aujourd'hui, Greg suivait les traces de Fred, mais son succès professionnel ne pouvait être un secret pour son père.

– Excuse-moi papa… Ne quitte pas, il y a un autre appel qui entre. Je te reviens tout de suite.

Greg appuya sur le plongeur de l'appareil.

– Oui, c'est moi… Ah oui, j'ai bien reçu votre message.

– Monsieur, c'est le troisième mois consécutif que vous ne faites pas le versement minimum. Je dois mettre une note à votre dossier. Croyez-vous pouvoir verser l'argent cette semaine ?

– Écoutez, mademoiselle Jane, je fais un métier qui m'oblige à m'absenter, parfois à une heure d'avis. Il faudrait que je vous explique… Puis-je vous rappeler dans quelques minutes ? Je suis actuellement en ligne avec quelqu'un d'autre... Un interurbain.

Greg nota le numéro et revint à la conversation avec son père. John accepta d'emblée la proposition de son fils.

– Alors les billets seront à l'aéroport de Burlington demain matin. Je t'invite. Je t'attendrai à Pasadena, à l'aéroport Bob Hope, à midi. J'ai hâte de te voir. Salut !

Greg ne rappela cette Jane que deux heures plus tard. Une autre personne lui répondit qu'elle était absente.

– Bon dieu, vous finissez vos journées tôt ! Il est à peine onze heures du matin, railla-t-il.

– Elle vous contactera elle-même, monsieur Robertson. Merci d'avoir rappelé.

Le téléphone sonna de nouveau. Il était convoqué aux bureaux de la direction.

– Une urgence, dit le patron. Tu pourrais me dépanner ?

– Vous savez que je dois partir à l'étranger, répondit Greg.

– Oui. On m'a téléphoné dimanche. Le congé est déjà accordé. Mais il y a eu un crash ce matin et l'enquêteur de l'Air Force est un junior. Tu n'y vas que pour quelques heures, le temps de t'assurer que l'enquête sera bien menée par la suite.

– J'avais prévu me préparer à partir aujourd'hui.

– Ne crains rien. On a reçu ordre de tout organiser pour toi, sans poser de question. Tu n'auras qu'à boucler ta valise.

* * * *

Greg reconnut l'odeur en s'approchant du petit cratère. Il retrouvait sa vieille ennemie, la mort, à laquelle il ne s'était pas confronté depuis plus d'un an. Un avion d'entraînement s'était écrasé. Le jeune pilote d'une trentaine d'années n'avait pas eu le temps de s'éjecter. « Sans doute un problème au décollage », pensa Greg dont les réflexes avaient vite refait surface. La NASA avait insisté pour qu'un de ses hommes participe à l'enquête, car le pilote était en mission pour l'Agence.

– Lieutenant Morris, US Air Force, récita l'officier.

– Greg Robertson, NASA, répliqua Greg en dominant l'autre du regard. L'avion n'avait pas beaucoup d'altitude. Il n'a pu s'éjecter.

– Monsieur Robertson, on va d'abord enquêter. Les conclusions viendront plus tard.

– Oui, mais il est évident qu'il n'avait pas beaucoup d'altitude. Pas besoin d'une longue enquête pour le savoir. La boîte noire vous le confirmera.

Les deux hommes commencèrent à fouiller les débris. Greg monta dans la Jeep et s'éloigna d'environ cinq cents mètres. Par radio, il contacta le lieutenant.

– Morris, venez voir.

Greg indiqua une masse à demi calcinée. Le parachute était intact ; à l'épaulière, un avant-bras sectionné était accroché par la main toujours repliée sur la sangle. Il fit quelques pas vers le cadavre noirci du pilote. Pendant un moment, il revit Madeleine dévorée par les flammes. Il secoua la tête.

– Voilà ce que je voulais dire, murmura Greg. Il n'a pas eu le temps de sauter, donc il venait de décoller.

Greg revenait à pied vers le cratère lorsque son téléphone sonna.

– Monsieur Robertson, bonjour, mon nom est Jane. Je vous appelle au nom de la Golden Card.

Greg en profita pour s'éloigner de la mort et laisser Morris fouiller les décombres.

– Oui, mademoiselle Jane. Que puis-je faire pour vous ? dit-il d'un ton assuré.

Elle lui résuma la situation.

– Écoutez, je voyage partout dans le monde. Souvent je ne suis pas au pays lorsqu'il faut faire le paiement. Si vous étiez libre ce soir, je pourrais vous inviter. Je vous expliquerais ma situation…

Jane ricana. Pour la première fois de sa vie, un Américain l'invitait à prendre un verre. Pendant qu'elle consultait le dossier de Greg, elle s'amusa à imaginer de quoi il avait l'air. Elle eut une idée.

– On peut réorganiser votre dossier pour tenir compte de vos conditions particulières, suggéra-t-elle, un sourire dans la voix.

– Allons-y, répliqua Greg en jetant un œil presque malin sur Morris qui fouillait les décombres, seul.

Jane remit à jour toutes les informations concernant le client Greg Robertson. Elle se permit d'ajouter quelques questions inédites.

– Vous n'êtes pas tenu de répondre, mais par mesure de sécurité, au cas où votre carte serait utilisée par un fraudeur, je peux ajouter des détails plus personnels qui permettront à nos agents de vérifier l'identité du porteur de votre carte.

Elle enchaîna une série de questions sur son âge, sa taille, la couleur de ses yeux et de ses cheveux, ses habitudes de consommateur. Elle apprit ainsi qu'il mesurait un mètre quatre-vingts, avait les cheveux châtains bouclés, dépensait beaucoup d'argent dans les bars et les restaurants, achetait souvent des articles de sport ou reliés à son automobile, une BMW de l'année. Elle réussit à lui faire dire que personne d'autre ne pouvait utiliser sa carte.

– Célibataire, avait-il ajouté fièrement en s'amusant de voir Morris l'attendre près de l'avion éclaté. Vous savez, enchaîna-t-il, je pourrais vous donner bien d'autres détails si vous acceptiez de prendre un verre ce soir. Vous êtes sans doute à Los Angeles ?

– Pas tout à fait, répondit-elle, sur la défensive.

Mais je crois que j'ai tous les renseignements nécessaires pour mettre à jour votre profil. Je vais parler à mon patron et je vous rappellerai pour fixer les ententes au cas où vous seriez dans l'impossibilité de faire vos paiements aux dates prévues. Merci beaucoup, Greg. Pardon !... Monsieur Robertson.

– J'attends votre appel. Merci, Jane.

– J'espère que c'était important, dit Morris, il faut se presser avant le coucher de soleil.

Les deux hommes arpentèrent le champ, fouillèrent les décombres et expliquèrent aux hommes de service la séquence de la cueillette des morceaux de carlingues et du moteur. Greg était distrait. Sa conversation avec Jane l'avait bien amusé. Il avait été séduit par sa voix. Il l'imagina grande, rousse aux yeux verts et indépendante. « Sans doute célibataire », songea-t-il.

– Vous parlez seul maintenant, dit Morris.

– Euh... oui et non, balbutia Greg. Je me demandais si ce pilote était célibataire.

– Non. Marié. Deux enfants, répondit Morris. Greg se referma. La mort venait encore une fois de se donner un visage.

Il s'activa. Il lui fallait découvrir la boîte noire. Mais il souhaitait que ce fût la dernière qui lui fît côtoyer la mort. Celle qui l'attendait en Afrique allait, d'ailleurs, lui offrir une autre vie.

# 7

L'odeur du kérosène et du caoutchouc brûlé lui raclait la gorge. Son père serait là dans trente minutes. Depuis qu'on avait rebaptisé du nom du comédien Bob Hope l'aéroport de Burbank, Greg imagina que tous les passagers débarquaient de l'avion en se tordant de rire. Son téléphone sonna. Le numéro 1800 s'afficha. Il prit un risque.

– Bonjour, Jane.

– Vous saviez que c'était moi... !

Greg éclata de rire.

– Ça ne pouvait être que vous, répondit-il avec assurance. Alors mon dossier est réglé ?

– Oui, il y a maintenant une note qui fait de vous un client exceptionnel.

– Exceptionnel !

– Donc, si tout va bien, on n'aura pas à se reparler, dit Jane. Cependant, je vous demanderais de me contacter chaque fois que vous devrez vous absenter longtemps. Ce sera plus facile pour moi de suivre le dossier.

– Votre suggestion tombe pile. Je pars pour l'Ouganda demain. Au moins un mois d'absence. Pouvez-vous mettre une note à mon dossier ?

– Avec plaisir. Mais si jamais il y avait urgence, où puis-je vous contacter ?

– Hôtel Sheraton, à Kampala, la capitale.

– Merci de nous avoir informés, répondit Nisha. Je vous souhaite un agréable séjour en Afrique, dit-elle de sa voix la plus chantante. Merci de faire confiance à Golden Card.

– *Goodbye*[6], Jane !

****

Plutôt que de se précipiter vers lui, Greg laissa son père s'approcher de la zone où il l'attendait. Il prit plaisir à voir cet homme de soixante-quatre ans marcher d'un pas ferme en regardant à gauche et à droite, à la recherche de son fils. John était presque aussi grand que Greg, mais les trente ans passés derrière le volant d'un autobus lui avaient voûté le dos. Il arrêta un agent de sécurité qui lui indiqua le chemin de la sortie. John salua machinalement en portant la main droite à son front, comme un militaire. Ses mains larges avaient sauvé la vie de centaines de

[6] Au revoir !

Vietnamiens, assuré la sécurité des passagers de son autobus, guidé ses premiers pas, protégé son visage de la neige et du vent, tourné les pages des manuels de mathématiques, signé les chèques qui lui avaient ouvert les portes du collège et de l'université. À son insu, Greg prit une photo.

– Bonjour, mon garçon, dit John en serrant Greg dans ses bras.

Maintenant, ces mains le retenaient avec fermeté dans une étreinte où Greg sentit la puissance et aussi, par sa brièveté, la pudeur qu'un homme peut éprouver en affichant son affection en public. Greg s'empara de sa valise.

Ils roulaient en direction du désert. John avait tellement de questions à poser à son fils qu'il gardait silence afin de les mettre en ordre. Greg n'osait pas parler. Il ne savait par où commencer.

– Alors, dit John, tu as une bonne nouvelle à m'annoncer. Laisse-moi deviner... Brenda vient te rejoindre à Barstow.

Greg fut estomaqué d'entendre le nom de son ex-amoureuse que son père n'avait rencontrée qu'une seule fois.

– Euh... Non. C'est fini entre nous.

– Ah !... J'avais pensé qu'elle t'aurait fait une bonne épouse. Tu me parlais d'elle avec beaucoup de fougue, il me semble. Elle disait vouloir des enfants, n'est-ce pas ?

À des milliers de kilomètres, cet homme renfermé savait malgré tout deviner ses états d'âme.

– Alors, cette nouvelle importante ? reprit John.

– Je vais tout te raconter une fois à la maison.

Ils roulèrent les cent soixante kilomètres en parlant de tout et surtout de rien, avec des plages de ce silence caractéristique des mâles qui souhaitent être compris sans n'avoir rien dit. Greg jetait de temps à autre un coup d'œil à cet homme qui avait transféré vers lui ses rêves et ses espoirs. Il avait appris à deviner plutôt qu'à entendre ce que souhaitait son père ; à compléter les phrases interrompues par des silences énigmatiques ; à interpréter des gestes qui masquaient autant les joies que les peines.

John découvrit Barstow au moment où le soleil amorçait sa descente.

– Beaucoup d'hispanos ici, remarqua-t-il.

– Beaucoup. Quarante pour cent de la population.

– Des problèmes ?

– Non. Plutôt du chômage.

Greg habitait un bâtiment qui, en prévision des tremblements de terre, ne comptait que deux étages. Il accédait à son logement par un escalier de bois appliqué au flanc de la maison dont les planches avaient été décapées par le sable du désert. John pénétra dans l'univers de son fils comme celui qui entre, inquiet, dans la chambre d'un ami hospitalisé. Il fut surpris. Autant le bâtiment ne payait pas de mine à l'extérieur, autant l'intérieur révélait la présence d'un jeune homme moderne et bien nanti qui s'offrait tous les gadgets et les équipements électroniques dont il avait envie. Les murs étaient blancs, plaqués de quelques posters affichant son goût pour la nature et les animaux sauvages. Entre les posters, suspendues à des filins d'acier qui couraient du plafond au plancher, de nombreuses photographies d'hommes, de femmes et d'enfants meublaient la pièce de regards saisissants. Il y avait foule chez cet homme seul. La majorité des clichés étaient en noir et blanc, ce qui donnait un ton dramatique à un environnement autrement joyeux. Dans la pièce de séjour, les fauteuils et le divan de cuir ocre encadraient une table de verre fumé et d'acier brossé. Un comptoir de faux marbre annonçait le coin cuisine. Des bancs surélevés révélaient que Greg n'y prenait que le petit déjeuner puisqu'on ne notait aucune table autour de laquelle on pouvait placer des chaises pour manger.

Pendant que son père jetait un œil sur les photographies, Greg pianota sur le clavier de son ordinateur portable. Une série de messages apparurent. Il les effaça tous, sauf un auquel il répondit sur le champ : « Désolé mon vieux, mais on va remettre notre prochain affrontement sur Guildwars. Je compte bien prendre ma revanche la prochaine fois mais ce sera dans plus d'un mois. Je dois m'absenter. Salut ! » Greg consacrait de nombreuses heures par semaine à des jeux en ligne, par Internet, comme Guildwars, Everquest ou Wow. Lorsqu'il ne jouait pas avec ses adversaires invisibles disséminés sur tout le territoire américain, il écoutait sans se lasser les disques des Beastie Boys, du groupe britannique Cold Play et d'Oasis auxquels il faisait parfois des infidélités en remettant dans son lecteur les disques de The Doors, The Police et d'Eric Clapton hérités de sa mère.

Greg installa son père dans la chambre d'ami qui lui servait aussi de débarras et de gymnase. Pour faire un peu de place, Greg écarta quelques cartons pleins d'autres photographies qu'il n'avait pas encore accrochées. John remarqua une série de portraits de Brenda.

– Magnifique ! Tu as l'œil.

– Ce ne sont que des photos d'amateur.

– Je parlais de Brenda, pas des photos, dit John en souriant.

****

Sur l'affiche du restaurant il était inscrit, comme sur le flanc d'un bœuf marqué au fer rouge, « *Taste the fire*[7] ».

– Une spécialité de bœuf ? demanda John.

– Non, de poulet, ricana Greg.

Le El pollo loco était un des restaurants populaires de Barstow. Sur les murs, le patron affichait le portrait dédicacé de tous les astronautes qui y avaient pris un repas. Depuis deux jours, il avait ajouté la photo d'un

[7] « Goûtez au feu ».

groupe qui n'avait pas eu le temps de s'arrêter au restaurant : les sept astronautes qui venaient de perdre la vie dans l'explosion de la navette spatiale. Greg fut salué par une bonne douzaine de clients. Il présenta son père à chacun, en s'amusant à souligner le plaisir qu'il avait eu de les dominer au tennis ou lors du dernier match de *touch football*[8].

Il commanda un pichet de bière. Les deux hommes avaient déjà avalé une bière à l'appartement, où Greg avait informé son père de sa mission secrète en Afrique. John avait écouté son fils comme s'il avait reçu les confidences du président des États-Unis. À titre de soldat, on ne lui avait jamais proposé une mission importante ni, surtout, confié un secret. Aujourd'hui, le pays faisait confiance à son fils.

Ils mangèrent en silence, comme lors des centaines de repas partagés à deux pendant l'enfance et l'adolescence du fils. Greg lui expliqua qu'au retour il était assuré d'un nouveau job.

– Enquêteur spécial, qu'est-ce que ça veut dire ? demanda John.

– Des missions secrètes, mais surtout, je vais enfin faire mon métier sans avoir à supporter la présence de la mort, ajouta-t-il.

John s'épongea les yeux.

– Papa !

[8] Football qui se joue sans contact violent.

Il voyait son père pleurer pour la deuxième fois. La première, c'était il y a vingt-quatre ans. Lorsqu'il avait repris conscience à l'hôpital, le lendemain de l'accident, il avait eu peur en voyant les larmes de John qui lui racontait ce qui était arrivé. L'accident. Le feu. L'ambulance.

– Maman ? avait demandé Greg.

– Elle dort encore, avait répondu John.

Deux jours plus tard, son père lui avait appris que Madeleine allait dormir pour toujours.

Depuis ce moment précis, il avait souhaité vaincre la mort. Il l'avait même choisie comme compagne de travail pour mieux l'exorciser. Mais il en avait assez de sa présence morbide.

– Greg, dit John en reniflant, tu sais quelle date on est demain ?

– Oui, le quatorze décembre.

– Demain, ça fera vingt-quatre ans que ta mère est morte. Elle avait à peu près ton âge, trente-cinq ans. Elle serait tellement fière de ta réussite !

La phrase était toujours la même. Chaque fois que John voulait montrer à son fils qu'il le rendait heureux, pour masquer ses émotions, il faisait dévier ses sentiments vers ceux que Madeleine aurait éprouvés. C'était une manière subtile de la garder en vie. Greg s'y était habitué. À l'exception d'une petite cicatrice à la commissure des lèvres, vestige de l'accident, il ne gardait de sa mère qu'un souvenir éthéré. Certains détails étaient toutefois indélébiles ; comme ces nombreux dessins, ces esquisses au pastel qu'elle accrochait partout dans la maison. Il y avait dans ses tableaux une âme et une tendresse dans lesquelles il se reconnaissait. Madeleine avait dessiné trois portraits de Greg. Le plus grand trônait dans le salon de John, à Burlington. Le deuxième avait été offert par John à Fred et Teresa pour leur anniversaire de mariage. Le troisième, Greg s'était enfin décidé à l'accrocher dans sa chambre, une décision qu'il avait été incapable de prendre du temps où il fréquentait Brenda, qui lui renvoyait l'image d'une femme heureuse et pleine de vie.

– Tu n'aurais pas envie de rebâtir ta vie avec une femme ? demanda Greg.

John s'essuya les yeux.

– Jamais, répondit-il. Ta mère est toujours là, près de moi. Et de toi.

****

Le soir, après une brève visite des alentours de Barstow, John dit à Greg :

– Si nous étions à Burlington, nous serions allés au cimetière.

Greg n'avait pas eu souvent l'occasion, au cours des dernières années, d'accompagner son père pour prier sur la tombe de Madeleine. Ce rite ne l'avait d'ailleurs jamais beaucoup touché. Il s'y rendait plus pour son père que pour sa mère.

– Je t'emmène dans un endroit où l'on pourra entrer en contact avec maman comme au cimetière, répondit le fils.

Le ciel du désert fit une fête à John. Pas un seul nuage. Des milliards d'étoiles. En silence, le père et le fils adressèrent une prière à ce Dieu auquel ils croyaient. Ils rentrèrent. John, soûlé par le vide du désert, s'endormit comme un enfant. Greg, fébrile, ne put fermer l'œil. Demain, l'Afrique l'attendait.

# 8

Nisha quitta la salle de bains, coiffée et maquillée.

– Il n'est que midi, dit sa mère.

– J'ai rendez-vous avec ma copine Sheela. On va visiter un appartement.

Son père, Sanjay, l'attrapa par le bras.

– Un appartement ? Tu veux vivre en appartement ?

– Oui, et alors ? J'ai vingt-six ans, un bon salaire et un mode de vie qui embête mes parents. Depuis que tu es chaque jour à la maison, la vie est devenue insupportable.

– Tu t'assieds et tu m'écoutes, ordonna Sanjay.

– Je n'ai pas le temps, répliqua Nisha avec calme. À demain !

Elle sortit, laissant son père sans mot et sa mère troublée. Le couple, hébété, se regarda comme si leur identité de parents venait de disparaître en même temps que leur fille franchissait le seuil de la porte. Ils approchaient la cinquantaine et avaient tout à coup l'impression que leur vie n'avait servi à rien. Comme des millions d'autres Indiens, ils avaient fait instruire leurs enfants. Aujourd'hui, leurs diplômes éloignaient ces jeunes de l'Inde et les branchaient sur le reste du monde dont les valeurs et les codes étaient étrangers à la génération des parents.

Sanjay et Sushma avaient grandi dans une Inde colorée par un socialisme fermé aux valeurs et aux biens d'origine étrangère. Une Inde où il n'y avait que deux marques de voitures disponibles ; où il fallait attendre au moins un an avant d'obtenir une ligne téléphonique ; où la télévision était l'affaire de l'État. Maintenant, les jeunes possédaient presque tous un téléphone portable, rêvaient d'acheter un véhicule sport utilitaire Ford, portaient leurs dépenses de vêtements occidentaux sur leur carte de crédit et déjouaient les plans de leurs parents qui voulaient décider de la personne qu'ils allaient épouser. Les racines de leur identité plongeaient dorénavant au-delà de la terre ancestrale du continent indien.

# 9

Greg avait beaucoup voyagé, mais jamais aussi loin et aussi longtemps. Les vols Los Angeles — Londres — Kampala allaient enrichir sa fiche de grand voyageur de milliers de points bonis. Au-dessus de l'Atlantique, le repas du soir avalé, il se déchaussa, s'enveloppa dans la couverture, inclina le dossier de son siège et cala sa tête dans l'oreiller. Au moment où le film allait commencer, il ferma les yeux. Il eut droit à un autre film, celui de sa vie.

L'Afrique était au bout d'une piste le long de laquelle s'étaient alignés les personnages qui avaient jalonné son existence : Madeleine, John, Fred et une demi-douzaine de jeunes filles et de femmes qui semblaient l'inviter à rester près d'elles. « Tu ne les quittes pas, lui avait expliqué Fred ; tu ne les laisses pas t'approcher. »

Entre ces images surgissaient des scènes d'accidents d'avion, d'acier tordu, de sols carbonisés ; des morts et des survivants. Il était, lui, un survivant condamné à côtoyer la mort. Il l'avait apprivoisée sournoisement et la tenait maintenant en joue.

Même si la mort le faisait bien vivre, il n'avait plus besoin d'elle. Il se réveilla avec la certitude qu'elle s'était malgré tout glissée dans ses bagages.

* * * *

Il ne vit de Londres que son aéroport où il succomba à la tentation d'acheter, dans une boutique hors taxes, une lentille zoom dont il rêvait d'équiper son appareil photo. Il se plongea ensuite dans la lecture d'un guide touristique de l'Ouganda où il découvrit l'histoire troublante des dictatures qui avaient meurtri le pays.

En survolant le Sahara, il eut l'étrange sentiment de perdre ses repères, d'être dépouillé de son identité. Pas de ville, pas de traces de vie ; donc, pas de traces de mort. Puis, peu à peu, quelques taches vertes, des pistes, un hameau, de longs filets d'eau. Enfin, un grand lac et le retour sur terre dans le crépitement des applaudissements d'un petit groupe de touristes ornithologues heureux de toucher le sol de l'Ouganda.

Portée à bout de bras par un homme en chemise blanche cravatée malgré la chaleur humide, une pancarte affichait le nom « ROBERTSON » en lettres majuscules. Greg mit quelques secondes avant de se diriger vers le chauffeur.

– Je suis Greg Robertson, lança-t-il.

– Bonjour, mon nom est Stephen, chauffeur du premier secrétaire de l'ambassade. Je m'occupe du dédouanement de vos appareils techniques.

Épuisé, Greg allait s'effondrer sur le siège arrière de la limousine climatisée lorsqu'il nota la présence d'une femme.

– Bonjour, monsieur Robertson. Je suis Gloria Molunga, chargée par l'ambassade de vous accueillir et de vous permettre de mieux connaître le pays.

Greg l'écoutait distraitement expliquer qu'elle travaillait auprès des populations démunies et qu'elle pourrait l'emmener partout où il désirerait se rendre.

– Je dois me rendre à Katchanga, près de Rakai, le plus tôt possible.

– Oui, monsieur, répondit-elle.

Grande et mince, elle parlait lentement et avec assurance. Le marron de sa chair contrastait avec le charbon de la peau du chauffeur. « Sans doute pas de la même ethnie », pensa Greg. Il n'arrivait pas à deviner son âge, mais les rides de ses mains et de son cou révélaient qu'elle avait au moins cinquante ans. Ses lunettes de corne arrondissaient un visage traversé d'un sourire discret. Un petit foulard vert repoussé vers l'arrière laissait paraître des cheveux crépus, presque châtains, qu'elle avait de toute évidence fait teindre et défriser. Une bonne douzaine de bracelets multicolores tintaient comme des clochettes au bout de ses longs bras qu'elle croisait et décroisait avec élégance et discrétion.

Elle lui offrit une bouteille d'eau et le laissa absorber le choc de son long voyage. Elle lui remit une lettre de l'ambassadeur. Greg y jeta un œil lourd. Il avait rendez-vous le lendemain, dimanche, à l'ambassade. Il grimaça. Même s'il ne lui restait que cinq semaines pour trouver la boîte noire, il aurait souhaité récupérer pendant au moins vingt-quatre heures avant d'amorcer ses recherches.

Vingt minutes plus tard, Stephen revint avec les bagages.

– Au Sheraton ! commanda Greg.

– Je sais, monsieur. Tout est organisé. On vous attendait.

Le trio quitta l'aéroport d'Entebbe. Pendant les premières minutes, la conduite à gauche, héritée du régime britannique, le déboussola. Après quelques kilomètres, une grande pancarte verte souhaitait la bienvenue à Kampala. Les rues étaient souvent crevassées, défoncées, comme si la ville avait été bombardée.

– Voici le quartier des ferrailleurs, dit Gloria.

L'odeur du soufre et du feu sautait à la gorge. Des centaines de lits de métal balisaient l'artère principale. Les artisans, assis à l'ombre de pins rabougris, offraient leurs bouts de métal recyclés et soudés. Gloria décrivait la ville et lui indiquait des repères qui lui permettraient de circuler facilement dans la capitale. La voiture s'immobilisa. Des dizaines de chauffeurs klaxonnaient. Tout était bloqué. Stephen doubla tout le monde à contresens, jusqu'à ce qu'un policier l'intercepte. Le chauffeur agita un document officiel.

– Immunité diplomatique, dit-il à l'officier.

– Je veux bien, mais il y a une manifestation, répondit le policier. Des vierges.

– Quoi ! Des vierges !

– Oui, elles sont quelques milliers. Des jeunes femmes vêtues de blanc qui affirment être vierges. Elles prônent l'abstinence avant le mariage.

– Une autre histoire de catholiques ? demanda Stephen.

– De catholiques et de protestants. Les Églises se sont unies, pour une fois. Elles font campagne contre le sida. Vive la virginité ! lança le policier en s'esclaffant.

Gloria grimaça. Greg était assommé. Le voyage et le décalage horaire lui plombaient les paupières. Au bout d'une demi-heure, Stephen réussit à franchir le carrefour des vierges. Avant d'aborder la colline où trônait l'hôtel Sheraton, il montra à Greg quelques gros temples modernes, protestants et catholiques, dont il semblait plutôt fier. Puis, ce fut la rue des marchands et des temples hindous, le terminus des autocars et, enfin, la montée bien pavée du Sheraton, encadrée d'eucalyptus géants autour desquels picoraient des marabouts aussi impressionnants que laids.

– À demain, dit Gloria pendant que le chauffeur plaçait les valises sur le chariot du porteur. Stephen viendra vous chercher à neuf heures. Il vous emmènera à l'ambassade.

Greg était exténué. En vingt-quatre heures, il venait de changer d'univers. La chambre du Sheraton ressemblait à toutes les autres où il avait dormi. Il aurait pu être aveugle et s'y promener sans trébucher. Mais lorsqu'il jeta un œil par la fenêtre, il se sentit un grain de sable blanc dans un désert noir.

– Et c'est ici qu'est venue s'écraser cette foutue boîte noire !

Il n'eut pas le réflexe d'ouvrir la télé, comme il l'aurait fait ailleurs. Pour ne pas perdre contact avec le seul univers dont il comprenait les codes, il sortit son appareil radio à ondes courtes et chercha la fréquence de la BBC World Service ou de Voice of America, la voix officielle des États-Unis. Après avoir navigué dans la friture qui sépare les différentes stations radiophoniques du monde, il parvint à localiser une voix, un ton, un rythme qui le réconfortèrent. Il capta un bulletin d'information de Voice of America. Évidemment, l'explosion de la navette faisait encore les manchettes. L'enquête venait d'être lancée. Il eut l'impression qu'on parlait un peu de lui dans le topo. D'autre part, tout se passait bien chez lui. Même que son équipe de football favorite, les Patriots de la Nouvelle-Angleterre, venait de s'assurer la première place de sa division. Il allait refermer l'appareil lorsqu'il entendit une voix féminine annoncer : « *And now, our news bulletin in special English*[9]. » Après une minute, il ne savait plus s'il devait en rire ou en pleurer. La journaliste reprenait le même bulletin, mais elle parlait lentement, séparant chaque mot et articulant chacune des syllabes. La diction était aussi parfaite que l'étaient la volonté pédagogique et le message de propagande.

[9] Et maintenant, notre bulletin en anglais particulier.

Greg brisa le sceau de plastique de la serrure du minibar. Il ouvrit un sac d'arachides américaines et se servit un double whisky avec des glaçons, « garantis fabriqués avec de l'eau pure ».

****

Le premier secrétaire James Hutton accueillit Greg en le priant d'excuser son excellence l'ambassadeur Clark qui le verrait plus tard cette semaine. Greg réprima un bâillement. Sa tête était en Afrique, mais son corps vivait encore à l'heure de Los Angeles.

– J'ai reçu les détails de votre mission et les ordres sont clairs : nous mettrons nos services à votre disposition, dans la mesure de nos moyens, dit le premier secrétaire.

– J'ai compris que Gloria me servira de guide pour me rendre à Katchanga, dans la région de Rakai. Que sait-elle de ma mission ?

– Rien, trancha Hutton. Je lui ai demandé de vous faciliter la tâche. L'aéronautique et l'aviation lui sont étrangères. Mais elle connaît à fond le pays et ses coutumes. De plus, elle est très discrète.

– Quel est son tarif ?

– Cinquante dollars par jour. *Cash*[10]. À la fin, si vous êtes satisfait, rien ne vous empêche de lui donner un supplément.

– Et le véhicule ?

[10] En argent liquide.

– Déjà réservé, mais il ne sera disponible que mardi. Demain, je peux vous prêter les services de mon chauffeur. Évidemment, le guide et votre véhicule sont à la charge de la NASA.

– J'aimerais partir demain, lundi.

– Ce sera difficile. Demain, c'est le jour des élections locales. Impossible d'aller où que ce soit pour enquêter un jour d'élections. Prenez le temps d'absorber votre décalage horaire. Je vous suggère de partir dans trois ou quatre jours. Les nouveaux élus des hameaux et des villages seront alors en poste. Ce sera plus facile d'obtenir leur collaboration. Gloria vous sera très utile.

– Mais les délais sont très courts, répliqua Greg. Il ne me reste que cinq semaines ; après, le signal de la boîte sera mort.

– Je sais, je sais. Mais si je peux vous donner un conseil, mettez-vous à l'heure de l'Afrique, Robertson, au rythme du pays. Sinon, vous allez vous épuiser dans des démarches inutiles. Les Américains qui débarquent ici pour la première fois sont toujours pressés, soupira-t-il.

Greg serra la main du premier secrétaire et partit se promener à pied dans Kampala. Il découvrit la ville telle qu'elle était décrite dans le guide parcouru pendant le voyage : un pastiche de l'Angleterre victorienne qu'auraient laissée à l'abandon des mercenaires africains venus la piller et s'enrichir. Les quelques rues pavées témoignaient du lointain passage des Européens, auxquels avaient succédé des tortionnaires ougandais dont les troupes sanguinaires avaient laissé des traces en creusant des sillons à coup de machettes et d'obus. Devant une boucherie à ciel ouvert, où des milliers de mouches butinaient les carcasses suspendues, l'odeur du diesel n'arrivait pas à masquer le remugle du sang séché. Il frissonna à l'idée qu'il y a quelques années, sous le régime des dictateurs Obote et Idi Amin Dada, ce sont des êtres humains qu'on pendait aux crochets des étals.

Greg retrouva la gare des autocars près du marché qui semblait ouvert en permanence. Un garçon tira sur sa manche gauche. Puis il eut juste le temps de repousser un autre garçon qui avait déjà la main dans la poche droite de son veston. Une femme s'approcha en maudissant les enfants qui tentaient de le voler. Elle portait une longue robe multicolore dont les tons s'harmonisaient à ceux d'un énorme turban torsadé avec élégance. Elle marchait avec la grâce de celles qui n'ont jamais eu à transporter des bacs d'eau sur leur tête. Elle offrit à cet étranger, visiblement égaré, d'acheter des vêtements accrochés comme des rideaux devant son échoppe de carton. Greg décapsula la lentille de sa caméra et lui demanda de poser devant son étalage de vêtements.

– Non, vous ne pouvez pas, protesta-t-elle. Je suis mariée.

Elle lui expliqua, dans un anglais des plus châtiés, que son mari était fonctionnaire et que les gens du Fonds monétaire international avaient forcé le gouvernement à congédier le tiers de ses employés avant de pouvoir toucher les subventions du FMI.

– Le FMI a créé un nouveau groupe de pauvres, dit-elle. Maintenant, nous sommes obligés de vendre nos vêtements et des petits gâteaux pour survivre. Essayez de m'aider un peu, supplia-t-elle.

Greg resta sans mot. La première inconnue à qui il adressait la parole lui parlait d'un organisme international dont la majorité des Américains ignoraient l'existence. Il lui tendit quelques shillings et s'éloigna vite pendant que d'autres commerçantes l'apostrophaient en lui reprochant de donner de l'argent aux femmes de fonctionnaires alors qu'elles étaient, elles, de vraies pauvres.

Il déboucha sur un bout de rue qui surplombait un immense cratère d'un diamètre d'environ un kilomètre. La poussière ocre enveloppait les dizaines de cars et les centaines de personnes accroupies près de leur ballot ou assises sur leurs sacs. Il vérifia si on l'observait avant de pointer son appareil photo vers ce terminus qui ressemblait à une fourmilière dont on avait subitement retiré le couvert végétal. Ce ballet d'insectes humains était rythmé par l'orchestre des klaxons et le beuglement des vaches.

– Heureusement que cette boîte noire n'est pas tombée au cœur de cette foule, se dit-il.

Même s'il était familier avec la chaleur étouffante du désert Mojave, jamais il n'en avait autant senti le poids. Les mouches se plaquaient à sa peau comme aux pièces de viande de la boucherie. Ses mains ne cessaient de battre l'air pour les chasser de ses yeux. La sueur formait de petits ruisseaux salés dans lesquels coulait la poussière envahissante. Il s'épongea le front et la nuque. Immédiatement, quelques femmes s'approchèrent pour lui offrir d'acheter un chapeau de paille. Il sourit, en choisit un et s'éloigna sans demander sa monnaie. La vendeuse lui courut après.

– Monsieur, je vous dois de l'argent, lui dit-elle en éclatant de rire.

– Vous pouvez garder la monnaie, répondit-il.

– Non. Je ne peux pas. Si vous voulez me donner de l'argent, il faut d'abord reprendre votre monnaie. Ensuite, vous pourrez me donner ce que vous voulez.

– OK. Mais vous allez me permettre de prendre une photo de vous et de vos chapeaux.

Elle riait comme une enfant. Ses dents toutes blanches sur son visage anthracite ressemblaient à un clavier que Greg s'empressa de photographier en gros plan. Il lui remit quelques shillings qui firent l'envie des autres vendeuses de chapeaux.

La chaleur et l'humidité lui avaient collé la chemise au corps. Son pantalon bleu avait absorbé le talc orangé de la poussière du terminus des autocars. Avec son chapeau, il ressemblait à un épouvantail à corneilles. Il entendit chanter. Il approchait d'une église. Il entra pour s'y mettre au frais et crut se retrouver dans un temple baptiste du Mississippi. Un orchestre bruyant soulevait les bras des croyants qui imploraient le ciel de les protéger de l'enfer. « *Jesus, Jesus ! Praise the Lord*[11] *!* Alleluia ! Amen ! » Les mêmes

[11] Jésus, Jésus ! Rendez grâce à Dieu !

incantations, les mêmes gestes, les mêmes transes que chez lui à l'autre bout du monde. Un prêcheur blanc en costume et cravate prit la parole devant cette assemblée noire. Il sembla poursuivre un discours que les chants et les incantations avaient interrompu.

– Oui, mes amis, seule l'abstinence peut vous sauver de l'enfer et de la damnation. Jésus est amour. Jésus est la vie. Croyez en lui. Obéissez aux volontés de Dieu.

Les phrases étaient courtes, ciselées et préfabriquées. Entre chacune d'elles les « Amen ! » fusaient. Les hommes et les femmes, tous vêtus avec beaucoup d'élégance, buvaient les paroles du ministre blanc, les yeux fermés, les bras ouverts vers le ciel et le visage baigné de la sueur des transes. Le message était le même que celui des vierges qui paradaient, la veille, sur le chemin de l'aéroport. Greg n'eut pas le temps de dégainer son appareil photo. Un garçon vint poliment, mais fermement, lui indiquer que cela n'était pas convenable.

Greg héla un taxi.

– Au Sheraton !

Il se précipita dans la piscine. Dans l'eau propre et fraîche, il ne croisa que des corps blancs au crâne rougi par le soleil de Kampala. Tout était calme, harmonieux et civilisé. Tout était aseptisé. Tout était loin de l'Afrique. Il se sentait bien.

# 10

Assis sur le siège arrière de la voiture du premier secrétaire, Greg rageait d'impatience. Stephen était venu le prendre vers dix heures et s'était arrêté dans une rue bruyante, face à une entrée grillagée. « J'ai autre chose à faire que du tourisme, marmonnait-il. J'ai une enquête à mener... » Gloria sortit de la maison.

– Bonjour, monsieur Greg, dit Gloria.

– Alors on se balade en touriste aujourd'hui ? lança Greg sur un ton léger, mais sec.

– Je crois que ce sera plus qu'une ballade, répondit Gloria avec politesse.

Greg se sentit encadré et pris en charge. Le chauffeur avait climatisé la limousine au maximum, comme s'il voulait l'isoler de l'Ouganda.

– Et que fait-on aujourd'hui ? demanda Greg.

– Je vous propose d'aller voir comment se déroulent les élections locales, dit Gloria d'une voix calme et discrète. Cela vous aidera à comprendre le pays.

– On va vers Katchanga ?

– Inutile, aujourd'hui.

Greg n'avait qu'une chose en tête : récupérer la boîte noire. Et voilà que son guide lui proposait une leçon de démocratie africaine.

– Vous savez pourquoi je suis ici ? demanda-t-il.

– Votre travail ne me concerne pas, répondit Gloria. On m'a simplement demandé de vous aider à comprendre le pays.

Il fut rassuré : sa mission demeurait secrète.

– Pour m'aider, il faut m'emmener à Katchanga, près de Rakai. Je n'ai pas beaucoup de temps, dit Greg. Il faut que je rentre le plus tôt possible aux États-Unis.

– Je comprends, fit Gloria. Mais le temps que vous n'avez pas, nous pouvons vous le donner. Lorsqu'on est pauvre, on n'a que ça, le temps.

Ils roulèrent vers un quartier situé de l'autre côté du terminus d'autocars.

– Vous voyez ces gens qui font la file, dit Gloria. De fait, il y a quatre files. Eh bien, ils sont en train de voter.

– Mais il n'y a pas d'urnes ! s'indigna Greg.

Trois hommes et une femme, côte à côte, le visage face à un mur de boue séchée, attendaient en silence, comme s'ils étaient en punition. Des dizaines de personnes faisaient la queue derrière les candidats. Des femmes comptaient le nombre de personnes alignées derrière chacun.

– Ils sont quatre à désirer le poste de secrétaire du comité de quartier, expliqua Gloria. Les citoyens n'ont qu'à se tenir derrière le candidat de leur choix. Interdit de se retourner pour voir qui l'appuie. Celui des quatre qui compte le plus grand nombre de partisans l'emporte.

– Mais le vote n'est pas secret ! Tout le monde sait pour qui chacun a voté !

– Vous avez raison, dit Gloria en souriant, mais ainsi, il est impossible de tricher. Autrefois, sous les dictatures, et bien avant même, les soldats venaient bourrer les urnes de faux bulletins de vote. L'élection était trafiquée et volée. Lorsque le FMI a demandé au nouveau régime de démocratiser le pays, la seule façon d'éviter la tricherie et de redonner confiance au peuple dans le système électoral a été de voter ouvertement, en public.

Greg braqua sa caméra sur les colonnes de citoyens.

– Incroyable ! dit-il. Ce n'est pas démocratique !

– C'est notre démocratie, dit Gloria. Aux problèmes africains, il faut des solutions africaines.

****

Le lendemain, au volant de la fourgonnette louée, Greg, maladroit, roulait vers les villes de Rakai et de Kiotera. Il lui fallut plus d'une demi-heure pour sortir de la capitale ; il n'avait jamais conduit à gauche de la route. Assise bien droite sur la banquette, Gloria le mettait en garde à chaque intersection et lui indiquait le chemin. Après avoir longé l'immense lac Victoria, la route s'accrochait aux flancs des collines. Les charrettes tirées par des bœufs et des hommes en bicyclette ralentissaient la circulation.

– Ça ne sert à rien de klaxonner, dit Gloria. Prenez le rythme.

Greg soupira d'impatience. Gloria sourit.

– La pêche a été bonne, remarqua-t-elle.

Des dizaines de cyclistes transportaient sur l'aile arrière de leur vélo brinquebalant une énorme perche attachée en équilibre instable.

– Gros, ces poissons, dit Greg. Mais j'ai autre chose à faire que de suivre des pêcheurs !

Gloria fit comme si elle n'avait rien entendu de son client impatient.

– À la fin des années cinquante, juste avant l'indépendance, les autorités coloniales britanniques ont voulu régler le problème de l'alimentation. Il fallait nourrir de plus en plus de monde. Dans une logique tout à fait *british*, on a décidé d'introduire dans le lac

Victoria un poisson plus gros afin de nourrir plus de gens. Les dirigeants ont transféré dans le lac la perche du Nil, une espèce qui n'existait pas dans ce plan d'eau. Des poissons qui pèsent des dizaines de kilos ! Résultat : ces perches se sont multipliées et ont dévoré les autres poissons. Comme ces petits poissons se nourrissaient de certaines plantes aquatiques, ces plantes ont proliféré. Maintenant, le lac étouffe.

Pour éviter d'autres digressions pédagogiques qui retardaient son arrivée dans la région de Katchanga, Greg ne fit aucune remarque, ne posa aucune question jusqu'à ce qu'ils entrent dans Rakai, à quelques dizaines de kilomètres de la frontière avec la Tanzanie. La capitale régionale avait tout d'une bourgade frontalière : des dizaines de camions remorques stationnés le long de la rue commerçante, des grappes de prostituées, des restaurants crasseux, des vendeurs itinérants qui, dans la chaleur moite, poussaient leur charrette remplie de bananes, d'ananas et de tranches de pastèque couvertes de mouches.

– Est-on près de Katchanga ? demanda Greg.

– Nous allons commencer par aller voir le préfet de la région, à Rakai. Il vous dira comment il peut vous aider.

– Le préfet ! Pourquoi ?

– Vous êtes étranger. Il doit émettre un permis de circulation.

– Mais j'ai le droit de circuler où je veux. J'ai un visa en règle.

– Vous pourrez circuler, monsieur Greg, mais seulement après avoir reçu l'autorisation du préfet. C'est le chef de la région.

Assis derrière leur petit pupitre de bois, la tête appuyée sur une main, les fonctionnaires et gardiens de sécurité semblaient fossilisés. Après une heure d'attente, un adjoint vint informer Gloria que le préfet les recevrait avec plaisir… le lendemain.

– Nous avons fait cent soixante-dix kilomètres pour nous faire dire de revenir ! tonna Greg. On aurait pu téléphoner.

– Oui, mais on n'aurait pas eu de rendez-vous avant la semaine prochaine, expliqua Gloria. Le fait que vous vous soyez déplacé montre l'importance que vous lui accordez.

Le lendemain, emmené par Gloria, Greg rencontra le préfet en tête à tête. À la suggestion du premier secrétaire Hutton, il lui raconta qu'il devait enquêter pour retrouver les morceaux d'un avion privé américain qui s'était écrasé en Tanzanie, mais dont certaines pièces pourraient avoir percuté le sol du côté de l'Ouganda.

– Je n'en ai jamais entendu parler, dit le préfet. Je vais m'informer. Revenez me voir dans une semaine. Les autorisations vous seront alors remises.

Greg, furieux de voir son travail ralenti, donna congé à Gloria jusqu'à la semaine suivante.

De retour à l'hôtel, il expédia un courriel à Langsworth, son patron. « Ce sera plus long que prévu, écrivit-il. On me fait poireauter à attendre des autorisations que l'ambassade aurait dû me procurer avant mon arrivée. Je devrais déjà être à Katchanga, mais on m'impose des détours et des rencontres qui n'aboutissent à rien. Pouvez-vous m'aider à faire bouger les choses ? » Soulagé, il sortit pour faire un peu de jogging. Au bout d'une demi-heure, il rentra, écœuré. Jamais il ne pourrait respecter ses habitudes ici. Lorsqu'il courait, il devait tenir compte des trous dans le pavé, de l'anarchie des conducteurs et des émanations de diesel qui le faisaient tousser au point de devoir s'arrêter. « Je déteste l'Afrique ! » se dit-il.

****

En fin de journée, alors qu'il prenait un whisky au bar de l'hôtel, il remarqua une jolie femme assise seule à quelques tabourets du sien. Il esquissa un sourire discret. Elle lui répondit de la même manière. Elle ne faisait pas partie du groupe de prostituées officielles que l'hôtel tolérait dans son hall. Elle n'était pas noire ; elle était donc étrangère. Mais son teint plutôt foncé et ses yeux maquillés de khôl laissaient deviner des origines d'Europe centrale, « ou d'ailleurs », se dit Greg. Elle termina son verre, salua Greg et partit. Après la piscine, il la croisa de nouveau au restaurant, où elle mangeait seule.

Le lendemain, n'ayant pas encore reçu de réaction de la part de son patron, ni de nouvelles de l'ambassadeur, il hésita à partir seul vers Kiotera et Katchanga. Il s'en voulait d'avoir accepté de rencontrer le préfet, ce qui l'obligeait à respecter les règles du jeu et à attendre son permis de circuler. Il se résigna à monter dans un petit car de tourisme pour aller visiter la source du Nil.

Pour lui, qui avait descendu la rivière Colorado en kayak, le lieu n'avait de magique que la ferveur mise par le guide pour faire comprendre à sa demi-douzaine de clients l'importance historique de cette source du plus long fleuve au monde. Parmi ce groupe de visiteurs, il y avait la jeune femme aperçue au bar la veille. Elle sembla se passionner pour le nombre incroyable d'oiseaux. Le guide parla de plus de mille espèces, dont l'ibis sacré, l'aigle d'Ayres, le calao couronné, le soui-manga à tête verte, le pluvier et le martin-pêcheur. Après quelques photos des grands arbres où se cachaient les oiseaux, il s'éloigna du groupe.

– Vous ne semblez pas très intéressé, lui dit une voix féminine.

Il se retourna pour faire face à la jeune femme de l'hôtel.

– Oui et non. La nature est magnifique, mais...

– Mais vous semblez avoir autre chose à faire, enchaîna-t-elle.

– Vous croyez ? répliqua-t-il, intrigué.

– Vous préférez sans doute les gorilles ; les hommes préfèrent habituellement les gros animaux, dit-elle en riant.

– J'avais une journée à perdre. Alors...

– Alors vous allez maintenant envoyer des cartes postales à vos amis aux États-Unis en leur disant que vous avez vu la source du Nil.

– Comment savez-vous que je suis américain ?

– Ça se voit et ça s'entend !

– Et vous, vous êtes. . . ? demanda Greg.

– Étrangère... et curieuse, répliqua-t-elle. Je crois qu'on s'apprête à repartir.

Sur le chemin du retour, le guide amena son groupe dans un petit restaurant perché sur une butte au bord du lac Victoria. Greg poursuivit sa conversation avec la jeune femme. Il insista pour connaître son pays d'origine.

– Vous ne devinez pas ? demanda-t-elle.

– Néo-zélandaise, risqua Greg.

– Pas du tout. C'est plus au nord.

– Vous n'êtes pas africaine, ni sud-américaine, voyons... afghane ! lança Greg.

– Si j'étais afghane, je ne serais pas ici seule, répliqua-t-elle.

– Alors vous êtes originaire de...

Greg prenait plaisir à ce jeu. Il la trouvait de plus en plus jolie, amusante et intrigante. Elle n'avait pas trente ans, s'exprimait parfaitement bien en anglais et son petit accent exotique avait réussi à le distraire de ses frustrations.

– J'y suis ! dit-il. Vous êtes originaire de l'Inde.

– Bravo ! Vous avez réussi.

– Et qu'est-ce que je gagne ?

– Une jolie balade en car de tourisme, dit-elle en riant.

De retour à Kampala, elle allait sauter dans un taxi lorsque Greg lui dit :

– Vous ne m'avez toujours pas dit votre nom.

– Je m'appelle Nisha. Au revoir !

Le lendemain, vendredi, Greg vit le petit feu rouge clignoter sur son appareil téléphonique en entrant dans sa chambre. Il y avait deux messages.

« Bonjour, monsieur Greg, c'est Nisha, l'Indienne avec qui vous avez visité la source du Nil. Je voulais simplement vous dire que j'ai passé une agréable journée hier. À bientôt, j'espère. »

Il esquissa le sourire discret du pêcheur qui sent une belle prise tourner autour de l'hameçon. L'autre message était moins stimulant. C'était son patron.

« Salut, Robertson, difficile de se parler à cause du décalage. L'ambassadeur doit te fournir toute l'aide technique dont tu as besoin. Et là, tu me dis qu'il te faut négocier avec le préfet de la région ! Je vais insister de nouveau auprès du Secrétariat d'État, mais débrouille-toi pour que ça se fasse vite. Les audiences du comité sénatorial sur les crédits accordés à la NASA reprennent dans un mois. J'ai besoin de la boîte noire avant un mois ! J'espère qu'on se comprend bien ! Bonne chance ! » Le ton était cordial, mais sec.

Greg expédia un courriel à Fred. « Salut, Fred, le patron me brasse la cage parce que je n'ai pas encore pu me rendre à Katchanga. Peux-tu lui expliquer ce qu'est l'Afrique ? D'autre part, tout va bien. J'ai même fait une touche auprès d'une fort jolie Indienne. Je ne sais pas d'où elle sort. Une Indienne en Ouganda… Wow ! Salutations à Teresa. — Greg. »

# 11

– Nisha, ta mère a téléphoné. On n'a pu se parler longtemps ; la ligne était très mauvaise entre Mumbay et Kampala. Tu as passé une bonne journée ?

Depuis une semaine, Nisha était installée chez son oncle Ramana Ganesh, le frère aîné de sa mère, et sa femme, Indira. Comme des dizaines de milliers de commerçants asiatiques, les Ganesh avaient été dépossédés de leurs biens et chassés de l'Ouganda en mille neuf cent soixante-douze par le régime paranoïaque, raciste et sanguinaire du dictateur analphabète Idi Amin Dada.

Les Indiens avaient commencé à s'installer en Ouganda à la fin du dix-neuvième siècle alors que la Couronne britannique importait la main-d'œuvre de ses colonies pour développer les infrastructures. Sous la gouverne de l'Angleterre, les Indiens avaient construit les chemins de fer de leur pays ; Londres avait donc invité ses sujets indiens à venir développer le réseau des chemins de fer dans sa colonie ougandaise. C'est ainsi que depuis plusieurs générations, des familles indiennes vivaient en Ouganda.

Elles y avaient bâti leurs commerces, leurs réseaux d'influence, leurs églises et leurs lieux de rassemblement. Ce noyau d'expatriés incitait d'autres Indiens désireux de quitter la pauvreté à tenter l'aventure africaine, ce qui avait été le cas des Ganesh arrivés au milieu des années soixante.

Quelques années après la fin de la dictature d'Amin Dada, le gouvernement avait offert aux Asiatiques de revenir s'installer en Ouganda, d'y récupérer leurs maisons et leurs biens et de recommencer à y vivre et à y investir en toute sécurité. Ramana et sa femme avaient accepté l'offre et rouvert une boutique d'appareils électroniques. Le couple, sans enfant, avait souvent lancé l'invitation à ses neveux et nièces de venir les voir. L'oncle et la tante, heureux de cette première visite, avaient offert à Nisha son billet d'avion. Tout s'était décidé rapidement. La nièce leur avait expliqué qu'elle avait besoin de repos et de réfléchir à son avenir. Elle n'avait pas parlé de son rêve américain et encore moins de ce risque fou de venir voir de près ce Greg Robertson.

– Tu ne sembles pas t'ennuyer, dit Ramana.

– Absolument pas, répondit Nisha. J'ai pris un abonnement à la piscine du Sheraton. J'y vais chaque jour.

– Tu m'as semblé fatiguée à ton arrivée, dit Indira.

– À la maison, papa et moi, ça devient de plus en plus difficile. Et puis, en deux ans, je n'ai pris que deux semaines de congé.

– Alors tu ne te gênes pas pour rester aussi longtemps que tu le souhaites. Nous sommes ravis de t'avoir avec nous.

****

Greg maugréait en rentrant de Rakai. Il ne restait que quatre semaines pour compléter ses recherches. Cette Gloria l'avait non seulement mis sur l'écran radar du préfet, mais, devant son ignorance des coutumes et des codes du pays, prenait plaisir à lui donner le cours « Afrique pour les nuls ».

– Même si vous obtenez l'autorisation de circuler du préfet, vous devez aussi tenir compte des origines ethniques et des liens familiaux de vos interlocuteurs, lui avait-elle expliqué. Le moindre officier ou fonctionnaire pourra paralyser vos recherches s'il devine que vous avez l'appui de quelqu'un qui n'a pas les mêmes origines que lui.

Il venait tout juste d'en faire l'expérience. Le chef de la police de Kiotera, d'origine hamite tutsi, était un adversaire politique du préfet qui, lui, faisait partie de la tribu des Ganda. Le policier lui avait refusé l'autorisation de se rendre dans la zone de Katchanga, qui relevait de son autorité.

– On se revoit demain ? demanda Gloria.

– Je ne sais pas, fit Greg. Je dois parler à mes supérieurs. Je vous contacterai aussitôt que possible.

Greg la paya et repartit en trombe vers l'ambassade où il força Hutton à le recevoir.

– J'en ai assez, lança-t-il au premier secrétaire. Cette Gloria retarde mon enquête... Savante, peut-être, mais inutile pour le genre de service dont j'ai besoin.

– Ne vous a-t-elle pas mis en contact avec le préfet et les chefs de la région de Rakai ? C'est ce que vous vouliez, non ?

– Justement pas ! Je voulais simplement me rendre à Katchanga, près de Rakai, et chercher la boîte noire de la navette. Aujourd'hui, je me retrouve sans permis de circuler, au milieu d'une querelle de clans et d'ethnies ! J'en sais plus sur le pays que sur la boîte noire !

– Je comprends, dit Hutton en souriant, mais vous n'auriez jamais été capable d'amorcer cette enquête sans l'accord des autorités locales. C'est ainsi que ça se passe ici. Soyez patient. Vous verrez, tout débloquera à la dernière minute. C'est l'Afrique, mon cher Robertson. Maintenant, dit-il en se levant, vous allez m'excuser. J'ai rendez-vous.

Hutton regarda Greg partir et frappa à la porte du bureau de l'ambassadeur.

– Patron, ça marche, dit-il avec le pouce en l'air.

– Cette Gloria fait-elle son travail ?

– Elle ne s'en doute pas, mais c'est mieux que je l'espérais. Elle a forcé Robertson à rencontrer les dirigeants de la région de Rakai. Il est maintenant pris dans l'engrenage bureaucratique.

– Il faut s'assurer qu'il continue de chercher sans trouver, fit l'ambassadeur. Les ordres sont clairs. Merci de votre bon travail.

****

Le soleil allait franchir l'horizon. Quelques nuages en lambeaux finissaient de s'étioler dans le mauve et l'orangé d'un ciel traversé par des milliers d'oiseaux qui rentraient de leur journée de chasse aux moustiques dans la région des marais. Greg plongea dans la piscine au moment où les lampes sous-marines s'allumaient. Il allait entreprendre sa cinquième longueur lorsqu'il se trouva face à Nisha.

– Quel athlète ! lui dit-elle. Vous avez déjà fait de la compétition ?

– Ça se voit encore ? répondit Greg en lissant ses cheveux vers l'arrière.

Il ne restait plus grand monde dans la piscine. Tout en bavardant, Nisha et Greg commencèrent une sorte de ballet de séduction. Ils nageaient sans s'éloigner l'un de l'autre, se laissaient couler sous l'eau pour en ressortir en frôlant leurs corps, basculaient la tête vers l'arrière pour aussitôt la ramener plus près de celle de l'autre. Ils en vinrent à se toucher les mains, puis les épaules ; puis à tenir la taille de l'autre en laissant leurs corps monter et descendre comme de grands oiseaux au début de la saison des amours.

– On va prendre un verre ? demanda Greg.

– Je vous suis, répondit-elle en le laissant sortir de la piscine avant elle.

Elle prit le temps d'admirer ses longues jambes musclées, son torse massif, ses épaules gonflées ; elle nota à la commissure de ses lèvres une cicatrice que son sourire avait sans doute masquée. Tous deux enrobés du peignoir blanc brodé à l'effigie de l'hôtel, ils commandèrent deux whiskys en admirant les derniers rayons du jour danser à la surface de l'eau bleutée de la piscine.

– Est-ce votre premier séjour en Afrique ? demanda Greg.

– Non, répondit-elle en détournant légèrement la tête pour qu'il ne la voie pas mentir. J'ai de la famille ici. Et vous ?

– Oui.

– Tourisme ?

– Oui et non. J'essaie de visiter un peu le pays tout en travaillant.

– Et qu'est-ce que c'est comme travail ?

Greg hésita.

– Devinez, répondit-il.

Nisha décida d'ouvrir un peu son jeu.

– Qu'est-ce qu'un Américain de la côte ouest peut bien faire en Ouganda ? se demanda-t-elle à haute voix.

– Comment savez-vous que je suis de l'ouest des États-Unis ?

– J'ai deviné, répondit-elle. Les Californiens sont toujours plus bronzés que les autres.

– OK ! dit-il en lui frôlant le bras.

– Los Angeles… Vous connaissez bien la ville ?

– Oui, j'y ai vécu.

– Wow ! Avez-vous déjà croisé des stars… comme Brad Pitt, Clint Eastwood ?

Greg éclata de rire.

– Tout le monde pense qu'on les connaît personnellement. Mais je ne fréquente pas ces gens-là. C'est loin de mon métier.

– Vous me semblez un homme curieux. Vous faites un métier qui exige de la résistance physique…

– Comment pouvez-vous savoir ? interrompit Greg.

– Vous posez beaucoup de questions ; vous faites du sport et de l'entraînement physique. Ça paraît. C'est sans doute que votre occupation comporte des exigences physiques importantes. Donc, je dirais que vous êtes… un enquêteur, lança-t-elle.

Greg fut estomaqué. Puis, inquiet. Qui donc était cette Indienne ravissante qui semblait si bien le connaître ? Une espionne ? Il effaça vite cette idée folle de sa tête. Espionne ou pas, il voulait à son tour la rattraper au jeu auquel elle semblait pouvoir gagner facilement.

– Vous êtes enquêteur ? reprit-elle.

– Tout le monde enquête tout le temps, répondit-il. Alors ce n'est pas un métier. C'est une attitude, un comportement naturel.

– Un comportement aussi naturel que celui de séduire, répliqua-t-elle en riant.

– Et vous, que faites-vous ? relança Greg pour tenter de reprendre l'avantage du jeu.

– Devinez !

– OK ! Vous êtes mannequin et vous fuyez les paparazzis de New Delhi en vous réfugiant chez vos parents en Afrique. On vous voit dans tous les magazines, à la télévision… Vous êtes une star là-bas. Et vous rêvez de le devenir en Amérique !

Nisha était aussi séduite que bouleversée. Comment avait-il pu deviner qu'elle rêvait de l'Amérique ? Elle avait eu l'audace de venir retrouver en Afrique l'homme qu'elle avait imaginé comme l'Américain idéal. Elle l'avait retrouvé avec facilité, Greg lui ayant fourni le nom de son hôtel avant de partir. Elle l'épiait depuis une semaine. Elle ne s'était jamais sentie aussi libre. Et elle ne s'était jamais sentie aussi prisonnière.

Libre de mener sa vie comme elle l'entendait. Et prisonnière de cette passion pour l'Amérique incarnée dans cet homme qu'elle pouvait toucher, tellement elle en était près. Mais c'était plus qu'un Américain qu'elle avait devant elle. C'était un homme. Un très bel homme, de surcroît. Il aurait pu avoir une autre nationalité qu'il l'aurait séduite de la même manière. Au bras de Greg, elle se voyait débarquer à Los Angeles, où elle deviendrait spécialiste du marketing pour les compagnies désirant faire des affaires en Inde.

Greg sentait que son coup avait porté. Qualifier une jeune femme de « star » ne pouvait la laisser indifférente, et elle n'ignorait pas qu'elle était jolie. C'était comme rencontrer un caporal de l'armée et l'appeler « Major ». « Ça marche à tout coup », se dit-il.

– Alors, reprit-il, j'ai vu juste ?

– Presque, répondit-elle en rougissant.

– Puis-je inviter la star à manger avec moi ce soir ?

Elle éclata d'un rire nerveux. Tout cela allait trop vite. Elle prétexta un autre rendez-vous. Demain, cela pourrait se faire. Ils vidèrent leur verre et partirent chacun de son côté avec l'engagement de se revoir le lendemain.

– Mais dites-moi, lança Greg. Si vous êtes libre demain, vous pourriez m'accompagner. Je dois me rendre du côté de Kiotera.

– D'accord, répondit Nisha.

– Alors je passe vous prendre demain matin ?

– Non, je serai ici à huit heures, répondit Nisha, qui ne voulait surtout pas que son oncle découvre son secret.

# 12

Fébrile, Greg se sentait dépouillé de tous ses réflexes. Pour la première fois de sa vie, ses gestes, ses paroles n'avaient aucun impact. Il était devenu une espèce de fantôme sans influence. Et, près de lui, personne pour l'appuyer. Mais il n'avait plus le choix ; il fallait foncer. Un autre message du patron ajoutait à la pression. Il voulait des nouvelles dès cette semaine. Greg ne pouvait plus attendre la collaboration de tous les préfets, de toutes les ethnies de la région avant d'agir. Il décida de se foutre du permis de circuler et de foncer vers Katchanga.

La solitude l'avait poussé à inviter cette inconnue à l'accompagner. Il jeta un coup d'œil sur Nisha, assise à sa gauche, sur la banquette du camion. « Ai-je fait une connerie ? » se demanda-t-il. Sa mission était secrète. Il avait désobéi à son engagement de travailler seul. Mais pour la première fois de sa vie, il ne pouvait partager ses doutes ou ses inquiétudes avec un ami, un collègue ou un supérieur. Il devait maintenant porter seul l'obligation de réussir, d'être irréprochable. Le soir, en refermant la porte de sa chambre d'hôtel, il savait que rien ne se produirait qu'il n'ait lui-même provoqué. L'ennui le portait à ouvrir la bouteille de whisky et à regarder fondre deux glaçons au fond d'un verre qu'il vidait de plus en plus vite.

Cette maudite Afrique infiltrait dans ses veines une drogue mystérieuse qui transformait sa notion du temps. Il lui restait moins d'un mois pour mettre la main sur la boîte noire, mais il perdait un peu chaque jour le sens de l'urgence qui l'avait propulsé sur ce continent où ses codes et ses repères s'embrouillaient de plus en plus.

Nisha vivait un rêve. Elle avait peine à croire qu'elle était là, à un mètre de celui qu'elle avait contacté à des milliers de kilomètres, il y a trois semaines. Elle n'osait plus parler. Il lui décrivait la région qu'il venait à peine de découvrir ; elle hochait la tête sans l'écouter. Elle sentit soudain un petit vertige. N'allait-elle pas trop loin ? Devait-elle révéler qui elle était ? Et s'il se fâchait ? Allait-il l'agresser ? Elle eut le réflexe de coller les genoux et de croiser les bras sur sa poitrine.

– Vous semblez inquiète, lui dit Greg.

Elle sursauta.

– Non, pas du tout. Je suis simplement étonnée de me trouver là, avec vous.

Il ralentit.

– Avez-vous peur ?

– Non. Tout cela est fantastique. Je ne croyais jamais découvrir ce coin de pays comme cela ; avec vous, insista-t-elle.

– Moi non plus, dit-il en souriant et en lui tapotant le bras.

Il arrêta le camion, sortit une carte pleine de chiffres et de lignes convergentes.

– Vous voyez, on est ici. J'essaie de me rendre de ce côté, près d'un lieu nommé Katchanga. Il paraît que c'est peu connu. Si jamais vous voyez une affiche portant ce nom, vous me le signalez.

– Que cherchez-vous ? demanda-t-elle.

Il avait fait savoir à Gloria qu'il n'avait pas besoin de ses services pour quelques jours ; il ne fallait pas que cette belle inconnue vienne mettre à son tour son nez dans ses affaires.

– Permettez que je ne vous réponde pas. Ce n'est rien d'extraordinaire, mais je n'ai pas le droit de le révéler. Comme vous semblez capable de deviner qui sont les gens, vous découvrirez peut-être ce que je cherche sans que j'aie à vous le dire.

Ils avaient quitté Kiotera depuis vingt minutes. La route de terre était de plus en plus envahie par les arbustes. Il n'y avait personne en vue. Soudain, un garçon surgit devant le véhicule en faisant signe d'arrêter. Il était muni d'un grand bâton avec lequel il frappait la terre en criant. Un petit troupeau de vaches à longues cornes sortit du bosquet et s'engagea sur la route, bloquant le passage à Greg. Leurs sabots soulevaient la poussière qui, en retombant sur leur peau, dessinait des plaques semblables à des oasis. Greg saisit son appareil photo et fixa l'image sur pellicule. Il se retourna vers Nisha et, à sa surprise, la photographia. Elle éclata de rire comme une adolescente, à la fois séduite et anxieuse. Le jeune berger suivait ses animaux. Greg remonta à sa hauteur.

– Dis, petit, tu connais Katchanga ?

Le garçon fit signe qu'il ne comprenait pas. Parlait-il seulement anglais ? Greg se souvint de l'émission de radio en « *special English* ».

– Ka-tchan-ga. *Do you know Ka-tchan-ga*[12] *?*

L'enfant prit peur. Il hurla après ses bêtes, fit tournoyer son bâton et les fit dévier vers une petite savane. Le troupeau disparut avec son gardien qui courait derrière.

Greg arrêta le moteur.

– On dirait que vous l'avez effrayé, murmura Nisha.

– C'est aussi l'impression que j'ai eue, dit Greg sur un ton mal assuré.

– Attendez-moi ici, dit-elle, je reviens.

– Non, je n'aime pas ça. Je viens avec vous.

[12] Connais-tu Katchanga ?

Ils descendirent et s'engagèrent sur ce qui semblait être un sentier abandonné aux herbes hautes. On n'entendait que le chant des oiseaux et le cri de quelques animaux invisibles dans le feuillage des arbres. Les branches se faisaient de plus en plus courbées vers le sol. Des lianes pendaient comme des sentinelles filiformes. Nisha glissa sa main dans celle de Greg. Il la regarda en souriant.

– Je n'aimerais pas me perdre ici la nuit, dit-elle.

Ils s'arrêtèrent.

– Je n'ai pas de boussole, dit Greg. Nous pouvons nous égarer. Il serait plus prudent de rentrer et de revenir demain avec un guide. Je connais une femme qui...

– Vous êtes venu ici avec une femme ? interrompit Nisha.

– Pas encore, mais elle connaît la région et me sert de guide depuis quelques jours.

Nisha sentit un petit pincement au ventre. Ils allaient retourner vers le camion lorsqu'ils aperçurent deux jeunes garçons qui les observaient en silence, à demi cachés derrière le tronc d'un eucalyptus.

– Hé ! les garçons ! cria Greg. Nous cherchons Katchanga.

Les deux enfants s'enfuirent sans répondre.

– Je n'aime pas ça, murmura Nisha.

****

Le soleil aveuglait Greg par le rétroviseur. Les yeux à demi fermés, les mains greffées au volant, il roulait vers Kampala. L'étrange réaction des garçons l'intriguait. Le seul nom « Katchanga » semblait les avoir fait fuir. Même chose pour le jeune gardien de troupeau. Et Gloria, qui semblait résister à l'aider. Et le préfet qui ne collaborait pas. Et l'ambassadeur qui ne l'avait pas encore reçu. « Qu'est-ce qui se passe ? se demanda-t-il. Dans chacune de mes enquêtes, je n'ai jamais échoué. Fred dit que c'est la chance de ma vie et je n'avance plus. Et si Fred s'était trompé... » Greg chassa l'idée que son ami ait pu manquer de jugement à son égard. Il s'était approché de Katchanga, mais n'avait pu y mettre les pieds. Cette fois, c'est lui qui n'avait pas été au bout de sa démarche. Il avait presque touché au but et avait battu en retraite. « Pourquoi ? » s'inquiéta-t-il. Il n'osa s'avouer que, comme Nisha, il avait éprouvé un certain malaise à poursuivre sa route.

Nisha était silencieuse. Elle observait son Américain comme elle n'avait jamais imaginé le faire. Elle le voyait dans l'intimité de ses réflexions, de son travail et de son angoisse. Il lui sembla encore plus beau, plus humain, surtout. Aurait-il agi de la même manière avec une autre femme, avec « cette autre femme » dont il avait parlé ? Elle ne voulait laisser sa place à personne d'autre. Elle n'avait pas fait tout ce trajet depuis l'Inde, elle n'avait pas pris ce risque fou pour maintenant reculer.

– J'espère que ma présence ne vous empêche pas de faire votre travail, glissa-t-elle.

Il fit signe que non tout en gardant les yeux sur la route. Elle ne parla plus. Elle sentit l'Amérique s'éloigner d'elle.

Ils entrèrent dans Kampala au moment où le jour cédait la ville à la nuit. Quelques rares lampadaires jetaient dans les rues meurtries une langue de lumière jaunie. Un peu partout, des petits commerçants avaient allumé des feux dans de vieux barils d'acier. La ville ressemblait à une immense caverne parsemée de flambeaux lugubres. Nisha frissonna. Greg lui mit doucement la main sur une cuisse. Elle sursauta.

– Acceptez-vous toujours l'invitation de manger avec moi ?

Il retira sa main.

– Je vais avertir ma famille que je rentrerai plus tard, répondit-elle.

– Donc, c'est oui !

– Oui. Avec plaisir.

Comme des complices qui avaient autre chose à faire, le repas fut avalé rapidement. Chaque conversation engagée s'interrompait sans être poursuivie. Chaque sujet discuté était laissé en plan. Ils ne parlaient ni du passé ni de projets. Ils n'avaient pas envie de reprendre le jeu de devinettes sur leur identité propre.

– Drôle de journée, glissa Greg.

– Déçu ?

– Oui et non. Ça ira mieux demain. Qu'en penses-tu ?

Il la tutoya pour la première fois. Il avait besoin, ce soir, de retrouver cette assurance qui le caractérisait. Pour effacer le doute, il lui fallait passer à l'action, faire un geste qui lui confirmerait son attitude de gagnant. Il avait besoin d'une victoire.

– J'ai envie d'une bonne piscine, dit-il. Tu viens ?

– Je te regarderai nager. Je n'ai pas de maillot.

Pendant qu'il montait à sa chambre, elle téléphona à sa tante.

– Je suis avec des copains... à l'hôtel du Nil. Ne t'inquiète pas. Je rentrerai plus tard.

La piscine était fermée. Greg poussa le portillon et se glissa dans l'eau sans faire de bruit. Les lampes étant éteintes, seule la lueur des ampoules des balcons supérieurs jetait un peu de lumière. Il fit quelques longueurs puis s'arrêta à l'autre extrémité pour reprendre son souffle. Il vit alors une ombre se lever, se dévêtir et entrer silencieusement dans l'eau. Nisha s'approcha, se colla à lui et se laissa embrasser.

Entre l'Inde et l'Amérique, l'Afrique s'était emparée de leurs corps.

# 13

Greg se sentait ragaillardi. Accompagné de Gloria, il roulait vers Kiotera pour tenter d'y obtenir le permis de circuler. Hutton avait insisté, lors de leur rencontre, sur le respect des règles du jeu. C'était sa dernière tentative. En s'approchant de Katchanga avec Nisha, il n'avait été intercepté par aucun policier. Aujourd'hui, il jouait le jeu pour la dernière fois. Demain, avec ou sans permis, il entrerait dans Katchanga.

– Impossible d'atteindre le chef de la police de Kiotera par téléphone, dit-il.

– Ça ne m'étonne pas, répondit-elle. Les résultats des élections ont été proclamés officiellement. Je crois qu'il a perdu son poste.

– Les gens devaient voter pour le chef de la police ? s'étonna Greg.

– Non.

– Alors il n'appartenait pas au parti du vainqueur de sa région.

– C'est un peu plus compliqué que cela, expliqua Gloria. En Ouganda, il n'y a pas de partis politiques. Ils sont interdits.

– Interdits ! Mais la démocratie, les élections, comment est-ce possible ?

– Nous ne sommes pas encore une démocratie totale, continua-t-elle. Les catholiques et les protestants avaient formé des partis politiques, il y a quelques décennies. Comme les protestants étaient majoritaires, il était impossible pour un catholique de se faire élire. Alors le président a décidé d'interdire les partis politiques pour éviter le clivage religieux. On préfère le consensus à l'affrontement. Donc, vous ne pouvez voter que pour une personne et non pour un parti.

Greg était estomaqué.

– Et qu'est-ce que le chef de police fait là-dedans ? demanda-t-il.

– Le nouveau maire de Kiotera ne lui accordait pas sa confiance, alors il l'a remplacé.

– Et la confiance repose sans doute sur l'appartenance à la même ethnie. Je commence à comprendre, dit l'Américain.

Sitôt arrivé à Kiotera, Greg sentit se refermer à nouveau les portes de la région. Le nouveau chef de police n'avait jamais entendu parler de ce fameux permis de circuler. Il allait faire des démarches au cours des jours à venir.

– Gloria, je n'ai plus de temps à perdre ! Vous devez m'aider à me rendre à Katchanga.

– Qu'est-ce qui vous attire de ce côté ? Je ne comprends pas ce que vous cherchez là. C'est un petit hameau perdu dans la savane. Faites-vous des recherches sur le sida ?

– Oui, d'une certaine façon, bredouilla-t-il.

Surpris par la question, il avait choisi de ne pas nier afin de masquer l'objet de son enquête. Mal lui en prit. Il venait de fournir à Gloria l'occasion d'un détour qui lui ferait à nouveau perdre beaucoup de temps. Elle l'emmena au bureau du directeur régional de la santé publique. Le docteur Kiwanuka reçut sa vieille amie avec enthousiasme. Après un entretien de plus d'une heure sur le drame du sida qui tuait l'Afrique petit à petit, Kiwanuka expliqua les efforts de son service pour promouvoir l'utilisation du condom. « Et les Églises, tant catholiques que protestantes, sont nos pires adversaires, dit-il. Les prêtres et les pasteurs prêchent tous les dimanches que le seul moyen d'éviter le sida, c'est l'abstinence ! Imaginez ! Ils ne vivent pas sur la même planète que nous. » Puis, il entraîna Greg et Gloria vers le petit hôpital du quartier.

Dans l'unique pièce plutôt aérée, des dizaines de corps émaciés attendaient d'être délivrés de leur vie, rivés à des petits lits de métal, comme ceux qu'il avait remarqués dans la rue des ferrailleurs le jour de son arrivée. Les yeux exorbités, les membres décharnés, ces hommes et ces femmes ne mangeaient correctement que si des parents venaient les nourrir. Leur peau semblait enduite d'une pellicule de cire, comme si leur corps, dans un effort ultime, tentait d'emprisonner les derniers morceaux de vie auxquels ils avaient droit. Chaque jour, les brancardiers sortaient les cadavres en franchissant un joli jardin où les familles éplorées vivaient sur le sol, à ciel ouvert, impuissantes devant « la maladie des Blancs », comme on l'avait surnommée. La seule bonne nouvelle face au décès d'un malade était qu'il venait de libérer un lit. Kiwanuka s'approcha d'une femme alitée.

– Cette femme n'a plus de famille, dit-il. Je vais vous la présenter ; vous serez sans doute son premier visiteur. Et son dernier.

Elle était si amaigrie que Greg eut l'impression que ses yeux étaient plus gros que ses poings.

– Madame, voici monsieur Greg, un Américain, dit le médecin.

Ils s'approchèrent. Le médecin déposa la main de la malade dans celle de Greg, comme on transfère un objet précieux entre les doigts d'un ami. La main était tiède. Les doigts se replièrent soudain sur ceux de Greg, comme s'ils s'agrippaient à une bouée. Il figea. Dans un effort ultime, elle tenta de se soulever, le regard accroché à celui de Greg, comme si elle le suppliait de lui transmettre une parcelle de vie. La tête retomba sur le grabat, les doigts toujours entrelacés avec ceux de Greg. Le médecin s'approcha, posa ses doigts sur l'artère de son cou en appliquant une oreille sur sa poitrine. Il lui ferma les paupières.

– *She's dead*[13], dit-il.

Greg tenait toujours la main dont il n'arrivait pas à se défaire. La mort était soudée au bout de son bras. Pour la première fois de sa vie il voyait quelqu'un mourir. Enfant, il avait été effrayé par les flammes qui dévoraient la vie de sa mère. Adulte, il avait découvert des cadavres dans les ruines fumantes des avions. Mais jamais il n'avait touché la vie au moment où elle fuyait un corps. Il venait de voir la mort ensorceler l'âme d'une femme pour mieux la délivrer de la souffrance et de la solitude. Il ne restait qu'un cadavre, qu'il ne fallait pas confondre avec la mort. Il frissonna à l'idée que cette mort avait glissé entre ses doigts comme un peu d'eau dans les mains d'un enfant.

Kiwanuka desserra les doigts de la femme, libéra la main de Greg et remit le bras décharné sur le drap comme on dépose une fleur sur un linceul.

Lorsque Greg salua le médecin, il détourna ses yeux rougis, qu'il ne put toutefois cacher au regard ému de Gloria.

Ils ne se dirent plus un mot du reste du voyage.

Le soleil allait basculer sous l'horizon lorsqu'il la déposa au poste des taxis, à l'entrée de l'hôtel. Pendant qu'il la payait, il ne remarqua pas que Nisha l'observait, assise au bar près de la piscine.

---

[13] Elle est morte.

# 14

Le ragoût de mouton et de haricots blancs à la sauce yogourt et cari avait redonné le sourire à Nisha.

– C'est très agréable de partager ce repas du soir avec toi, dit l'oncle Ramana avec un petit sourire.

Nisha baissa les yeux. Depuis plus d'une semaine, elle ne croisait son oncle et sa tante que le matin. La plupart du temps, elle n'entrait pas manger avec eux le soir.

– Tu sembles avoir trouvé un groupe d'amis intéressants, glissa Indira.

– Je sais... Vous m'hébergez et je ne passe pas beaucoup de temps avec vous. Je m'en excuse. Mais l'Afrique, c'est tellement différent de l'Inde. Je fais des excursions. Je découvre le pays. Je rencontre des gens à la piscine. Je mange souvent avec eux.

– Tu peux les inviter ici, si tu veux, dit Ramana.

Nisha revit un instant Greg à la porte de l'hôtel en compagnie de Gloria. Comme d'habitude, il allait se pointer à la piscine avant le repas du soir. Elle avait décidé, ce soir, de le priver de sa présence. Ils avaient passé une partie de la nuit dernière ensemble et cette Africaine avait droit, elle, aux égards de Greg pendant toute la journée. Bien sûr, elle avait trente ans de plus ; bien sûr, elle était noire et lui, blanc ; mais elle, Nisha, n'avait-elle pas quitté l'Asie pour venir le retrouver ? Elle se trouva ridicule de se sentir ainsi jalouse mais ne pouvait réprimer son attachement à Greg. Il était plus que l'incarnation du rêve américain : il était un homme, une présence physique, charnelle, dont elle sentait de plus en plus l'emprise. En quittant les abords de la piscine sans lui parler, en ne lui donnant pas signe de vie ce soir, elle espérait le voir se rapprocher. Mais comment pouvait-il le faire puisqu'il ne connaissait que son prénom et son visage ?

– Ça fait plaisir de se retrouver en Inde ; ce repas, c'est comme chez nous, surtout avec vous, dit Nisha.

– Si tu veux explorer le pays, comme tu dis, je peux te prêter la voiture, ajouta son oncle. Nous avons la camionnette, c'est suffisant. Et n'oublie pas les lunettes d'approche ; pour observer les oiseaux et les animaux, c'est essentiel.

Elle se coucha tôt. Au réveil, elle était seule à la maison. Il était passé dix heures. Son oncle et sa tante étaient déjà rendus à la boutique. Elle téléphona à ses parents, à Mumbay.

– Maman, ça fait cinq minutes qu'on se parle et tu n'as pas cessé de répéter comment papa est désagréable depuis qu'il est chaque soir à la maison. De plus, tu me dis qu'il t'a refilé une blennorragie... Vous vous engueulez de plus en plus à mon sujet... Et tu voudrais que je rentre !

La conversation avec sa mère venait de la convaincre d'allonger son séjour en Ouganda. Greg n'était donc plus la seule bonne raison de ne pas revenir en Inde.

# 15

Greg avait décidé de foncer sans Gloria. Il approchait de l'intersection de la route de Kiotera et du chemin menant à Katchanga. Concentré sur la route et ses notes, il n'avait pas remarqué que depuis Kampala, une berline Toyota rouge le suivait. Il emprunta la route poussiéreuse, franchit moins d'un kilomètre et stationna son camion dans une petite clairière, près d'une hutte qui avait l'allure d'une guérite abandonnée. Il souleva un lourd sac à bandoulière et le camoufla au fond du véhicule. Il verrouilla les portières et s'enfonça dans la savane. Il faisait gris et la pluie menaçait.

Nisha repéra le camion abandonné, recula sa voiture et stationna en bordure de la route principale. Le cœur battant, elle s'avança à pied sur la piste. Il commençait à pleuvoir.

Elle marchait depuis environ cinq minutes lorsqu'elle sursauta. Était-ce un animal ou un homme ? Elle s'immobilisa sous un eucalyptus. La pluie avait fait taire les oiseaux. Dans le froissement du feuillage, elle vit les deux garçons de la semaine précédente pousser une charrette sur laquelle des caissons de bois étaient retenus par une série de lianes entrecroisées. Ils se dirigeaient vers le camion de Greg. Elle grimaça. Elle se déroba de leur vue en se mettant derrière l'arbre. Cent mètres plus loin, elle entendit des rires d'enfants et le bruit d'une planche qu'on frappe avec un marteau. « C'est sûrement Katchanga », se dit-elle.

Le martèlement cessa et des cris de frayeur mêlés de rires éclatèrent avant de s'arrêter sec. En s'approchant, elle vit Greg entouré d'une dizaine d'enfants armés de scies, de marteaux et de bouts de planche. Elle porta les lunettes d'approche à ses yeux. Ils avaient entre cinq et douze ans. Pieds nus, vêtus de guenilles et de culottes trouées, ils étaient amaigris, mais enjoués. Aucun ne menaçait Greg. Il y avait dans le groupe autant de fillettes que de garçons. Ils obéissaient à un adolescent à qui Greg s'adressait en anglais. Les enfants riaient nerveusement, aucun ne le comprenait. Nisha vérifia autour d'elle ; personne en vue. Elle suivit la petite meute à distance. Elle remarqua sur sa droite un atelier au toit de paille d'où étaient sortis les jeunes ouvriers. Quelques chevalets soutenaient des planches de tailles différentes. Le sol était couvert de bran de scie. Craignant d'être découverte, elle rebroussa chemin.

Greg voulut avancer, mais les enfants l'entourèrent en sautillant et gesticulant, comme s'ils venaient de faire un prisonnier. Il fut à la fois inquiet et rassuré de voir un homme s'approcher.

D'un geste lent, il fit taire tout le monde. Il était jeune et, surtout, très beau. Il avait environ vingt-cinq ans. Chaussé de sandales, il portait un jean et un T-shirt recouvert d'une chemise ample aux tons de rouille et d'orange. Ses bras fins étaient plutôt musclés. Il souleva sa casquette pour glisser ses longs doigts dans des cheveux courts, noirs et bouclés qui couronnaient un visage lisse aux traits affinés. Il marchait comme un danseur, le pas si léger qu'on eût dit qu'il ne touchait pas terre. En penchant légèrement le buste, il salua Greg en lui serrant la main.

– Qui êtes-vous ? demanda-t-il en anglais.

– Mon nom est Greg Robertson. Je suis un chercheur américain.

– Je suis Sammy, répondit le jeune homme.

Il chassa les enfants vers l'atelier et fit asseoir Greg sur le tronc d'un arbre abattu.

– Que faites-vous ici ? demanda le jeune homme.

– Je cherche un morceau de métal qui est tombé d'un avion ici, à Katchanga.

– Aucun morceau de métal n'est tombé du ciel à Katchanga.

Tout en discutant, Greg essayait de voir le village. Le chemin par lequel était arrivé Sammy tournait vers la droite et ne permettait pas de voir les maisons. Il n'avait aperçu que l'atelier des enfants.

– Le morceau est peut-être tombé lorsque vous étiez absent, dit Greg.

– Je ne quitte jamais le village. Je le saurais. Je vous demande de partir.

Greg comprit qu'il n'irait pas plus loin. Un premier contact était établi. Il fit une proposition.

– Avec votre accord, je reviendrai. J'ai un appareil qui me confirmera rapidement si l'objet est tombé autour de Katchanga. Pensez-y.

Il venait de serrer la main de Sammy lorsqu'il revint sur ses pas.

– Vous n'auriez pas vu ma clé ? demanda Greg en fouillant de nouveau dans ses poches.

Sammy et Greg examinèrent le sol sans rien trouver.

– Bon, dit Greg, je vais retourner chercher un double et je reviendrai récupérer le camion.

Greg était dérouté. Il décida de se rendre à pied à Kiotera, d'où il prendrait le petit car vers Kampala. Mais ce contretemps l'autorisait aussi à revenir à Katchanga. Sammy le laissa partir en tripotant la clé enfouie au fond de la poche de son pantalon.

Lorsque Nisha avait rebroussé chemin, au lieu de repartir vers Kampala, elle avait décidé d'aller voir Kiotera et d'y prendre une bouchée. Elle y avait passé l'après-midi. Elle rentrait vers Kampala lorsque, sur la route, elle vit Greg marcher dans sa direction. Elle s'arrêta à sa hauteur. Estomaqué de la voir surgir en voiture, il lui fit signe, les mains au ciel.

– Mais qu'est-ce que tu fais ici ? lança-t-il, aussi surpris que soulagé.

Nisha réfléchit vite.

– Mon oncle m'a prêté sa voiture. J'ai passé la journée à me balader dans la région. J'allais rentrer lorsque sur qui je tombe ? Greg Robertson ! Que t'arrive-t-il ?

Greg l'embrassa.

– J'ai poursuivi mes recherches dans la région. En voulant repartir, j'ai découvert que j'avais égaré la clé du camion. J'ai cherché partout avec le chef du hameau où j'avais stationné ; je n'ai pas trouvé. Je marchais vers Kiotera pour y passer la nuit.

– Tu as enfin vu Katchanga ! s'exclama Nisha.

– Très peu, répondit Greg.

Nisha sentit qu'il valait mieux ne pas poser de questions qui risqueraient de l'indisposer.

– Tu vois, dit-elle avec un sourire complice, nous étions destinés à nous revoir. Je te ramène à Kampala. On reviendra demain récupérer le camion.

Greg eut envie de lui raconter sa découverte de Katchanga, sa rencontre avec les enfants et Sammy, le chef de l'atelier. Il se savait tenu au secret, mais le silence devait-il s'étendre sur ses joies, ses angoisses,

ses réussites et ses échecs ? Nisha était la seule personne en Ouganda avec qui il avait établi des liens plus intimes. Elle était devenue son amante avant d'être une amie. Il ne pouvait partager avec personne d'autre ses inquiétudes et ses émotions, mais elle était encore une inconnue. Il résista à la tentation de s'ouvrir à elle.

Il lui offrit de prendre le volant. Elle refusa. Les rôles étaient inversés. Elle entra dans Kampala avec assurance et déposa Greg au Sheraton.

– Allez, dit-il, tu viens prendre un verre.

– C'est impossible ce soir. Je dois rentrer. J'ai rendez-vous.

– Alors comment fait-on pour demain ?

Nisha lui donna spontanément le numéro de téléphone de son oncle.

– Appelle-moi demain matin. Je m'organiserai avec mon oncle pour emprunter de nouveau sa voiture.

Ils s'embrassèrent avec douceur et une passion retenue.

* * * *

Le lendemain, en approchant de la clairière où Greg avait laissé son camion, ils ne découvrirent qu'un espace déserté et des traces de pneus dans la boue séchée de la piste.

– Attends-moi ici, commanda Greg.

– Pas question, répliqua Nisha. Je t'accompagne.

La phrase était lancée sur un ton qui ne laissait aucun doute sur les intentions de la jeune femme. Ils roulèrent jusqu'à la hauteur de l'atelier où une bande d'enfants entourèrent la voiture de Nisha. Le jeune chef du village s'avança, fit retourner les enfants à leurs tâches et salua Greg en jetant un œil étonné sur Nisha.

– Sammy, dit Greg, je vous présente Nisha.

Ils se serrèrent la main. Entre Kampala et Katchanga, Greg avait décidé d'expliquer à Nisha que le village était étrange. « Les gens semblent habiter ailleurs. J'ai rencontré Sammy, le chef du chantier où travaillent de nombreux enfants. » Mais il ne lui révéla pas la raison de sa présence à Katchanga. La question lui brûlait les lèvres, mais Nisha se retint de la lui poser.

– Vous cherchez votre camion, dit Sammy en exhibant la clé. Après votre départ, je l'ai trouvée sur le sol, là où nous nous sommes assis. J'ai été chercher le camion et l'ai garé ici, derrière l'atelier.

Greg fut étonné que Sammy ait trouvé la clé là où ils l'avaient pourtant cherchée. En ouvrant la portière, il constata que personne n'avait touché au sac placé, la veille, sur le plancher. Il y glissa discrètement la main et appuya sur un bouton.

– Sammy, pouvons-nous visiter votre joli village ? demanda Nisha.

– Mademoiselle, notre village n'est pas joli. Il n'y a rien d'autre à voir ici.

La réponse était aussi franche et nette que l'anglais qu'il parlait avec aisance, mais par phrases courtes et hachurées. Greg en profita pour inviter Nisha à le suivre. Il ne voulait surtout pas qu'elle brouille les cartes avec ce Sammy, dont il avait besoin de la collaboration pour ses recherches. Frustrée, Nisha n'eut d'autre option que d'imiter Greg qui montait dans son camion.

– J'ai du travail cet après-midi, dit Greg, mais ce soir on se retrouve à l'hôtel. Tu ne peux pas refuser. Et apporte ton maillot de bain !

Sammy leur fit signe de la main en les regardant partir. Dans son rétroviseur, Greg fixa longuement ce jeune homme aussi intrigant que fascinant.

Nisha roulait devant Greg. Il la suivait distraitement. Il avait extirpé de son sac le détecteur électronique dont il avait déclenché le mécanisme quelques minutes avant de quitter Sammy. L'enregistrement des ondes captées ne contenait aucun bip. Si la boîte noire se trouvait dans les alentours de Katchanga, il devrait la chercher en se promenant dans cette savane qui, parfois, était envahie par la jungle. Il ne restait que vingt-trois jours pour la retrouver. Il lui fallait à tout prix la complicité de Sammy.

* * * *

Sammy se tourna vers un adolescent, témoin de la rencontre.

– Yuweri, l'homme blanc va revenir bientôt. Si je ne suis pas au village, tu ne le laisses pas s'approcher des enfants. Je veux être avec lui à son retour.

Sammy rentra dans sa maisonnette aux volets clos. Il préservait ainsi le peu de fraîcheur que les nuits apportaient et toute l'intimité dont il s'était entouré depuis quelques années. Il sourit en soulevant le couvercle d'un coffre de bois. « Je savais qu'on viendrait la chercher », se dit-il en regardant une grosse boîte de métal orange qu'il n'avait manipulée qu'une seule fois à cause de ses vingt-cinq kilos. Il avait rêvé de ce moment où quelqu'un accorderait tellement d'importance à ce trésor qu'il pourrait en tirer beaucoup d'argent. Ce serait un Américain puisque les lettres « USA » y étaient inscrites. Mais il ne se doutait pas que cet Américain serait ce Greg. Il en était troublé. Il referma le coffre, y fixa un cadenas et revint vers la lumière du jour qui écrasait son petit royaume. La nuit tombée, il mit le coffre sur une petite charrette. « On ne sait jamais », se dit-il. Il se dirigea vers le marécage voisin et y camoufla la boîte de métal.

* * * *

– Monsieur Robertson, vous avez un message. Un courrier électronique qui est entré aujourd'hui.

Fred lui demandait de lui téléphoner, peu importe l'heure.

– Quel plaisir de t'entendre, dit Fred. Alors, ça avance tes recherches ?

– Ce ne sera pas facile de me faire accepter sur le territoire, mais je devrais mettre la main sur l'objet rapidement.

– J'ai parlé à ma direction à la NASA. La date butoir est toujours la même : il reste moins d'un mois avant l'examen du budget de l'Agence. J'ai compris le fond de l'histoire. Comme l'a laissé entendre Langsworth lorsque tu l'as rencontré, les données de la boîte peuvent prouver que les coupures de budget des dernières années sont indirectement responsables de l'explosion de la navette et de la mort des astronautes.

– Peut-être, répondit Greg, mais les sénateurs vont répondre que la direction de la NASA n'a pas été prudente et n'aurait pas dû autoriser le dernier vol.

– La réponse, on la fera sortir par la presse : ce sont les pressions politiques de la Maison blanche qui nous ont forcés à courir ce risque. Certaines des expériences faites par les astronautes servaient les besoins de compagnies très influentes et surtout, très importantes dans le financement du parti du président. Tu comprends ? Je n'ai pas à t'en dire plus.

– Bien, répondit Greg, résigné. Mais pourquoi ne pas avoir envoyé une équipe d'enquêteurs en Afrique ?

Je me retrouve aujourd'hui, seul, avec cette charge sur les épaules. Je suis un enquêteur, pas un politicien, moi.

– Écoute, Greg, je te connais bien, je t'aime beaucoup et je sais que tu peux faire le travail. Langsworth a insisté pour qu'il n'y ait qu'une seule personne chargée de la mission en Ouganda. Il ne fallait pas que l'information coule. Et il a raison. Tu as toute sa confiance. De plus, en revenant avec la boîte et ses secrets, tu deviendras un héros !

– Ce n'est pas un job, être un héros.

– Mais ton job au centre Dryden, à Edwards, sera assuré.

Greg soupira.

– Ne lâche pas, Greg. Le contenu de la boîte noire va sans doute éviter d'autres morts, mais il pourra aussi t'éloigner à jamais de cette mort que tu ne peux plus voir, poursuivit Fred, qui devinait la solitude et l'angoisse de son protégé. Je suis avec toi de tout cœur. Et Teresa t'embrasse.

Greg posa le combiné. Il se sentit tout à coup dynamisé et épuisé. Lorsque Fred lui avait parlé de la mort, il avait revu les yeux de cette femme sidéenne qui avait rendu l'âme au bout de sa main. Elle avait laissé une trace indélébile sur ses doigts, une sorte de code secret qui lui ouvrait une fenêtre nouvelle sur la vie. Il eut le sentiment de commencer à apprivoiser la mort.

* * * *

Nisha était en beauté. Son parfum vanillé envoûtait Greg. Il avait commandé un vin sud-africain. Le restaurant du dernier étage du Sheraton dominait Kampala — dont les rues mal éclairées camouflaient la misère — et permettait aux visiteurs de dépenser sans remords, en un seul repas, ce que quatre-vingts pour cent des Ougandais mettent deux mois à gagner.

– Alors, dit-elle, quand retourne-t-on à Katchanga ?

Il n'était pas question pour Greg d'intégrer Nisha à son enquête.

– Nisha, tu m'as rendu un grand service aujourd'hui. Je t'en remercie. Mais tu dois comprendre que mon travail doit être séparé de ma vie personnelle.

– Je ne veux pas te nuire. Mais je peux t'accompagner et, peut-être, t'aider.

– Tu ne peux pas m'aider. Je ne connais pas ton métier ou ta profession, et je ne peux travailler qu'avec des gens qui ont ma formation. Les règles sont strictes.

Nisha décida de porter un coup.

– Justement, quelle est ta formation ? Quel est ton métier, Greg ?

Greg réagit vite en contre-attaquant.

– Et toi, qui es-tu ?

Une bulle de silence monta entre eux. Le jeu allait recommencer. Ils avaient fait l'amour, mais n'étaient pas des amoureux. Ils se connaissaient comme deux étrangers qui se retrouvent assis l'un près de l'autre lors d'un vol de nuit. Ils partageaient le même espace, mais n'avaient pas la même destination.

Ni l'un ni l'autre ne répondit à la question posée. Chacun craignait d'indisposer l'autre, de l'éloigner, alors qu'ils avaient envie de profiter de la mince bande de complicité qui les unissait pour s'offrir du bonheur, de la passion et du rêve.

# 16

Nisha avait eu peine à s'arracher de la chaleur des draps de Greg pour rentrer chez son oncle, peu avant deux heures du matin. Greg avait fait semblant de dormir afin de ne pas avoir à la retenir. Par la fenêtre, il la vit monter dans sa voiture rouge. Il prit une douche, enfila son pantalon, attrapa quelques fruits dans le plateau et descendit au garage. Le gardien, hébété, lui fit signe de la main avant de retomber dans le sommeil le plus profond.

« Moins d'un mois. » La phrase de Fred tournait dans sa tête comme le refrain assommant d'une chanson qu'on préférerait n'avoir jamais entendue. Greg se doutait que Nisha se pointerait tôt demain matin. Même s'il appréciait de plus en plus sa présence, il ne voulait pas qu'elle retarde l'enquête. Il lui restait exactement vingt-deux jours. Il roulait vers Katchanga, seul sur la route qu'il connaissait maintenant par cœur. Dans un virage, il aperçut à la dernière seconde un bœuf égaré qui trottinait au milieu de la chaussée. Un coup de volant audacieux lui permit de contourner la bête ahurie. Mais il se retrouva embourbé en contrebas de la route, à quelques centimètres d'un arbre qui aurait pu démolir le camion. Il se revit dans le désert Mojave, au volant de sa BMW, après avoir failli se faire emboutir par un camion remorque en évitant un renard. Il sourit. Il avait loué un camion quatre par quatre. Il savait qu'après quelques avancées et reculées, il parviendrait à gravir la petite pente et à se remettre sur la route. Secoué, il descendit du véhicule pour prendre quelques bouffées d'air frais.

Le ciel était d'ébène. Les millions d'étoiles invisibles dans les villes tissaient un voile sans couture, un drapé de nacre qui semblait former le plus grand nuage du cosmos. Il imagina de nouveau ce grand fleuve de lumière qui érodait le dôme de la Terre, ce plafond qui s'écroulerait pour révéler cet autre univers où les hommes n'ont pas besoin d'être irréprochables pour exister. Pendant un instant, il attendit que la terre tremble comme cette nuit-là, dans le désert Mojave. « La vie est un motel, se dit-il. On ne fait qu'y passer. »

Il reprit la route, plus troublé par ce contact magique avec le ciel que par la perte de contrôle de son camion. Aux États-Unis et en Afrique, il avait vu le même ciel, les mêmes étoiles. Cela le réconforta : il n'était pas si étranger sur cette Terre. Il se sentit de nouveau chez lui, assuré de contrôler sa vie et son destin. Cette boîte noire dont il rêvait d'entendre battre le cœur, il allait la trouver. « Aujourd'hui même », dit-il à haute voix.

Il roula quelques centaines de mètres sur le chemin de Katchanga. Pour ne pas éveiller Sammy et tout le village, il laissa dans une clairière le camion maculé de boue. C'était la nouvelle lune. Aucune lueur ne perçait les bras feuillus des arbres soudés en ogive au-dessus de la piste. Seule la langue de craie de sa torche à piles balisait ses pas. Quelques oiseaux soliloquaient en s'égosillant par cris aussi brefs que lugubres. Les eucalyptus soûlaient la savane de leur parfum de nuit. Arrivé près de l'atelier, en pourtour du hameau, il de-vina le squelette des abris où dormaient les planches, les scies et les marteaux des enfants. Il hésita. Allait-il y entrer ? Il jeta un peu de lumière vers l'intérieur des structures. Pas âme qui vive. Il répéta l'opération ; rien ne bougea. Il s'y installa sans bruit, ouvrit son sac et en sortit l'appareil de détection électronique. Il posa les écouteurs sur ses oreilles et se mit à balayer lentement, de gauche à droite, le détecteur des signaux de la boîte noire. En quelques secondes, il perçut le bip qu'il rêvait d'entendre depuis son départ de Los Angeles. Un signal sourd, presque lugubre, comme celui des sous-marins. Il serra les dents pour ne pas hurler de joie. « *Yesss*[14] *!* » La boîte était donc là, à quelques dizaines de mètres, sans doute camouflée sous plusieurs mètres d'eau, puisqu'il recevait le signal. Il l'imagina comme un otage qui appelle à l'aide. Il allait réussir. Il quitterait l'Afrique dans quelques jours, débarquerait à Los Angeles, serait accueilli comme un héros et remettrait le trésor en échange d'un contrat qui ferait de lui un enquêteur exceptionnel. Il devait maintenant attendre les premières lueurs du jour pour identifier la direction dans laquelle il devrait se diriger pour récupérer le Graal de sa nouvelle carrière.

[14] Oui !

Il faillit s'endormir, tellement le stress et la fatigue l'assaillaient. Vers cinq heures trente, le chant des oiseaux éveilla la petite basse-cour du hameau. Le coq fracassa le silence comme si les premiers rayons du jour tentaient de l'égorger. Greg savait avec quelle rapidité le soleil apparaît à l'équateur. Il devait battre en retraite vers son camion. Il rassembla ses instruments, se frotta le visage et se retourna avec le sentiment d'être épié. Il sursauta. Un jeune homme était assis à environ dix mètres de lui. Le garçon lui sourit, se leva, s'approcha lentement, le prit par le bras et lui indiqua de le suivre. Greg obéit. Il avançait comme un homme ivre qui tente de montrer qu'il peut encore marcher droit. Il n'offrit aucune résistance, d'autant que le garçon lui permettait de voir, enfin, Katchanga pour la première fois. Ils traversèrent la place centrale encore déserte. Quelques dizaines de huttes et de maisonnettes en terre battue étaient coiffées de toitures de paille. Aucune n'avait de porte, mais l'entrée était barrée près du sol par une planche de bois. Le garçon le conduisit à quelques mètres d'une maison de terre battue, la seule ayant une porte. Greg devina un filet de lumière entre deux volets mal ajustés. Le garçon lui fit signe d'attendre. Il frappa à la porte. Sammy ouvrit, allongea la tête hors du cadre et fixa Greg dans les yeux sans le saluer.

– Merci, Yuweri, dit-il en renvoyant le garçon.

Il fit signe à Greg de s'approcher. Sammy sortit en prenant soin de refermer la porte.

– Je vous attendais, dit-il avec une certaine arrogance.

La voix était aussi douce qu'autoritaire. Greg remarqua ses yeux presque en amande et son visage déjà rasé malgré l'heure matinale. Il dégageait une telle puissance, une telle fermeté dans le ton qu'on aurait pu lui prêter des ascendants princiers.

– Je dois vous voir, répondit Greg.

– Nous nous sommes vus hier.

– Mais nous n'avons pas discuté. J'ai un secret à vous confier.

– On a tous des secrets…

– Un secret vaut parfois de l'argent, répliqua Greg.

Sammy plissa les yeux. Greg devina qu'il avait touché une corde sensible. Dans ce hameau dépouillé, un peu d'argent serait apprécié. Mais il n'avait aucune expérience de négociateur, surtout pas avec un Africain. Il hésitait à poursuivre la conversation dans le même sens. Maladroitement, il décida de bifurquer, pour se donner le temps d'improviser une stratégie. Il se surprit à penser que la présence de Nisha l'aurait sans doute aidé.

– Je suis venu ici seul, en ami. Laissez-moi m'expliquer.

Sammy le regarda de bas en haut. Puis, de haut en bas.

– Est-ce que vous avez changé la couleur de vos cheveux ? demanda Sammy.

Décontenancé, Greg pouffa de rire. Il perdait le contrôle de la conversation. Il commençait à se demander si Sammy ne se moquait pas de lui.

– C'est une vraie question. Répondez-moi, insista Sammy.

– Non, dit Greg, j'ai toujours eu les cheveux pâles.

– Avez-vous une femme, des enfants ?

– Non, je n'ai pas de femme. Celle qui est venue avec moi hier était une collaboratrice.

– Pourquoi un homme de votre âge n'a-t-il pas de femme ?

Greg était abasourdi. Il faillit l'envoyer paître. Il se ravisa ; il avait trop besoin de lui pour récupérer sa boîte noire.

– Vos questions sont importantes, dit Greg. Je ne peux répondre comme cela, debout devant vous, alors que le soleil se lève à peine.

– Que faisiez-vous cette nuit dans notre hameau ?

– Je vous l'ai déjà dit, je dois repérer des morceaux de métal précieux qui ont été égarés dans la région. J'avais besoin du silence de la nuit pour bien entendre les signaux.

– Comment pouvez-vous entendre des morceaux de métal ?

– J'ai un appareil qui est sensible à la présence du métal. Je peux vous permettre d'écouter si vous le voulez.

– Mais il y a plusieurs pièces de métal dans Katchanga : des scies, des marteaux, des clous. Comment pouvez-vous savoir que c'est le métal que vous cherchez ?

Greg allait révéler à Sammy qu'il s'agissait de la boîte noire, lorsque des enfants apparurent. Il n'y avait toujours pas d'adulte avec eux. Quelques adolescentes transportaient des seaux vides.

– Vous allez partir immédiatement, ordonna Sammy nerveusement.

Greg comprit que le jeune chef voulait l'écarter des enfants. Il insista pour continuer à répondre à ses questions.

– Partez, monsieur Greg. Revenez ce soir, une fois la nuit tombée. Je vous attendrai là où vous avez stationné votre camion.

Greg lui tendit la main. La peau était aussi rugueuse à l'intérieur qu'elle était douce à l'extérieur.

– OK, dit Greg. J'ai votre parole. Vous avez la mienne.

Greg se rendit à Kiotera où il loua une chambre dans un hôtel de passe. À plusieurs reprises on frappa à sa porte. « Bonjour, patron, c'est l'amour qui passe », chantonnait une voix de jeune fille. Comme il ne répondait jamais aux invitations au plaisir, les voix finirent par se taire. Il put dormir.

# 17

Stephen Molunga ouvrit la portière de la limousine.

– Pourquoi derrière ? demanda Gloria.

– Monsieur le premier secrétaire souhaitait te parler quelques minutes. Il est dans la voiture.

Gloria salua James Hutton.

– Madame, je voulais vous remercier d'avoir accepté de piloter le séjour de monsieur Robertson dans votre pays... Vous pouvez rouler, Stephen, ordonna le premier secrétaire.

Stephen démarra.

– Alors, dit Hutton, comment cela s'est-il passé ?

– Très bien, répondit Gloria en mesurant ses paroles. Je lui ai expliqué notre système social et politique, je l'ai mis en contact avec le préfet de Kiotera et je lui ai expliqué notre combat contre le sida.

– Comment a-t-il réagi ?

– Il semblait plutôt intéressé par autre chose. Je ne sais pas pourquoi, mais il voulait absolument se rendre à Katchanga.

Stephen empruntait les avenues les plus calmes du quartier des ambassades. Gloria remarqua la propreté et la quiétude de ces rues qu'elle visitait pour la première fois. C'était dans ces bâtiments bien gardés que le sort des populations pauvres pour lesquelles elle travaillait se décidait. Du fond de ces jardins fleuris et manucurés, aucun diplomate, aucun ambassadeur ne pouvait être distrait ou indisposé par la présence affligeante de ces familles qui, en contrebas du quartier, quêtaient chaque jour le droit de survivre dans leur propre pays.

– Est-ce que monsieur Robertson vous a parlé de sa mission ?

– Sa mission ?

– Oui, je veux dire des raisons pour lesquelles il est ici.

– Non. Il m'a simplement remerciée et payée pour chacune des trois journées passées en sa compagnie.

– Bien, dit le premier secrétaire. Stephen, vous pouvez ramener Gloria chez elle. Une dernière question, reprit Hutton. Croyez-vous que monsieur Robertson serait intéressé à visiter le parc national des grands singes ?

– Le parc Bwindi ? Oh, je n'en ai aucune idée. Il faudrait le lui demander. Je ne l'ai pas vu depuis quelques jours.

Le premier secrétaire Hutton remercia Gloria et rentra à son bureau où il fit rapport de sa conversation à l'ambassadeur, Robert Clark.

– Les choses vont-elles comme nous le souhaitons ? demanda Clark.

– Oui, dit Hutton. Gloria m'a confirmé qu'il s'intéressait beaucoup à Katchanga. Or, il n'a utilisé ses services que pendant trois jours et il est ici depuis deux semaines. J'ai donc pensé le distraire de son objectif. Je me demande si on ne devrait pas lui proposer d'aller visiter le parc national Bwindi.

– Comme vous voulez, mais il ne faut pas qu'il devine nos intentions. J'ai encore reçu un message de Washington ; il serait préférable que la NASA n'ait pas en main le contenu de la boîte noire au moment de rencontrer le comité sénatorial. C'est dans trois semaines.

* * * *

– Vous êtes certain qu'il n'est pas à sa chambre ?

– Il n'y a pas de réponse, madame. Vous voulez laisser un message ?

– J'en ai déjà laissé trois depuis ce matin. Merci.

Frustrée, Nisha raccrocha. Toute la journée elle avait tenté de joindre Greg. Elle s'était présentée à l'hôtel, avait frappé à la porte de sa chambre, avait mangé un sandwich au bar de la piscine, avait vérifié si le camion était dans le stationnement. Rien. Elle le devina parti pour Katchanga. Seul. De retour chez son oncle, elle n'avait cessé de téléphoner à la chambre de son Américain.

Il était quinze heures. Elle errait, seule dans la maison de ses hôtes. Elle sentit tout à coup un grand vide. Elle vivait à Kampala depuis trois semaines. Ce n'était qu'une étape sur le chemin de l'Amérique. Maintenant qu'elle connaissait Greg, qu'elle avait partagé des jours et des nuits avec lui, il lui fallait faire un geste pour réaliser son rêve. « Ce n'est pas en Afrique que je vais devenir américaine, se dit-elle. Et je ne peux quand même pas partir seule pour les États-Unis. » Elle observa la maison de son oncle. Tout y était indien : les moquettes, les tapisseries, les meubles, les tableaux, la nourriture... Mais dehors, c'était l'Afrique. « Ils ont émigré, eux. Moi, j'ai fui l'Inde et ma famille. » Lors d'une autre conversation téléphonique avec sa mère, elle avait compris que depuis que son père rentrait chaque soir à la maison, la vie était devenue infernale. Il buvait de plus en plus, haranguait sa femme à propos de tout et de rien et pestait contre sa fille Nisha, à qui il interdirait de travailler de nuit à son retour d'Afrique. « Il vieillit mal, ton père », avait dit Sushma. Nisha se sentit encore plus seule. Elle n'avait à Kampala personne avec qui partager son ambition secrète. Personne à qui expliquer qu'à Mumbay, elle débarquait chaque nuit en Amérique et que cette Amérique s'était glissée en elle, comme la foi qui s'imprègne dans la peau des fidèles. L'Amérique était maintenant sa religion et Greg, son grand prêtre. Il n'y avait pas plus américain que Greg : beau, grand, fort, puissant, jeune, riche, dominant, mais généreux. Plus que toutes ses copines, elle avait goûté à l'Amérique et s'y était aventurée. Et ce Greg, elle commençait maintenant à s'y attacher pour lui-même. Elle devait décider de reculer ou de s'y abandonner. Elle avait peur. Il lui fallait être rassurée, réconfortée. Lorsque Ramana et Indira rentrèrent du travail, elle leur demanda la permission d'inviter un ami américain, Greg Robertson.

– Mais, dit-elle, vous allez me promettre de ne rien dire à mon sujet. Surtout, ne pas lui parler de mon travail à Mumbay. C'est ma vie à moi.

* * * *

Greg fut réveillé par des rires qui fusaient de la chambre voisine. Les dernières lueurs du jour s'attardaient dans un ciel envahi d'oiseaux énervés et bavards. Il prit une bouchée dans un restaurant où les camionneurs s'arrêtaient avant de franchir la frontière avec la Tanzanie. De nombreuses prostituées rôdaient autour des camions avec l'espoir de rendre heureux le chauffeur avant son départ. Anxieux, il roula vers Katchanga. Le ciel virait au noir. Sammy l'attendait.

# 18

Lorsque Greg éteignit les phares, il relança le concert des grillons dans la savane. Au ciel, la foule des étoiles écoutait en silence. Tout à coup, un souffle bestial fit jaillir la flamme d'une torche au pétrole.

– Bonsoir, monsieur Greg.

Sammy était au rendez-vous. Greg lui tendit la main. Sammy salua sans le toucher.

– Vous cherchez des morceaux de métal ? dit Sammy, comme s'il poursuivait la conversation du matin.

– Quelques morceaux, répondit Greg, mais ils sont dans une boîte. Nous l'appelons « boîte noire » même si, dans les faits, elle est orange. L'appareil de détection m'indique qu'elle se trouve tout près d'ici, sans doute recouverte d'eau.

– Vous ne savez pas où elle est, mais vous savez qu'elle est recouverte d'eau ?

Greg hésita, mais jugea qu'il ne prenait aucun risque à fournir des détails techniques.

– La boîte est munie d'un émetteur qui ne s'active que si elle est recouverte d'eau… un lac, la mer, même de la pluie. Cela nous aide à la trouver si on ne peut la voir. Si elle tombe sur le sol, alors on la cherche avec nos yeux. Il n'y a pas de signal. Comme j'ai perçu le signal, cela veut dire qu'elle est recouverte d'eau.

– Pourquoi voulez-vous cette boîte ?

La torche faisait danser des langues d'ombre et de lumière sur le visage de Sammy, ce qui le rendait à la fois séduisant et ténébreux.

– Je vais vous le dire mais, en retour, vous allez me promettre de ne rien révéler à personne.

Sammy répondit par un mouvement de la tête qui signifiait à la fois oui et non. Greg choisit d'y comprendre « oui ».

– La boîte de métal est tombée d'un de nos avions qui volait au-dessus de votre pays. Elle n'a fait aucune victime. Mon gouvernement m'envoie la chercher. Nous savons qu'elle est tombée près de Katchanga, mais votre gouvernement ne le sait pas. Nous devons la trouver pour comprendre ce qui s'est passé lors de cet incident afin que cela ne se reproduise plus.

Sammy ne réagissait pas.

– Je vous jure ; je dis la vérité.

– Je vous crois. Un homme qui change la couleur de ses cheveux est un homme qui cache la vérité. Vous ne cachez pas la vérité.

Greg trouva l'argument enfantin et dubitatif puisqu'il n'avait pas dit toute la vérité. Il reprit la négociation.

– Alors me permettez-vous de chercher cette boîte aux alentours de votre village ? Je ne nuirai pas à vos activités. Je ne dérangerai pas les familles.

– Qu'est-ce que vous offrez en échange ?

– Je veux bien vous offrir quelque chose, mais je ne sais pas de quoi vous avez besoin.

Sammy s'éloigna de la torche pour réfléchir. Il se pencha, saisit une poignée de terre et revint vers Greg.

– Voyez cette terre. Elle est sèche. Mais dessous, il y a de l'eau. Vous avez vu des jeunes filles qui portaient des seaux d'eau sur leur tête ? Chaque jour, elles doivent marcher deux kilomètres pour se rendre au puits le plus près. À Katchanga, nous avons besoin d'un puits. Si vous le creusez, vous aurez la permission de chercher votre boîte.

Greg était déstabilisé. Combien pouvait coûter le creusage d'un puits ? La NASA accepterait-elle de débourser l'argent rapidement ? Il restait trois semaines pour mettre la main sur la boîte noire. Creuser un puits allait prendre plus de temps. L'ambassadeur pouvait-il l'aider ? Gloria ? Ou Nisha ?

– Il faut du temps pour creuser un puits, répondit-il. Vous avez le temps, moi je ne l'ai pas. Vous me faites confiance. Vous l'avez vu par mes cheveux. Je reviendrai demain. J'aurai une réponse. Si c'est oui, vous me laissez chercher la boîte et je m'engage à ce que le puits soit creusé. Si c'est non, je vous le dirai et je ne pénétrerai pas dans votre territoire.

Sammy approcha la torche du visage de Greg. Il le fixait dans les yeux comme s'il y cherchait des preuves de son honnêteté. Il leva lentement la main et glissa ses doigts dans les cheveux de Greg qui ne réagit pas, tellement il fut surpris.

– Vos cheveux sont vrais, dit Sammy. Mais vous n'avez pas répondu à l'autre question : pourquoi n'avez-vous pas de femme ?

Paralysé, Greg eut le sentiment qu'il était nu devant ce jeune homme. Il ne pouvait mentir.

– Je n'ai pas encore de femme parce que je ne sais pas encore si je ferais un bon père. Vous en êtes témoin : je voyage beaucoup, je suis souvent absent. Pour avoir une famille, il faut être présent… Bonne nuit, Sammy. Je reviendrai demain en fin de journée.

****

De retour à sa chambre, à Kampala, Greg, aussi troublé que stimulé, écouta les nombreux messages de Nisha. « Je m'en méfie sans doute trop », se dit-il. Malgré l'heure tardive, il laissa un message sur le répondeur de l'ambassade. Il devait absolument voir l'ambassadeur le plus tôt possible. Il réussit à dormir, non sans revoir et sentir le geste de Sammy qui lui avait caressé les cheveux.

Le lendemain matin à sept heures trente, le téléphone sonna. Il saisit rapidement l'appareil.

– Bonjour, Greg, c'est Nisha.

– Écoute, j'attends un appel urgent. Je te rappellerai après.

Il ferma l'appareil. À huit heures précises, il contacta l'ambassade. Le fonctionnaire de service lui répondit qu'il avait bien pris le message, que l'ambassadeur était absent, mais qu'il allait tenter de joindre le premier secrétaire.

– Est-ce grave ? demanda l'employé.

– Oui, question de vie ou de mort !

Quelques minutes plus tard, le conseiller militaire responsable de la sécurité des citoyens américains sur le territoire de l'Ouganda le rappelait.

– Monsieur Robertson, que se passe-t-il ? Pouvez-vous parler ?

Greg comprit qu'il y était allé un peu fort.

– Bien sûr, je peux parler. Je me suis sans doute mal exprimé. Vous connaissez certainement ma responsabilité ici, à Kampala. Il ne reste que vingt et un jours pour compléter le travail. Et si je n'y arrive pas, ce sera une question de vie ou de mort pour cette mission majeure pour la NASA.

Greg résuma l'affaire du puits. Le conseiller prit des notes et lui jura qu'il allait faire l'impossible pour que le premier secrétaire le rappelle au plus vite. Greg attendit en vain toute la journée. Il allait partir vers Katchanga lorsqu'il vit Nisha qui l'attendait près de son camion.

– Greg, que se passe-t-il ? Tu ne m'as pas rappelée.

Greg hésita.

– Il se passe des choses compliquées, répondit-il. Je ne peux pas t'expliquer.

– Sans tout m'expliquer, puis-je t'aider ?

Greg eut une idée.

– Oui, tu peux m'aider. Fais simplement ce que je te demande, sans me poser de question. Prends mon camion, va à Katchanga. Après le coucher du soleil, tu attends sur la petite route. Il fera noir. Le chef du village, Sammy, va s'approcher avec une torche. Il sera seul. Tu lui diras que je suis fiévreux. Une petite attaque de paludisme. Aussitôt résorbée, j'irai le voir pour lui donner ma réponse.

Stimulée par autant de confiance, Nisha partit sur-le-champ.

– Je reviendrai te voir ce soir pour te raconter la suite, dit-elle en s'emparant de la clé du véhicule.

****

Nisha, à la fois euphorique et inquiète, roulait avec prudence sur le chemin de Katchanga. Une averse avait transformé la piste en mare boueuse. Sammy s'approcha, une torche à la main. Nisha descendit du camion. Il s'immobilisa en l'apercevant.

– Bonsoir, Sammy. Greg souffre de fièvre ; cela ressemble à une attaque de paludisme. Il ne peut vous rencontrer ce soir. Il viendra aussitôt qu'il ira mieux.

Sammy ne répondit pas. Il approcha la flamme du visage de Nisha. Il tourna autour d'elle en observant ses vêtements, ses bijoux, ses chaussures et, à la fin, sa chevelure. Nisha tremblait.

– Vous avez froid ? demanda Sammy.

– Un peu. C'est la pluie, je crois.

– Dites à votre ami, monsieur Greg, de se soigner avec la chloroquine. Il peut revenir quand il voudra. J'ai tout mon temps, moi.

Nisha allait repartir lorsque Sammy la retint par le bras. Elle sursauta.

– Vous travaillez depuis longtemps avec lui ? demanda-t-il.

– Oui, depuis quelques mois, dit-elle en détournant le regard.

– Vous voyagez avec lui ?

– De temps à autre, selon les enquêtes.

– Vous allez le revoir ce soir pour lui transmettre ma réponse ?

– Oui, à l'hôtel ; au Sheraton.

– Bien, conclut Sammy.

Il glissa sa main dans les cheveux de Nisha en la fixant dans les yeux. Elle en fut effrayée.

– Ne craignez rien, dit-il. J'ai vu la couleur que vous mettez dans vos cheveux.

Nisha recula, le salua et repartit vite vers Kampala.

* * * *

Greg était tendu et, pour la première fois, Nisha remarqua des perles de sueur sur son visage, sa nuque et ses bras. Malgré la chaleur, il frissonnait. Elle lui épongea le front. Greg sourit. Elle raconta sa rencontre étrange avec Sammy. Lorsqu'elle lui dit qu'il lui avait glissé les doigts dans les cheveux, Greg réagit.

– Quoi ! Il t'a caressée...

Elle éclata de rire devant la réaction de Greg, mais en fut flattée. Elle acheva de relater sa visite à Katchanga. Greg écoutait d'une oreille distraite. Il observait Nisha, assise comme lui sur le lit, les jambes repliées, à la manière des Indiens.

– Dis-moi maintenant pourquoi il était si urgent que Sammy sache que tu n'allais pas le voir ce soir.

Greg lui devait quelques explications, mais il s'en voulait un peu de lui avoir ouvert une fenêtre sur ses secrets. Il ne savait toujours pas qui était cette femme et pourquoi elle avait croisé sa route. Le simple geste de lui éponger le front l'avait ému. Plus il s'enfonçait dans la solitude de son enquête, plus la présence de Nisha, parfois gênante, lui était agréable.

– Greg, reprit-elle, je t'ai posé une question.

– Pardonne-moi, j'étais préoccupé par toute cette histoire. Je dois poursuivre mon enquête autour de Katchanga et Sammy pourrait être un obstacle. Je négocie et le temps me manque.

– Il m'a justement dit qu'il avait, lui, tout son temps.

– Encore une fois, merci de ta collaboration.

Le téléphone sonna. Greg bondit sur l'appareil. Le premier secrétaire Hutton expliqua qu'il fallait une expertise avant de décider de financer le creusage d'un puits. Il l'autorisait à promettre qu'un expert serait dépêché dans le mois qui suivait pour évaluer la situation et préparer un devis.

– Mais je n'ai que trois petites semaines devant moi ! dit Greg. Trois semaines pour trouver... vous savez quoi...

– Si je comprends bien, coupa le premier secrétaire, vous ne pouvez parler librement. Il y a quelqu'un avec vous.

– Tout à fait, dit Greg, mal à son aise.

– Venez donc me voir… demain après-midi. On discutera entre nous.

Ulcéré, Greg bouscula Hutton.

– Écoutez, si c'est encore une fois pour me faire dire que ça se fera plus tard, ça ne vaut pas la peine de vous déranger, et de me déranger.

– J'insiste. Venez donc, alors, tôt demain matin, consentit Hutton.

– D'accord.

Nisha épongea de nouveau le front de Greg. Elle sentit que sa présence l'embêtait.

– J'ai une invitation à te transmettre, dit-elle. Mon oncle et ma tante t'invitent à manger demain soir. Un repas indien. Tu viens ?

Greg se devait de retourner voir Sammy le lendemain, après la rencontre avec le premier secrétaire.

– Oui, mais j'arriverai assez tard.

Nisha sourit et se rapprocha de lui.

– Tu es épuisé et tendu, Greg. Laisse-toi faire. Je vais m'occuper un peu de toi. Ne crains rien. Je ne te poserai pas de question. Je n'attends pas de réponse ; je n'attends que toi… ce soir.

Greg se laissa envelopper par les bras de son Indienne.

Ils partagèrent le début de la nuit avant que Nisha, comme à l'habitude, ne prenne un taxi pour rentrer chez son oncle avant le chant du coq.

# 19

Il ne lui restait que vingt-quatre heures avant de contacter son patron pour lui faire son rapport. Fiévreux, Greg roulait vers Katchanga. Il avait invité Nisha à mentir lorsqu'elle avait été rencontrer Sammy, seule. Mais il se demandait maintenant s'il n'était pas véritablement victime d'une attaque de paludisme. Il avalait des litres d'eau que son corps semblait incapable de retenir tellement il suait. Le premier secrétaire lui avait promis d'intervenir auprès de l'ambassadeur pour amener le plus vite possible à Katchanga les spécialistes des puits. « Il faut montrer notre intention d'agir », avait-il insisté auprès de Hutton, qui lui avait suggéré de ne rien brusquer. « Si vous intervenez comme nous avons l'habitude de le faire, nous, Américains, les dirigeants du village se fermeront et ne feront que retarder votre enquête, avait dit Hutton. Et il est hors de question d'aller fouiller là-bas sans autorisation. Je ne veux pas d'incident diplomatique. »

Lorsqu'il arriva à Katchanga, il faisait encore jour. Il s'arrêta à proximité du hameau. Yuweri, l'adolescent qui l'avait surpris l'autre nuit, s'approcha et lui dit, dans un anglais approximatif, que Sammy était absent. Greg descendit du camion.

La scène était déconcertante. Il découvrit qu'il n'y avait pas un, mais trois ateliers. Des dizaines d'enfants allaient et venaient, sciaient, clouaient, assemblaient des planches. Aucun adulte ne les supervisait. Les plus jeunes avaient autour de quatre ou cinq ans ; les plus vieux, environ dix-huit ans. Tous s'amusaient et chantonnaient en travaillant. Quelques adolescentes revenaient du hameau voisin, portant des litres d'eau à bout de bras ou sur la tête. D'autres, penchées sur de vieilles machines à coudre actionnées au pied et à la main, assemblaient des morceaux de tissus qui, une fois réunis, ressemblaient à des chemisettes. Greg s'avança, cherchant les autres habitants du hameau. « Ils sont sans doute aux champs, se dit-il. Ces jeunes sont vraiment disciplinés. » Sur son passage, les enfants ralentissaient ou cessaient de travailler en le regardant comme l'étranger qu'il n'était plus. Il eut l'idée de retourner prendre son détecteur électronique pour repérer la boîte noire sur-le-champ. Il avait le chemin libre. Sammy était absent. Cela ne prendrait que quelques minutes si la boîte était bien recouverte d'eau. Il allait le faire lorsqu'il freina son geste. Yuweri le regardait avec inquiétude. Greg se rappela les propos de Hutton et, surtout, la promesse faite à Sammy. Il se souvint de la main passée dans ses cheveux. Il revint vers le camion. Résigné, il dit à Yuweri, en prenant soin de parler lentement : « Dis à Sammy que Greg reviendra demain. » Le garçon répéta : « *Greg tomorrow*[15]. »

[15] Greg, demain.

Plus Greg se familiarisait avec Katchanga, moins il comprenait pourquoi il semblait si difficile d'y pénétrer. Il rentra vers Kampala.

****

Greg était reçu comme un roi. Nisha, subitement intimidée, ne parlait presque plus. La tante Indira avait préparé une série de plats traditionnels indiens. Le poulet à la coriandre et au cumin était accompagné d'un riz au safran, de dhal[16] et de chatni[17]. Au dessert, des mangues douces et des pastèques juteuses avaient calmé les papilles de Greg, mises à l'épreuve par ces épices inconnues de l'Américain qu'il était.

– Notre nourriture est très relevée, avait dit l'oncle Ramana en le voyant suer à grosses gouttes.

Greg avait acquiescé, dissimulant la fièvre qui le harcelait depuis quelques jours. Il avait bu quelques bières et commençait à relaxer comme il ne l'avait jamais fait depuis son arrivée en Ouganda. Il mangeait dans une maison, et non dans un restaurant ; il était accueilli, et non servi ; il conversait avec des gens qui avaient une vision du pays et de son histoire différente de ce qu'on lui avait raconté jusqu'à maintenant. Ramana, averti par sa nièce, ne lui avait posé aucune question sur sa mission. Il s'évertuait donc à le faire parler des États-Unis, de la Californie dont il rêvait, et de l'exploration spatiale, puisqu'il avait révélé être à l'emploi de la NASA.

16 Purée de lentilles.
17 Chutney.

Indira voulut vérifier le genre de liens qui unissaient sa nièce et Greg. Elle demanda à Nisha d'aller préparer le thé à la cuisine.

– Vous connaissez Nisha depuis longtemps? demanda-t-elle à voix basse.

– Depuis peu, répondit Greg. Nous nous sommes rencontrés à l'hôtel, il y a quelques semaines.

– Ah bon! fit Ramana. Elle nous a laissé entendre qu'elle vous connaissait plutôt bien.

Flairant le piège, Greg ne répondit pas. Il n'ignorait pas l'emprise qu'une famille indienne peut avoir sur une jeune femme, fût-elle majeure. Il ne fallait surtout pas qu'on devine qu'ils passaient des nuits ensemble. Il décida de démontrer qu'il ne la connaissait pas.

– C'est une jeune femme fort intéressante, dit-il. Que fait-elle au juste en Inde?

– Ha! vous ne savez pas, dit Ramana, en abaissant la voix. Elle travaille dans le *outsourcing*[18]. C'est-à-dire qu'elle est à l'emploi d'une compagnie qui a un contrat avec une banque américaine. Elle est venue se reposer chez nous, car son travail l'oblige à travailler la nuit, à cause du décalage horaire avec l'Amérique.

– Je crois qu'elle appelle les clients de la banque qui ne remboursent pas la Golden Card, précisa Indira.

Greg cessa de respirer. Subitement, il se rappela les appels de cette «Jane» avec qui il avait flirté avant

[18] Délocalisation d'entreprises étrangères en Inde.

de quitter le pays. Mais oui, elle avait la même voix. L'accent n'était pas tout à fait le même, mais ses intonations ne trompaient pas.

– Elle ne voulait pas qu'on en parle, ajouta Ramana, mais nous, on est très fiers d'elle !

Nisha entendit les dernières paroles de son oncle. Elle accourut dans la salle à manger.

– Qu'est-ce que vous racontez ? dit-elle avec autorité.

– On raconte à ton ami Greg que… bien… que tu fais un métier qui n'existait pas en Inde de notre temps et que tu devrais en être fière, répondit l'oncle en balbutiant.

Nisha était livide. Greg la regardait d'un air inquiet. Pas de doute : « Jane » était devant lui. Il eut soudain le sentiment d'avoir été leurré. Nisha le regardait avec l'air de dire : « Greg, ne crois pas tout ce que tu entends. Je t'expliquerai. »

Greg s'épongea le front et la nuque.

– Je suis fiévreux, dit-il. Veuillez m'excuser ; je dois rentrer. J'ai rendez-vous demain matin et je dois m'offrir une bonne nuit de sommeil, dit-il en fixant Nisha dans les yeux.

Il remercia et salua rapidement ses hôtes, puis sortit. Nisha le rattrapa à l'extérieur.

– Attends, Greg !

Il s'arrêta près de son camion.

– Oui, c'est moi. Je suis Nisha, l'Indienne, et Jane, l'Américaine.

Humilié, Greg serra les dents.

– Qu'est-ce que c'est que cette mascarade ? dit-il, le regard féroce. Que viens-tu faire dans ma vie ?

– Je suis venue te retrouver pour que tu mettes un visage sur une voix. Et moi, je sais maintenant qui est Greg Robertson. Par téléphone, de l'autre bout du monde, tu m'as parlé, tu m'as fait rire, tu as répondu à mes questions indiscrètes, tu m'as donné rendez-vous sans savoir qui j'étais. J'ai joué avec le feu, Greg, et je me suis brûlée. Je fais un voyage sans retour. Je rêvais d'Amérique. C'est maintenant toi mon Amérique, Greg.

Elle était face à lui. Sur son visage de femme, il découvrait soudain le regard d'une enfant. Elle ne mentait pas. Elle n'avait d'ailleurs jamais menti : elle avait simplement pris le temps de redevenir Nisha. Il en avait déjà assez de cette Afrique impossible à comprendre, voilà que l'Inde débarquait dans sa vie. Les mots lui manquaient pour hurler son désarroi. Il inspira lentement, ferma les yeux, les rouvrit pour la mitrailler du regard et monta dans son véhicule.

– Greg ! Tu dois te soigner… La chloroquine. Prends de la chloroquine.

Décontenancée, elle n'avait su trouver que cette phrase insipide pour lui dire toute la place qu'il occupait dans sa vie. Elle regarda la camionnette disparaître dans un nuage de poussière.

# 20

Greg n'arrivait pas à dormir. Nisha avait-elle quitté l'Inde pour venir le trouver en Afrique ? « Invraisemblable ! » se dit-il. Lui, n'aurait pas fait un tel geste. Il ne s'était jamais permis de vivre une véritable passion. Il ignorait le ressort époustouflant qu'un désir inassouvi pouvait donner à la vie. Un morceau du voile se levait sur ce qu'avait été son existence. Une enfance où la performance avait oblitéré les émotions. Une adolescence où les filles étaient comme les trophées remportés à la natation : objets de conquête. L'argent de l'assurance, versé à la suite de la mort de Madeleine, sa mère, et une bourse du ministère des Anciens Combattants avait payé ses études. Et cet ami, Fred, mis sur sa route par son père, qui continuait de baliser le chemin de ses réussites professionnelles. Il n'avait jamais eu à désirer passionnément un objet, un résultat ou un amour pour l'obtenir. Il vivait comme certains font la cuisine : en ouvrant un livre et en respectant la recette, sans jamais se demander de quoi il aurait envie. « Un voyage sans retour », avait dit Nisha. Greg ne pouvait imaginer agir avec une telle émotion. Ce soir, pour la première fois de sa vie, il avait rencontré quelqu'un qui avait obéi à un instinct profond, une femme enflammée qui avait décidé de s'arracher à sa famille et à son pays pour mettre la main sur l'homme de ses rêves. « Je suis son trophée », murmura Greg.

Il revit les trophées remportés à la natation, tous bien alignés sur une étagère chez John, son père, à Burlington. Il s'imagina être lui aussi installé sur une tablette, droit comme un morceau de métal plaqué or, et immobile comme ces rondelles de bois verni dans lesquelles on plante les figurines dorées.

Il n'avait été qu'un trophée pour son père et pour Fred. Il était prisonnier de ses succès sportifs, de ses réussites académiques, de ses performances professionnelles. Prisonnier d'une vie qu'on lui avait construite pour exorciser la mort de sa mère, nourrir la fierté de son père, suivre les traces de Fred et bien servir son pays. Il hallucinait autant qu'il souffrait. Il sentait ses tempes se gonfler et battre au rythme d'un cœur affolé qui avait envie d'éclater. Sa chair bouillait de fièvre et ses muscles tremblaient. Il aurait bu tous les Niagara du monde tellement il avait soif. Il se précipita dans la douche où il passa au moins deux heures sous l'eau froide, qui semblait s'évaporer au contact de son corps carbonisé de l'intérieur. Il s'effondra dans ses draps, qui apaisèrent la fureur de cette crise d'angoisse, doublée d'une cruelle attaque de paludisme. Il dormit douze heures.

Le lendemain après-midi, le concierge de l'hôtel lui remit un sac dans lequel il trouva un flacon et une lettre : « Greg, nous devons nous revoir, nous parler, nous retrouver. Je n'ai pas voulu te réveiller. Je te laisse la chloroquine que tu dois ABSOLUMENT prendre le plus tôt possible. Tu subis une attaque de paludisme. Si tu as besoin de moi, je suis là… pour toi. — Nisha, qui t'embrasse. »

* * * *

« Il me faut cette boîte noire », se dit-il en amorçant le virage qui le menait sur la piste de Katchanga. Alerté par des enfants, Sammy vint l'accueillir.

– Vous êtes seul ? lui demanda-t-il.

– Oui. Pourquoi cette question ?

– Votre collaboratrice, Nisha, ne vous accompagne pas ?

Greg devina un petit agacement chez Sammy. D'ailleurs, chaque fois qu'il se sentait contrarié, le ton de la voix du jeune chef semblait monter d'une octave.

– Elle n'est qu'une collaboratrice occasionnelle, répondit Greg.

– Elle ne travaille pas avec vous tous les jours ?

– Non. Hier, elle m'a rendu service en venant vous informer de mon absence.

– Vous allez mieux maintenant ?

– Je crois.

Sammy ne bougeait pas. Il restait là, planté devant Greg, comme s'il attendait un geste de sa part avant d'aller plus loin. Derrière lui, des enfants transportaient des morceaux de bois qu'ils jetaient sur un bûcher où l'on brûlait les débris et les ordures.

– Sammy, reprit Greg, le premier secrétaire de l'ambassade de mon pays se dit tout à fait d'accord pour le puits. Il faut qu'une équipe vienne évaluer le projet et faire un budget ; une fois approuvés, nous pourrons mettre en marche le chantier.

– Donc, pas de puits avant plusieurs lunes.

– Je mentirais en vous disant le contraire.

– Alors vous reviendrez chercher votre boîte de métal lorsque le projet du puits sera approuvé.

Greg était livide. Il sentait chez Sammy une telle détermination qu'il ne voyait plus comment le convaincre de le laisser enquêter dans le hameau. Soudain, les enfants se mirent à hurler. Sammy vit le feu s'emparer du toit d'une des huttes. Les flammes gagnèrent rapidement la hutte voisine.

De partout, les enfants accouraient en criant. Greg se précipita, s'empara d'une planche et chercha à abattre les toits enflammés. En quelques minutes, Greg, Sammy et les aînés des enfants maîtrisèrent l'incendie en vidant les bacs d'eau sur le brasier. Personne n'était blessé. Greg eut une idée.

– Sammy, dit-il, on va prendre mon camion et aller remplir les bacs au puits du village voisin. Vous n'avez plus d'eau. Vous avez tout vidé pour éteindre les flammes.

Sammy, entouré des enfants, était assommé. Le soleil allait se coucher dans une heure et il était impensable de renvoyer les adolescentes chercher l'eau, la nuit venue.

– Bien, dit-il. J'accepte.

Il désigna une jeune fille et deux garçons qui, joyeusement, sautèrent dans le véhicule. Ils ne parlaient que swahili. C'est par signes qu'ils se firent comprendre pour se rendre au puits. De retour, Greg joua de finesse. Il demanda à Sammy s'il avait besoin d'autre chose avant de repartir vers Kampala. Sammy le regarda droit dans les yeux.

– Oui, dit-il. Je veux que vous reveniez plus tard. Les enfants dormiront. Nous serons seuls.

* * * *

Greg partit manger à Kiotera. Si son camion avait été un avion, il aurait survolé le pays tellement il était heureux. Il avait enfin réussi à se faire admettre à Katchanga. Euphorique, il laissa un billet de dix shillings comme pourboire à la serveuse qu'il embrassa sur les deux joues.

– Monsieur, vous ne pouvez pas faire cela, lui dit-elle, étonnée. Je suis mariée !

– Je peux faire tout ce que je veux aujourd'hui. *It's my birthday*[19] !

---

[19] C'est mon anniversaire !

Il se sentait vraiment comme s'il venait de renaître. Il allait s'offrir en cadeau cette boîte noire. Il l'envelopperait même d'un ruban pour l'offrir à Langsworth, son patron.

Il revint quatre-vingt-dix minutes plus tard. Seuls quelques bivouacs permettaient de deviner la présence de la vie dans le hameau. Plus un bruit, personne ne circulait. Sammy attendait Greg à l'entrée du village. Il lui demanda de ne pas utiliser sa torche électrique et de le suivre. Les grillons se taisaient sur leur passage. Greg leva les yeux vers la demi-lune qui apparaissait et disparaissait au gré des nuages. Sammy saisit le bras de Greg pour qu'il ne bute pas sur le rocher où il l'invita à s'asseoir.

– Greg, dit-il à voix basse, je vous remercie de ce que vous avez fait. Nous avons de l'eau pour la nuit, la journée de demain et l'autre nuit. Pour la première fois, les jeunes filles auront une journée de repos. Vous comprenez l'importance du puits ?

– Pourquoi ne creuse-t-on pas un puits pour Katchanga ?

– Parce que Katchanga n'existe plus.

– Mais Sammy, nous sommes à Katchanga ! dit Greg avec conviction. Où sont les autres adultes ? Pourquoi êtes-vous toujours seul à tout faire ?

– Greg, dit Sammy en s'approchant de lui, je vais vous révéler un secret. Tout le monde le sait dans la région, mais personne ne veut en parler. À Katchanga, tous les adultes sont morts. Tous.

Greg était tétanisé.

– Le sida a tué les parents, poursuivit Sammy. Il y a trois ans, il n'y avait ici que des enfants et quatre grand-mères. Ces vieilles femmes s'occupaient de leurs petits-enfants après le décès de leurs filles et de leurs garçons. Puis, une après l'autre, elles sont mortes. Épuisées.

Greg fut traversé d'un grand frisson.

– Ne tremblez pas, poursuivit Sammy. Nous avons appris à vivre avec la mort. Lorsque j'étais jeune, ma grand-mère m'avait envoyé chez une de ses cousines dans un autre village. J'ai pu étudier. Quand les adultes ont commencé à mourir, ma grand-mère m'a demandé de revenir pour l'aider. J'étais l'aîné des enfants du village. Les morts étaient de plus en plus nombreux. Nous avons commencé à fabriquer des cercueils. Les gens mouraient aussi dans les autres villages. Nous avons alors produit plus de cercueils et, maintenant, nous les vendons. La mort n'a pas réussi à tuer Katchanga. Aujourd'hui, c'est la mort qui nous fait vivre.

La tête de Greg tomba vers sa poitrine. Il inspirait par saccades. Sammy posa son bras sur son épaule, en ami.

– Voilà pourquoi les gens nous ignorent, reprit Sammy en retirant son bras. Chaquc enfant de ce hameau est un morceau de vie échappé du cimetière. Mais les autorités préfèrent montrer des gens qui meurent du sida plutôt que ceux qui survivent. La mort fait peur et attire l'aide. Être vivant, c'est faire la preuve qu'on n'a pas besoin d'être aidé. La vie, ce n'est pas payant.

Greg releva la tête, inspira profondément et leva les yeux vers le ciel mitraillé d'étoiles. L'inondation cosmique qu'il avait un jour imaginée avait jailli de la terre plutôt que de s'abattre de là-haut. En quelques phrases, Sammy venait de pulvériser son ordre des valeurs. Il avait maintenant deux missions à remplir.

– Sammy, dit-il, j'ai besoin de votre aide pour mes recherches. Mais la boîte que je cherche est moins importante que la vie de ces enfants. Vous pouvez compter sur moi. Votre puits, vous l'aurez !

Les deux hommes se levèrent et franchirent la place centrale où les braises s'acharnaient sur quelques planches calcinées. Greg serra la main de Sammy longuement.

– Je vais aller dormir. Je reviendrai demain, dit Greg.

En rentrant dans sa maisonnette, Sammy rayonnait de joie. Greg reviendrait.

# 21

Greg tanguait ; sa tête dérivait. À ses pieds, une bouteille de whisky à moitié vide. Devant lui, une fenêtre ouverte sur Kampala. Le parfum des eucalyptus envahissait sa chambre. Les bras pendants de chaque côté du fauteuil, les yeux à demi fermés, il ne pouvait empêcher les larmes de ruisseler jusqu'à ses lèvres. Pour en effacer le sel, il avalait une autre lampée de scotch. Il ne se souvenait pas d'avoir pleuré depuis l'enfance. En quelques heures, avec Nisha, il avait découvert la puissance de la passion et, avec Sammy, la passion de la vie.

– Qu'est-ce que je fais ici ?

Pour chasser l'angoisse, il voulut repasser le film de sa vie. Aucun des personnages familiers ne s'y présentait comme il les avait connus. Sa mère était-elle morte ? Son père était-il un héros ? Fred l'aimait-il comme un ami ?

– Et moi, suis-je vraiment le Greg Robertson que tout le monde connaît ?

Il n'en pouvait plus d'affronter seul autant d'émotions qui l'attaquaient de l'intérieur et de l'extérieur.

Une vie insoupçonnée s'infiltrait dans sa carapace fissurée. Il n'avait d'autre choix que de mourir noyé ou d'apprendre à nager.

Il s'arracha de son fauteuil et sortit sur le balcon. Il inspira profondément pour oxygéner ce cerveau où les souvenirs titubaient dans un univers éthylique. Seuls quelques barreaux de fer couronnés d'un rail de marbre l'empêchaient de plonger dans cette Afrique si déroutante. Un petit vertige le fit reculer. Il traversa la chambre, prit l'ascenseur et franchit le hall principal où dormait le gardien. Il allait sortir lorsque le préposé à la sécurité l'intercepta.

– Monsieur Robertson, vous n'allez pas sortir comme cela, seul, au milieu de la nuit ?

Greg le regarda comme un enfant, soulagé d'avoir évité de faire une gaffe.

– C'est très dangereux, dit le gardien. Il y a des voleurs qui peuvent vous assassiner simplement pour prendre votre montre ou votre chemise. Si vous voulez, je vous appelle un taxi.

– Non, marmonna Greg. Je voulais prendre l'air.

À l'odeur de son haleine, le gardien comprit que Greg n'était pas en état de sortir, ni de résister à l'interdiction de sortir. Il le raccompagna à sa chambre. Le lendemain matin, les femmes de chambre le trouvèrent endormi sur la moquette, au pied du lit.

* * * *

Gloria fit asseoir Greg sur une chaise bancale. Elle remarqua vite qu'il n'était pas dans un état normal.

– Excusez-moi, monsieur Robertson, mais c'est la seule dont je dispose pour recevoir mes clients.

Aussitôt l'appel de Greg reçu, elle l'avait invité à la rencontrer à son bureau des services sociaux. Au plafond, deux néons dessinaient des stries blafardes enrobées de toiles d'araignées qui retenaient les mouches imprudentes dont se nourrissaient quelques lézards nerveux. La pièce minuscule était ceinturée de tablettes où des centaines de dossiers moisissaient. Les pales du ventilateur paresseux brassaient l'air tiède et humide échoué au plafond. Sur les murs, qui n'avaient jamais été repeints depuis l'ouverture des services, il y a quinze ans, des dizaines de dessins d'enfants illustraient l'univers de joies et d'angoisses dans lequel naviguait Gloria. L'unique fenêtre n'arrivait pas à expulser l'odeur rance des cartons où croupissaient les confessions et les espoirs de milliers de clients venus la consulter.

– Je veux d'abord m'excuser, dit Greg. J'ai été impatient et même brusque avec vous. Mes responsabilités sont lourdes… il ne me reste que dix-huit jours et… c'est la première fois que je mets les pieds en Afrique.

Greg n'arrivait pas à décrocher son regard des dessins qui ornaient les murs. Il revoyait les fusains et tableaux de Madeleine, sa mère, qui le fascinaient tant lorsqu'elle le laissait ouvrir ses cartons.

– J'avais compris, répondit Gloria. Vous n'êtes pas le premier auquel cela arrive. Mais que puis-je faire pour vous aujourd'hui ?

Greg hésita. Il se sentit comme ce jour où il s'était aventuré sur le tremplin de trois mètres et que ses copains lui interdisaient de reculer. Il était terrorisé à l'idée de plonger. Il eut envie de partir, de trouver n'importe quelle excuse pour ne pas dire à Gloria ce qu'il ne pouvait plus garder pour lui-même. Il inspira et ferma les yeux comme lorsqu'il s'était élancé dans le vide la première fois.

– Je suis seul, dit-il en rouvrant les yeux, comme s'il quêtait un peu de tendresse.

Gloria n'en croyait pas ses oreilles. Ce type d'aveu, elle l'avait toujours entendu de la bouche des femmes de son pays, mais jamais de la part d'un homme, de surcroît blanc et américain.

– Parlez. Cela restera entre nous.

La solitude, blanche ou noire, ne pouvait être comblée que par l'écoute.

– Je comprends de moins en moins ce que je fais ici, raconta Greg. Mon pays m'a envoyé récupérer la boîte noire d'un avion. Elle est tombée aux alentours de Katchanga. On m'avait dit que mon guide, c'est-à-dire vous, allait m'y emmener. J'ai dû m'y rendre seul.

Gloria baissa les yeux.

– Mais auparavant, poursuivit-il, vous m'aviez mis en contact avec la mort, à l'hôpital des sidéens. À Katchanga, j'ai découvert la vie après la mort. Il y a là des dizaines d'enfants qui survivent. Ils sont menés par un jeune chef, Sammy, un véritable héros qui dirige seul le village. Ils n'ont pas d'eau, pas d'électricité ; rien que des cercueils qu'ils fabriquent et vendent pour vivre. Mon ambassade n'arrive pas à m'aider… Je ne peux pas laisser les enfants de Katchanga survivre comme ça… Je ne dois parler de mon travail à personne et voilà que je vous raconte tout… Je ne sais même plus pourquoi j'avais décidé de vous rencontrer.

Ses yeux se mouillèrent. Gloria ne disait pas un mot. Elle semblait aussi décontenancée que l'homme assis devant elle. Elle eut envie de lui révéler qu'elle non plus ne comprenait pas le rôle qu'on lui avait demandé de jouer auprès de lui. Elle nota qu'il observait les dessins d'enfants sur les murs.

– Vous êtes intéressé par les dessins ? demanda-t-elle pour alléger l'atmosphère.

– J'ai toujours rêvé de dessiner, dit Greg en promenant son regard sur les murs.

– Vous devriez peut-être, risqua-t-elle. La plupart des enfants qui ont fait ces dessins n'arrivaient pas à raconter leurs désirs, leurs angoisses, leurs rêves. Lorsque je rencontre les mères, j'occupe les enfants par le dessin. Et, parfois, cela raconte plus de choses que ce que me dit la mère, des choses qu'on croit impossibles à exprimer. Il n'est jamais trop tard pour devenir un enfant.

La dernière phrase lui avait échappé. Elle se sentit gênée d'avoir répondu à cet étranger comme s'il était un client ; un patient. Greg leva les yeux et sentit l'embarras qu'il lui causait.

– Veuillez m'excuser, dit-il. Je ne voulais pas vous embêter.

– Monsieur Greg, vous ne m'embêtez pas, répondit-elle en souriant. Au contraire, je suis heureuse de voir que j'ai bien fait le travail qu'on m'avait commandé. Si vous êtes troublé par l'Afrique, c'est que vous venez de vous y ouvrir ; l'Afrique vous envahit peu à peu. Ne résistez pas. Lorsque vous retournerez chez vous avec votre boîte noire, vous ne serez sans doute plus le même homme.

Greg secoua la tête, comme celui qui sort d'un rêve angoissant. Il mit la main dans sa poche pour lui offrir les cinquante dollars d'une journée de travail.

– Non, monsieur Greg, pas d'argent. Je n'ai pas travaillé. Je vous ai écouté.

Greg se leva et lui serra la main.

– Devez-vous faire rapport de cette rencontre à monsieur Hutton ? demanda-t-il, inquiet.

Elle éclata d'un rire franc et sonore.

– Je n'ai aucun rapport à faire. Je ne suis pas une espionne, comme vous, avec votre boîte, dit-elle en le pointant du doigt et en riant encore plus de bon cœur.

Greg éclata de rire à son tour.

– Parlant de monsieur Hutton, dit-elle, vous savez ce qu'il m'a demandé ?... Si je croyais que vous seriez intéressé à visiter le parc national des grands singes !

– Le parc national des grands singes ! s'exclama Greg. Est-ce situé près de Katchanga ?

– Oh non ! C'est loin, dans l'ouest du pays, à cinq cents kilomètres de Kampala ; deux jours de voiture.

– Cinq cents kilomètres vers l'ouest !

Greg eut peine à masquer son étonnement. La lumière commençait à se faire sur le rôle que Hutton avait confié à Gloria. Il la remercia et sauta dans son camion. Il avait tout juste le temps de se rendre à l'ambassade, où le premier secrétaire l'attendait.

****

Pendant plus d'une heure, Greg tenta de faire avancer le dossier du puits de Katchanga. Jamais Hutton ne le décourageait de poursuivre sa quête, mais jamais il ne lui laissait entendre que le creusage du puits serait financé. Le ton monta.

– À quoi sert donc l'ambassade si notre gouvernement ne peut pas aider les populations privées d'eau ? lança Greg.

– Votre enthousiasme vous honore, répondit le premier secrétaire. Mais vous devez comprendre que nous ne sommes pas une entreprise caritative. Nous sommes ici pour représenter les intérêts des États-Unis.

– Donc, si l'eau peut servir nos intérêts, nous trouverons les moyens de chercher de l'eau, répliqua Greg. Combien cela coûte-t-il pour creuser un puits ?

– On me dit que si la nappe phréatique n'est pas trop profonde, cela peut tourner autour de cinq à huit mille dollars.

– Ne croyez-vous pas qu'il y va de nos intérêts de retrouver cette foutue boîte noire ? J'ai une carte de crédit de la NASA. Aucun plafond. Je peux peut-être payer le puits et...

– Pas question, interrompit Hutton. Vous pouvez faire ce que vous voulez de votre carte, mais vous n'avez pas le droit de vous immiscer dans un dossier qui relève de l'aide bilatérale entre notre pays et l'Ouganda.

– On dépense des milliards pour l'exploration spatiale et on ne peut trouver cinq mille dollars pour abreuver les enfants d'un village !

– Calmez-vous, monsieur Robertson !

– Comment peut-on garder son calme quand on vous promet de l'aide qui ne vient pas ? Comment peut-on être indifférent quand on découvre qu'un village composé d'enfants, *d'enfants*, insista-t-il, n'a pas d'eau ? Comment voulez-vous être fier d'être Américain lorsque vous savez qu'on dépense des millions pour chercher une boîte noire alors qu'on laisse des enfants crever de faim à fabriquer des cercueils ?

Hutton l'écoutait, le visage froid, faisant semblant de prendre des notes. Après huit ans en Afrique, ce n'était pas la première fois qu'il voyait un de ses concitoyens découvrir la misère, la faim, le manque d'eau et de médicaments. Il les appelait ses « vocations tardives », ces hommes et ces femmes qui, sur le tard, constataient à quel point l'Amérique était riche et s'en sentaient coupables. Il profita d'un moment de silence pour poser la question qui, habituellement, leur clouait le bec.

– Que croyez-vous réussir seul, que votre pays n'a pu réussir malgré ses moyens et sa générosité ?

Greg le regarda droit dans les yeux.

– Et si le chef de Katchanga possédait la boîte noire, combien seriez-vous prêt à la lui payer ?

Hutton n'avait pas prévu cette réponse.

– Commencez par la trouver. On verra pour la suite. Je vous prie de m'excuser, j'ai un autre rendez-vous. Mais je vais revenir à la charge auprès de l'ambassadeur. Il sera de retour dans une semaine. Il est en déplacement à l'étranger. Revenez dans huit jours. Entre-temps, pourquoi n'iriez-vous pas visiter...

– ... le parc national des grands singes peut-être ? coupa Greg.

Le premier secrétaire grimaça. Sitôt Greg parti, il contacta Gloria. Elle lui confirma avoir rencontré l'Américain et avoir fait mention du parc national Bwindi. Hutton lui suggéra de ne plus parler à Greg.

# 22

Malgré les médicaments, Greg était étourdi. Il suait tout en frissonnant. Il débarqua à Katchanga comme dans un salon funéraire, en silence et en inclinant la tête. Malgré la gaieté et l'ardeur au travail des enfants, il ne voyait que le vide laissé par la mort de leurs parents. Il se trouvait impudique de regarder ces jeunes survivants. Il eut l'impression d'être admis dans un zoo où les animaux captifs imitent leur vie au lieu de la vivre. Il ne comprenait pas que ces enfants s'amusaient et riaient. Sammy vint à sa rencontre.

– J'ai informé les enfants que vous seriez de retour, dit-il. Pour eux, c'est une fête.

– Vous ne recevez jamais de visiteurs ?

– Non, et c'est bien ainsi. Katchanga est le seul village où les enfants vivent sans adultes. Les adultes, surtout les hommes, sont un danger. Ils transportent la mort dans leur corps. Les filles peuvent être infectées. Tous les jeunes, ici, savent comment et pourquoi leurs parents sont décédés.

Ils marchaient dans le hameau dont les huttes semblaient avoir poussé comme des arbustes sauvages. Pour la première fois, de jour et en toute liberté, Greg explorait Katchanga. Il n'y avait pas de rues. Les maisonnettes avaient été bâties là où le terrain le permettait. Il souligna son étonnement de voir toutes ces habitations sans porte, mais dont la partie inférieure de l'entrée était barrée d'une planche, haute d'une trentaine de centimètres.

– Les enfants habitent les huttes, expliqua Sammy. Les plus jeunes sont sous la responsabilité d'un aîné. Des garçons et des filles de quinze ou dix-sept ans peuvent avoir à s'occuper de six à huit enfants plus jeunes.

– Et ces planches au bas des portes ? demanda Greg.

– Nous ne devons jamais les enlever. Jamais. Ce sont des maisons où la mort est passée. Souvent, la mort revient en se cachant dans le corps d'un chien. Les planches empêchent les chiens d'entrer dans les huttes. C'est une barrière contre la mort.

Greg venait de poser le pied sur une autre planète. Il avait franchi la frontière de la vie et de la mort. Il existait donc, ce minuscule interstice par lequel certains privilégiés avaient accès à cette zone neutralisée où la mort est à la fois au cœur et en périphérie de la vie. Il avait grandi et vécu en présence d'une mort qui faisait disparaître les gens, leur fournissait un gagne-pain ou en faisait des héros. Jamais il n'avait cru que la vie pouvait récupérer la mort pour la transformer en vaccin contre la mort.

– Mais les enfants de ces parents décédés, dit Greg, ne sont-ils pas eux-mêmes contaminés ?

Sammy sembla se refermer. Il jeta un coup d'œil circulaire sur les dizaines de garçons et de filles qui sciaient des planches et fabriquaient des cercueils.

– Nous aurons la réponse à cette question dans quelques années, répondit-il.

Les deux hommes se rapprochaient du camion. Greg n'osait demander à Sammy le droit de fouiller le village pour y trouver la boîte noire. Sa patience lui avait permis d'établir un lien de confiance avec le jeune chef. Ce n'était pas le moment de le froisser.

– J'ai une proposition à vous faire, dit Greg. L'ambassade ne peut me fournir de réponses claires sur le creusage du puits. Alors en attendant, chaque jour, j'irai chercher l'eau avec mon camion, comme on a fait hier.

Sammy se retourna vers Greg et lui serra les bras en le secouant de joie. Pour un mètre soixante-dix, Sammy ne devait peser que soixante kilos. Greg sentit malgré tout une puissance et une force extraordinaires se dégager des mains de ce jeune homme ; une énergie troublante dépassait les limites de son corps. Sammy le regardait avec une étonnante intensité.

– Votre camion… C'est comme si vous commenciez à creuser le puits, dit-il en souriant. Vous êtes ici comme…

Au même moment, une voiture rouge entra en trombe dans le village.

– Encore elle ! ne put s'empêcher de dire Sammy.

Nisha descendit, ignora la présence de Sammy et s'approcha de Greg d'un pas énergique.

– Je t'ai cherché partout. Je te pensais malade. Il faut que je te parle, dit-elle en s'approchant.

Inquiet de la réaction de Sammy, Greg se tourna vers lui.

– Je ne sais pas pourquoi elle est venue ici, souffla-t-il à voix basse. Excusez-moi.

Sammy se retira vers sa maisonnette, tout en gardant un œil discret sur le couple.

– Que viens-tu faire ici ? demanda Greg. Tu m'espionnes ?

– Je ne t'espionne pas, je...

Nisha s'interrompit en croisant le regard de Sammy. Elle allait dire « Je t'aime », comme d'autres peuvent crier « J'ai faim ». Elle sentit l'absurdité de la situation. Elle était au milieu d'un petit village africain où l'on faisait travailler des enfants. Elle se tenait devant un homme qui, il y a un mois, lui était inconnu. Elle le poursuivait, s'accrochait à lui. Mais avait-elle encore besoin des États-Unis puisque Greg était dans sa vie ? Elle tenait le bras de Greg lorsqu'elle le vit devenir tout pâle. Il semblait étourdi.

Nisha le saisit des deux mains et l'aida à s'asseoir par terre.

– Sammy, donnez-moi un peu d'eau ! cria-t-elle.

– Nous n'en avons presque plus, mais je vais en trouver, répondit-il.

Sammy épongea lui-même le front de Greg et lui donna à boire. Greg inspirait profondément. Il but de nouveau et sembla reprendre des forces.

– Greg, dit Nisha, tu es malade. Le paludisme. Je vais t'aider.

– Je dois aller chercher de l'eau pour le village, balbutia Greg.

– Prenez votre temps, dit Sammy.

Greg et Nisha se retirèrent du village.

* * * *

La terre ocre et les pierres blanches cuisaient encore la route de Kiotera, même si le soleil venait d'abandonner les fourneaux d'une journée étouffante. Les premiers grillons appelaient la nuit. Debout, à côté des deux véhicules, Nisha regardait le visage de Greg qui reprenait des couleurs. Lorsqu'il ouvrit la bouche, elle l'interrompit.

– Ne dis rien, murmura-t-elle. C'est à moi de parler.

Il lui toucha l'épaule. Elle recula d'un pas. Un camion les croisa en klaxonnant. La poussière retomba. Nisha inspira comme si elle émergeait du fond de la mer.

– Je te dois la vie, dit-elle. Une nouvelle vie… Là-bas, en Inde, je rêvais de ton pays. Maintenant, c'est de toi que je rêve. Et tu n'y peux rien, Greg. Rien. Je n'ai plus à être Jane pour vivre mon rêve. Je n'ai qu'à être Nisha. Et Nisha veut être à toi, mon Greg, mon Amérique…

Un autre camion les enveloppa de poussière ocre. Les larmes de Nisha dessinaient sur son visage enfariné des ruisseaux ensablés. Un fleuve d'émotions avait fait exploser les barrages qui harnachaient mille ans d'histoire, de culture et de traditions. Nisha n'était ni indienne, ni américaine, ni africaine. Elle était une femme au bord d'une route, arrimée à celle qu'elle voulait devenir.

Greg ne bougeait plus. Les mots de Nisha le pénétraient. Il ne savait pas comment se protéger contre ces dagues invisibles qui lui atteignaient le cœur sans le tuer. Au moment où il allait enfin réussir à compléter son travail, à l'instant où il croyait avoir surmonté les embûches qui lui barraient la route, voilà que cette femme venue de l'autre bout du monde ajoutait aux émotions qui l'inondaient depuis quelques jours. Les orphelins du sida l'avaient transformé en pourvoyeur d'eau, Gloria avait ranimé l'enfant qu'il avait oublié en lui et Nisha parlait à ce cœur qu'il avait mis en veilleuse. Sa gorge se noua. Il voulut parler, mais les mots ne vinrent pas. Il s'approcha, prit Nisha dans ses bras et la colla sur sa poitrine.

Sammy entendit démarrer la voiture de Nisha. Il attendit Greg, qui ne pouvait pas ne pas revenir.

****

Il faisait nuit. Greg vint retrouver Sammy, qui lui confirma que les réserves d'eau pouvaient tenir jusqu'au lendemain. En le quittant, Sammy lui prit les mains. Sous les lueurs de la torche, ses yeux scintillaient d'émotion et de gratitude. Greg y vit un bon présage. Demain, après avoir livré d'autres bacs d'eau, il pourrait enfin fouiller le village.

Mais cette boîte noire n'avait plus le même magnétisme. À Washington, des sénateurs en attendaient le décodage pour autoriser la NASA à investir des centaines de millions de dollars afin de chercher la vie sur d'autres planètes. Au même moment, à Katchanga, une poignée d'orphelins gagnaient quelques shillings à fabriquer des boîtes de bois pour mettre en terre des femmes et des hommes que la vie avait menés à la mort en pleine jeunesse. Depuis que la navette spatiale avait explosé, depuis que cinq hommes et deux femmes avaient été pulvérisés dans l'espace, ces héros avaient été transformés en martyrs. Depuis que le nombre de victimes du sida avait explosé, les enfants de ces hommes et de ces femmes incapables de se protéger avaient été oubliés et abandonnés. Greg n'arrivait plus à se sortir de la tête ces images parallèles qui balisaient sa route vers Kampala. Son pays faisait tout pour que les victimes de la navette ne soient jamais oubliées. Lui, Greg, ferait tout pour que les enfants de Katchanga soient sauvés. Enfin, il tenait la mort dans sa mire.

Il était presque minuit en Ouganda. C'était donc le début de l'après-midi en Californie. Il téléphona à Langsworth.

– Vous avez trouvé la boîte ? demanda le patron.

– Non, j'ai trouvé là où il faut la chercher. J'ai réussi à pénétrer dans Katchanga. J'ai la permission de fouiller. Je ne sais pas quand je mettrai la main dessus, mais je la trouverai.

– Avez-vous eu la collaboration de l'ambassade ?

– L'ambassadeur n'a jamais voulu me rencontrer. Si vous lui parlez, dites-lui que les enfants de Katchanga ont besoin d'un puits.

– Un puits !

– Oui. Ici, avec de l'eau, on peut tout obtenir. Même une boîte noire. Pour m'autoriser à la chercher, le chef du village demandait qu'on lui creuse un puits. Comme l'ambassade traîne les pieds, j'ai offert au chef d'aller lui chercher de l'eau chaque jour. Pour l'instant, le puits, c'est moi ! Je pourrai donc commencer mes recherches de la boîte.

– N'oubliez pas. Il vous reste à peine deux semaines. Bonne chance !

En déposant le combiné, Greg vit clignoter la petite lampe rouge des messages. Il entendit la voix de Nisha.

« Bonsoir, Greg. Je t'ai vu arriver. Je suis au bar de l'hôtel. Je t'attends. »

Il eut envie de l'inviter à monter, mais décida de l'ignorer. Cette fille prenait trop de place, trop vite dans sa vie. « *Tu es mon Amérique !* Je ne suis qu'un Américain... », se dit-il. Il se servit un whisky et se laissa choir dans les coussins d'un fauteuil de rotin, sur le balcon. La nuit était chaude et d'étranges oiseaux invisibles dialoguaient entre les branches des eucalyptus. La pétarade des motos achevait son tintamarre. Kampala allait dormir. Le téléphone sonna. « Ce doit être elle, se dit-il. Je ne réponds pas. » Il se versa un deuxième whisky qu'il allongea d'un autre glaçon. Le téléphone sonna de nouveau. Il l'ignora. Quelques instants plus tard, on frappa à sa porte. Par l'œilleton, il vit un employé de l'hôtel. Il ouvrit.

– Monsieur Robertson, désolé de vous importuner. On a essayé de vous atteindre par téléphone. Vous devriez venir dans le hall. Il y a là une dame qui dit être votre amie. Nous devons fermer pour la nuit. Elle refuse de partir et elle est, disons, un peu dérangée par l'alcool.

Greg poussa un grognement de frustration.

– Je descends.

Le visage de Nisha était encore maculé par la poussière de la route de Kiotera. On eût dit une momie vivante. Elle avait beaucoup pleuré. Le surveillant de nuit profita de la présence de Greg pour verrouiller la porte et mettre les lampes en veilleuses. Il était une heure du matin. Il disparut, laissant le couple seul. Nisha regarda Greg s'approcher d'elle.

– Tu es beau, dit-elle.

Il s'assit à côté d'elle, sur le canapé. La seule fois qu'il avait vu une femme pleurer à cause de lui, c'était lorsqu'il avait rompu avec Brenda. Il ne pouvait supporter les larmes ailleurs que sur le visage des enfants.

– Tu pleures encore, dit-il, avec maladresse.

– Oui, Greg. Des larmes de joie ! Je suis enfin libérée de mon masque et de mon secret. Tu peux m'aimer, tu peux me haïr, ça ne changera rien.

Désarçonné, Greg l'écoutait.

– Demain, dit-elle, je me rendrai à l'ambassade de ton pays pour chercher mon visa de touriste. Je partirai avec toi. Tu guideras mes premiers pas et j'essaierai de te séduire, de te convaincre de m'aimer. Si tu ne veux pas, je continuerai seule. Tu sauras seulement qu'il y a dans ton pays une femme qui ...

– Nisha, interrompit Greg, je crois que tu devrais...

– Greg, je ne quitterai pas cet hôtel sans toi.

Greg regarda sa montre. Nisha se leva péniblement. Elle tituba jusqu'à l'ascenseur, où elle s'accrocha à Greg pour ne pas tomber. Une fois dans la chambre, elle se réfugia dans la salle de bains. Il entendit la douche couler. Nisha en ressortit, les cheveux mouillés, vêtue de la robe de chambre de Greg. Elle s'allongea sur le lit.

– Ne dis rien, Greg. Garde tes secrets. Viens près de moi.

****

Lorsqu'elle s'éveilla, les coqs du voisinage haranguaient le soleil depuis plus d'une heure. Elle glissa sa main vers Greg, mais ne sentit sous ses doigts que la texture des draps refroidis. Elle mit quelques secondes à se souvenir où elle avait dormi.

– Greg ? appela-t-elle.

Elle était seule. Dans le miroir de la salle de bains, elle découvrit un visage tuméfié qui la fit sourire. « Toute une bagarre, songea-t-elle, mais Nisha a vaincu Jane. » Près du lavabo, une note : « Tu étais ivre. J'ai préféré te laisser dormir plutôt que de te raccompagner chez ton oncle. Bonne journée. — Greg. »

# 23

– Tu dois vite rappeler ta mère, dit Indira à Nisha. Elle a un message important pour toi.

Nisha n'avait menti qu'à moitié. Devant son visage défait, elle avait expliqué à sa tante avoir bu une partie de la nuit avec des copains indiens rencontrés à l'hôtel Sheraton et y avoir loué une chambre plutôt que de rentrer. Indira ne l'avait pas crue, mais n'avait rien dit. Sa nièce avait tout de même vingt-six ans.

Nisha écoutait sans dire un mot. À l'autre bout du fil, sa mère hurlait. Le directeur de la Callpro venait de lui apprendre que sa fille était congédiée.

– Ils enregistrent toutes les conversations, dit Sushma. Ils t'ont entendue poser des questions indiscrètes à un Américain. Tu lui as demandé des détails sur sa vie personnelle. C'est interdit par le règlement. Tu n'as plus de travail, Nisha ! Tu dois rentrer pour en trouver un autre.

Nisha souriait.

– Et comment va papa ? enchaîna-t-elle, comme si la nouvelle de son congédiement ne la troublait pas.

Elle faillit demander à sa mère si sa blennorragie était soignée. Plus sa mère parlait, moins elle se sentait coupable d'avoir quitté l'Inde pour les États-Unis. Elle était convaincue qu'on lui accorderait son visa dans les jours qui suivaient. À la question : « Avez-vous le nom et l'adresse d'un citoyen américain chez qui nous pouvons vous contacter ? », elle n'avait pas hésité à écrire le nom et les coordonnées de Greg Robertson, à Barstow, en Californie. Bref, sa mère lui confirmait qu'elle avait eu raison de poser toutes ces questions indiscrètes à ce Greg qu'elle était destinée à rencontrer. Elle referma l'appareil.

– Ça ne semble pas trop grave ? demanda Indira.

– Non. Maman s'est énervée parce que papa lui a refilé une maladie en rentrant de voyage.

Indira fut tellement gênée d'entendre cette réponse qu'elle changea de sujet. Le comportement de sa nièce commençait à l'inquiéter.

****

Même s'il ne comprenait rien à ce qu'ils racontaient, Greg était heureux de se balader avec les trois jeunes désignés par Sammy pour aller chercher les bacs d'eau. Il combattait une poussée de fièvre, mais les éclats de rire des enfants étaient si communicatifs qu'il riait avec eux sans comprendre ce qui les rendait euphoriques.

À l'aller comme au retour, il s'amusa à les photographier. Il eut droit d'abord à des enfants qui se tenaient raides comme des piquets ; puis, ce fut la galerie des grimaces, des sourires et des bousculades ; enfin, il réussit à capter en gros plan des visages et des yeux où, derrière les facéties, il sentait l'habitude du vide. Il n'y avait chez ces enfants aucun passé, aucun avenir. Il comprit pourquoi il y avait tant de joies et de sourires dans leur quotidien : chaque minute arrachée à la vie était une victoire qu'il fallait célébrer.

Une fois l'eau distribuée dans chaque hutte, Greg, qui n'avait pas encore le feu vert de Sammy pour chercher la boîte noire, se trouva soudain désœuvré. Il fit le tour des ateliers de menuiserie et de couture. Les enfants le saluaient en l'appelant *Mister Greg*[20]. Sammy les surveillait de loin. Greg s'arrêta à la porte d'une hutte, regarda Sammy qui lui fit signe. Il pouvait y entrer. Il enjamba la planche qui barrait la porte. Une dizaine de paillasses s'alignaient le long des murs fabriqués de terre séchée incrustée de tiges de bambou. Des vêtements de toutes les couleurs tapissaient, pêle-mêle, le plancher de terre sur lequel se pavanait un coq à la recherche de quelques grains à picorer. Aucun meuble, aucune chaise ; que des paillasses. Dans un coin, un seau rempli d'eau. Dans l'autre, une moustiquaire de tissu en lambeaux. Pas de salle de toilette, ni de lampe électrique, évidemment. Par l'unique fenêtre, Greg entendait les enfants rire, piocher et scier. Leur joie était un pied de nez à la désolation et à l'incroyable pauvreté dans lesquelles

[20] Monsieur Greg.

baignait leur vie. Il approchait de la fenêtre avec sa caméra lorsqu'il aperçut le visage souriant d'un petit garçon qui l'observait en silence.

– *Hello*[21] *!* lui lança Greg en appuyant sur le bouton de la caméra.

– *Mister Greg*, répondit l'enfant.

Il avait au plus six ans. Maigre, les cheveux bouclés, les pieds nus, il ne portait qu'une culotte déchirée et une chemise trop grande, sans doute fabriquée à Katchanga. Greg sortit de la hutte. L'enfant se tenait droit devant lui, comme pour lui interdire le passage. Il fit signe à Greg de se pencher. Greg s'accroupit, le visage à la hauteur du gamin. Puis, avec une lenteur infinie, l'enfant glissa ses petites mains de chaque côté de la figure de l'Américain. Greg lui sourit et se redressa. Il se dirigeait vers la maison de Sammy lorsqu'il sentit la main du garçon se glisser dans la sienne. Il eut l'impression qu'il tenait par la main l'enfant qu'il avait refusé d'avoir avec Brenda. Il se vit marchant dans un parc avec son fils, lui apprenant le nom des oiseaux, achetant des glaces au chocolat, le hissant sur ses épaules pour trottiner comme un cheval. En approchant de la maison de Sammy, le garçon retira sa main de celle de Greg et lui dit quelques mots en swahili.

– Que me raconte-t-il ? demanda Greg à Sammy.

---

[21] Allô !

– Il dit que si vous cherchiez une maison pour y vivre, il y a de la place dans sa hutte.

– Et pourquoi a-t-il caressé mon visage ?

– C'est la première fois qu'il touche un Blanc.

Greg sentit les larmes lui brouiller la vue.

– Si vous le souhaitez, dit Sammy, vous pouvez maintenant sortir votre machine électronique pour chercher la boîte de métal. Katchanga vous est ouvert.

****

Greg avait partagé le repas de midi avec la meute des jeunes ouvriers. Il les avait mitraillés avec son appareil photo. Regroupés autour des cinq petits bivouacs qui brûlaient en permanence, les enfants avalaient une tasse de bouillon pendant que les matooke cuisaient dans les braises. Devant l'étonnement de Greg, Sammy expliqua que « matooke » est le nom donné à un certain type de bananes qui peuvent être consommées cuites ou qui, une fois fermentées, peuvent même produire une bière à faible teneur en alcool.

– Vous buvez de l'alcool ? demanda Greg, amusé.

– Non, jamais. Mais nous mangeons beaucoup de bananes.

Greg profita du moment où Sammy avalait une bouchée de banane pour saisir la première photo du chef, qui fit semblant de protester.

–J'ai lu dans le journal de Kiotera, continua Sammy, la bouche pleine, que les Ougandais mangent en moyenne chaque année deux cent cinquante kilos de bananes. Parfois, j'aimerais bien un peu de poisson, mais il faut le pêcher et je n'ai pas le temps.

Le repas terminé, chaque enfant regagna sa hutte, ou un endroit ombragé pour la sieste. Ils travaillaient depuis sept heures du matin. Ils reprendraient le travail vers seize heures, une fois la chaleur humide dispersée par les vents de fin de journée. Greg profita de cette accalmie pour se mettre à l'écoute des ondes émises par la boîte noire.

Rien. Il n'entendait plus rien.

À l'ombre d'un bananier, Sammy le regardait travailler, un petit sourire dans les yeux. Il lui avait emprunté sa caméra. Il prit discrètement quelques photos de l'Américain. Greg portait un short et une chemise à manches courtes, plaquée de nombreuses poches. Un chapeau de paille jetait un peu d'ombre sur un visage et une nuque aussi bronzés que ses bras et ses jambes. Sammy reprit quelques photos de cet homme blanc, musclé, dont les yeux et les gestes lui inspiraient maintenant confiance. Lorsqu'il en avait l'occasion, il prenait plaisir à lui toucher les mains ou les bras, où il sentait courir une énergie qu'il n'avait jamais perçue chez aucun autre adulte. Pendant son enfance et une partie de son adolescence, il n'avait été en contact qu'avec des adultes africains, la plupart du temps malades. Il en était venu à croire qu'un adulte est un être qui est à la veille de disparaître, de mourir. Il se trouvait aujourd'hui en présence d'un homme à peine plus âgé que lui, débordant d'énergie et de santé, bien nourri, et qui avait des projets, un avenir entre les mains. Greg incarnait l'espoir, la vie. De plus, il était gentil.

Lorsque les enfants reprirent le travail, Greg avait pointé son détecteur dans toutes les directions de Katchanga sans entendre le moindre bip.

– Vous semblez déçu, dit Sammy.

– La boîte est tombée aux alentours de Katchanga. L'autre jour...

– ... L'autre nuit, coupa Sammy, les yeux rieurs.

Sammy esquissa un sourire qui échappa à l'attention de Greg.

– Oui, vous avez raison ; l'autre nuit, lorsque j'étais venu écouter, j'avais entendu le signal. Aujourd'hui, rien.

– La pile est peut-être morte, dit Sammy. À moins que la nuit on entende des choses impossibles à capter le jour. Parfois, la nuit révèle des secrets impossibles à décoder le jour. Vous pouvez dormir ici, si vous le voulez.

Surpris de l'invitation, Greg se dit que vingt-quatre heures à Katchanga, c'était l'occasion unique d'observer ce village et son chef. Greg accepta. Il ne dormit pas à la belle étoile. En moins d'une heure, aidé des enfants, le chef planta quelques tiges de bambou qu'on entoura et recouvrit de paille. Greg venait de se faire offrir une maison.

– Il n'y a pas de porte, dit Sammy, et vous n'aurez pas besoin de planche pour barrer l'ouverture. Ce sera la première hutte de Katchanga où personne n'est mort.

Après le matooke du soir, les enfants s'amusèrent à jouer au football avec un vieux ballon crevé, « comme le feraient les vrais enfants après un vrai repas », se dit Greg. Ces jeunes étaient-ils encore des enfants ? Il se tourna vers Sammy.

– Expliquez-moi une chose, dit Greg. Ces enfants semblent heureux.

– Pour eux, répondit Sammy, la vie est un grand jeu où seuls les enfants peuvent gagner. Les adultes représentent l'échec, la fin de la vie. C'est pourquoi certains refusent de vieillir. Être heureux, ici, c'est être vivant.

Greg les regardait courir et s'amuser à la lueur des torches, dont l'extinction allait sonner la fin de la récréation. En entrant dans leur hutte, aucune maman, aucun papa ne les forceraient à se laver, à se brosser les dents, à ranger leurs vêtements. Personne ne les borderait en leur racontant une histoire ou en écoutant leurs confidences. Mais selon Greg, Sammy s'illusionnait. Ces jeunes n'étaient des enfants que pendant une heure par jour. Le reste du temps, ils étaient déjà des adultes qui gagnaient leur vie avec la mort des autres.

Greg s'effondra sur sa paillasse, épuisé par sa découverte du monde de Katchanga. Il s'endormit.

Sammy passa de longues minutes près de la porte de la hutte, à écouter Greg respirer. Il ne le voyait pas et l'imaginait étendu sur sa paillasse, les mains sous la nuque, sa poitrine se soulevant et s'abaissant calmement. À quoi donc pouvait rêver un Américain à peine plus vieux que lui ? Cette boîte noire qui semblait si importante, il aurait pu la lui rendre dès le premier jour. Mais pour la première fois de sa vie, il avait senti le besoin de séduire plutôt que de combattre, d'accepter plutôt que de repousser. Il s'amusait donc, malgré son poids, à déplacer la boîte de sa maisonnette vers le marécage, et inversement, pour ramener ce Greg attachant, dont il devinait mal la place de Nisha dans sa vie. La puissance des sentiments entre ces deux étrangers le fascinait.

Greg entendit un craquement. Il s'éveilla et jeta la lumière de sa lampe vers l'entrée, où il découvrit le visage de Sammy.

– Que se passe-t-il, Sammy ? bredouilla Greg.

– Je... je me suis dit que vous pourriez écouter votre boîte cette nuit. Alors je me suis approché et je ne savais plus si je devais vous réveiller.

Greg sentit qu'il inventait cette histoire, mais ne s'en formalisa pas. Après tout, c'était la première fois qu'un étranger dormait dans ce village. « Il avait peut-être envie d'entendre ronfler un Blanc », songea Greg en souriant.

– Bonne idée, dit Greg.

– Je vous accompagne. Il fait si noir.

Les deux hommes se promenaient depuis à peine cinq minutes que Greg entendit de nouveau le bip.

– Ça y est, chuchota-t-il. C'est par là. On y va.

– Attendez, dit Sammy. Par là, c'est le marécage. On ne peut pas prendre le risque d'y aller la nuit. C'est dangereux. Demain matin, je vous y amènerai.

Greg hésita, mais se laissa convaincre. De toute manière, personne n'allait voler la boîte cette nuit.

Ils rentrèrent vers le centre du hameau. L'orchestre des criquets poursuivait son concert sous les buissons qui achevaient d'absorber la chaleur humide du jour. Sammy posa sa main sur l'avant-bras de Greg.

– Vous verrez. Demain, on va trouver. Dormez bien, Greg.

# 24

Greg ne comprenait plus. Peu après le lever du soleil, il lui avait été impossible de repérer le bip de la boîte noire. Rentré de sa première livraison du jour, Sammy avait arpenté avec lui tous les coins du village, fouillé tous les fourrés, tous les sous-bois : rien. Il retournait à Kampala, où il allait se résigner à informer son patron de l'échec de sa mission. Arrivé au Sheraton, on lui remit un message. Il devait contacter Fred Truman, à San Francisco.

– J'ai compris pourquoi le personnel de l'ambassade américaine de Kampala ne t'aidait pas, dit Fred.

Il s'expliqua. Il avait pris contact avec l'ambassadeur de l'Ouganda à Washington pour obtenir du gouvernement ougandais l'aide que l'ambassade américaine à Kampala refusait à Greg.

– Je crois que j'ai commis une gaffe, dit Fred. L'ambassadeur ougandais ignorait qu'un morceau de la navette était tombé sur le territoire de son pays. On lui avait plutôt parlé d'une pièce d'avion. Or, l'Ouganda fait actuellement beaucoup de pressions pour que les États-Unis forcent le Fonds monétaire international à le soutenir financièrement sans intervenir dans les structures politiques du pays. Alors si l'Ouganda apprend que nous avons absolument besoin de trouver la boîte noire, le pays pourra faire du chantage : si vous voulez la boîte noire, obtenez-nous l'argent sans conditions.

– Tu veux dire que...

– Je veux dire ceci, continua Fred : le gouvernement américain appuie les politiques du FMI. Donc, l'ambassadeur Clark et son premier secrétaire, Hutton, ont à mon avis reçu ordre de ne pas révéler l'objet de tes recherches et, surtout, de tout faire pour retarder ton enquête. Les intérêts du Secrétariat d'État, duquel relève l'ambassade, ont préséance sur ceux de la NASA.

Greg venait de comprendre le rôle ingrat qu'on avait fait jouer à Gloria.

– Est-ce que la direction de la NASA est au courant de ces manigances ? demanda Greg.

– J'en doute. Mais le patron va l'apprendre. J'ai l'intention de l'en informer. J'ai agi dans l'intérêt de la NASA. Mieux vaut que j'en parle moi-même, plutôt que la direction ne le découvre indirectement. L'Ouganda a maintenant de meilleurs arguments pour forcer la main des États-Unis face au FMI. Il va ordonner à son ambassadeur à Washington de relancer l'affaire auprès du Secrétariat d'État, qui est son interlocuteur officiel. L'ambassadeur ougandais affirmera qu'il tient l'information d'un employé de la

NASA. Et que crois-tu que fera le Secrétariat d'État ? On se fera un plaisir d'avertir la NASA qu'un de ses employés a trahi un secret !

– Pourquoi as-tu fait cela ? demanda Greg.

– Pour deux raisons. La deuxième, c'est que je suis un chercheur, un scientifique qui veut comprendre et qui doit toujours donner l'heure juste. J'ai droit à l'erreur, mais je n'ai pas droit au mensonge. Et la première raison, c'est que tu es mon ami.

Autant Fred décrivait la situation avec flegme et détachement, autant Greg en était ému. Son ami avait agi pour l'aider à réussir sa mission. Fred était allé aussi loin que de mettre en péril la confiance dont la direction l'honorait pour lui permettre à lui, Greg, d'obtenir la confiance de ses supérieurs. Et, aussi, d'accéder à ce poste qu'il convoitait tellement à Edwards.

– Fred, que puis-je faire pour t'aider ? demanda Greg, assommé.

– Tu fais ton travail, mon vieux. Tu vas au bout de ton mandat, au bout de tes recherches.

– Tu as raison, dit Greg. Et je crois que je suis en train de trouver quelque chose de beaucoup plus fondamental qu'une boîte noire.

Fred, en professeur d'expérience, ne releva pas cette dernière phrase. Il comprenait que Greg, coupé de son environnement habituel, était sans doute en voie de se trouver lui-même. De Kampala, par téléphone, Greg ne pouvait voir le visage heureux de son ami Fred.

Greg venait à peine de raccrocher que le téléphone sonna. La secrétaire de James Hutton le convoquait au bureau du premier secrétaire. Sachant ce qu'il venait d'apprendre, Greg sauta dans son camion pour se rendre vite au rendez-vous. Chemin faisant, il se rappela une phrase de Fred : « Ne te fie pas aux apparences et sois prudent. Un diplomate est un honnête homme qui ment officiellement au nom de son pays. »

* * * *

– Monsieur Robertson, dit Hutton, je crois que nous nous devons certaines explications.

– Il était temps, répondit sèchement Greg. Vous venez de comprendre à quel point il est important de m'aider à trouver la boîte noire !

Habile, le premier secrétaire laissa Greg s'avancer.

– J'ai toujours cru qu'il était essentiel de vous fournir l'aide nécessaire, répliqua Hutton.

– Alors expliquez-moi pourquoi vous avez tout fait pour retarder l'exécution de mon travail.

– Que voulez-vous insinuer ? rétorqua Hutton.

– Je n'insinue rien, monsieur Hutton. J'affirme qu'on vous a donné l'ordre de me mettre quelqu'un dans les jambes afin que je ne trouve pas la boîte noire aussi rapidement que le souhaitait mon patron.

Hutton saisit l'allusion au vol pour la détourner de son objectif.

– Monsieur Robertson, il y a dans ce que vous dites du vrai et du faux. Il est vrai que quelqu'un a essayé de retarder votre enquête. Mais il est faux que cette personne ait agi sous nos ordres. Et c'est pourquoi je vous ai demandé de venir me rencontrer au plus vite. Cette Indienne du nom de — Hutton fit semblant de fouiller dans son dossier — du nom de Nisha Bijapurkar a été mise « dans vos jambes », comme vous dites, par je ne sais qui. Mais je me devais de vous en informer, car nous venons de découvrir cette histoire.

– Nisha ! Mais qu'est-ce qu'elle vient faire là-dedans ? demanda Greg.

– Vous voyez, vous l'appelez même par son prénom ! Cette Nisha a fait déraper votre enquête et nous voulions vous en informer. Elle est même allée plus loin.

Hutton lui présenta un dossier de demande de visa.

– Elle a soumis sa candidature pour un visa de touriste aux États-Unis. Elle a fourni en référence votre nom et vos coordonnées. Nous voulons savoir si vous étiez au courant de cette démarche et si vous l'avez autorisée à utiliser vos coordonnées.

Greg parcourut des yeux le formulaire. Il réussit à garder pour lui le sourire que la démarche de Nisha lui inspirait.

– La question est grave, reprit Hutton. Des étrangers qui interviennent dans le cadre d'une enquête d'un représentant officiel des États-Unis, cela peut s'apparenter à de l'espionnage.

Greg se ressaisit. Il poursuivit la lecture du document. Il en profita pour se demander ce que ferait Fred dans cette situation. Il eut une idée.

– Depuis quand avez-vous découvert le rôle de Nisha ? demanda Greg.

– Ça fait tout juste vingt-quatre heures.

– Je vous remercie de m'en avoir informé. Cette jeune femme m'avait contacté à Barstow au nom d'une banque américaine, insista-t-il. En passant, voilà où mène le *outsourcing* ! Vous m'avez sans doute sauvé de précieuses journées d'enquête en me confirmant ce dont je commençais à me douter. Qu'allez-vous faire ?

– Ici, en Ouganda, je ne peux rien faire au sujet de cette citoyenne indienne. Évidemment, nous allons lui refuser l'entrée sur notre territoire et son nom sera inscrit sur une liste de personnes indésirables pendant trois ans.

– Trois ans ! répéta Greg.

Il savait fort bien qu'elle n'était pour rien dans cet affrontement qui relevait exclusivement de politiciens et de fonctionnaires américains. Il eut envie de la défendre, de la laver de tout soupçon. Au-delà de l'injustice dont elle allait souffrir, il était révolté de voir comment on traitait cette femme dont la passion amoureuse le laissait de moins en moins indifférent. Mais il étouffa ses émotions sous le couvercle de sa responsabilité professionnelle.

– Et vous, Greg, qu'allez-vous faire ? demanda Hutton.

– Je vais informer mon patron de cet incident. Et je souhaite pouvoir lui dire que, grâce à votre collaboration, je pourrai accélérer la recherche de la boîte noire puisque vous allez sans doute m'aider en autorisant le financement du puits à Katchanga.

Hutton grimaça. Il savait que Nisha n'était pour rien dans cette histoire et que Greg venait de faire semblant d'y croire. Greg pouvait à tout moment faire dérailler le plan du Secrétariat d'État en révélant ce qu'il semblait savoir du rôle de Gloria, mais qu'il avait eu l'intelligence de ne pas dévoiler. « Bref, je suis tombé dans son piège, se dit Hutton, en utilisant cette demande de visa de Nisha. »

– Soit, répliqua Hutton. Nous disposons de sommes discrétionnaires qui peuvent servir à dépanner, en cas de catastrophe par exemple. Je vous autorise à informer les dirigeants de Katchanga que nos experts en recherche de sources et en creusage de puits iront analyser le terrain d'ici une semaine. Il y a une condition, cependant : il ne faut pas que le gouvernement de l'Ouganda connaisse le vrai motif de votre présence sur son territoire. Officiellement, vous êtes un travailleur humanitaire des États-Unis[22].

[22] *Humanitarian Relief Corps* / Corps d'intervention humanitaire américain.

– Très bien, dit Greg. C'est sans doute pour cette raison que vous m'avez fourni l'aide précieuse de Gloria Molunga.

Hutton se pinça les lèvres pour ne pas exploser devant l'arrogance de Greg.

– Oui, monsieur Robertson. Je crois que nous nous comprenons bien.

Ils se séparèrent par une poignée de main dans laquelle chacun eut l'impression que l'autre avait des dagues à la place des doigts.

Greg se précipita vers Katchanga. Il chantonnait en conduisant. Ce soir, au menu de Katchanga, il n'y aurait pas que des bananes et du riz. Il avait acheté cinq belles perches. Les enfants du hameau se régaleraient et, à la fin du repas, il sortirait un cadeau précieux, un ballon, un vrai ballon de football gonflé. Fier de lui, il se revoyait enfin comme le gagnant qu'il avait toujours été. Il venait d'obtenir l'aide pour le puits de Katchanga. Même s'il ne restait que deux petites semaines pour trouver la boîte noire, il savait qu'à l'autre bout du monde son patron comprendrait pourquoi il n'y arriverait peut-être pas dans les délais imposés. De plus, il était heureux d'avoir évité, à la dernière seconde, d'affronter un adversaire aussi puissant que ce diplomate. En lui révélant qu'il connaissait le rôle qu'on avait fait jouer à Gloria, il n'aurait pas fait débloquer sa recherche et aurait mis cette femme dans l'embarras. Enfin, il se sentait touché de se savoir aimé à ce point par Nisha. Pour la première fois, il laissait monter en lui un sentiment d'attachement à cette Indienne. Il ne pouvait accepter qu'elle fût interdite de séjour aux États-Unis à cause du mensonge d'un diplomate qu'il n'avait pas eu le courage de dénoncer. Et ce sentiment le troublait.

* * * *

Il entra en coup de vent dans le hameau. Sammy l'accueillit avec joie. Les enfants le saluèrent d'un « *Mister Greg* » sympathique. Sammy lui demanda de transporter quelques cercueils vers le village voisin.

– Et au retour, on rapportera l'eau, dit Sammy. Je monte seul avec vous, car avec trois enfants, il n'y a plus de place pour les cercueils.

Comme deux complices, ils partirent avec leur charge morbide.

– Vous semblez heureux et reposé, dit Sammy.

– J'ai une grande nouvelle, répondit Greg. Votre puits, vous l'aurez ! J'ai convaincu les gens de l'ambassade. Des experts vont venir inspecter dans quelques jours.

– Des experts ! s'exclama Sammy. Ils vont venir à Katchanga ?

– Mais oui ! Avant de creuser, il faut inspecter le sol.

– Ils n'ont qu'à me le demander. Je sais où il faut creuser. Tout peut se faire en une journée.

Greg sentit un inconfort et, même, une certaine résistance de la part de Sammy.

– Et si vous trouvez votre boîte avant leur venue, poursuivit Sammy, aurons-nous le puits ?

– Vous avez ma parole et celle de mon gouvernement, répliqua Greg avec fierté.

Lorsque Greg découvrit les autres hameaux où ils allaient livrer les cercueils, il se rendit compte à quelle vitesse on peut s'adapter à une situation, même intolérable, si c'est la seule manière de survivre. Katchanga lui semblait maintenant un petit village joyeux, bien vivant. Il savait s'y retrouver, y avait mangé et dormi, et les enfants l'acceptaient comme un des leurs. Le visage lugubre de la mort avait déserté Katchanga pour refaire surface avec arrogance dans ces trois hameaux où l'on attendait la livraison des cercueils pour mettre en terre les dernières victimes. Cette mort faisait parader de jeunes adultes amaigris et décharnés en même temps que quelques vieilles femmes entourées de nombreux enfants dont la sécheresse du regard forçait le visiteur à détourner les yeux. Greg voulut prendre quelques clichés, mais Sammy l'en empêcha.

– Non, dit-il, pas ici. On n'a pas le droit de photographier la mort.

Ils revinrent à Katchanga avec l'eau, des vivres et le reste de l'argent de la vente des cercueils. Toute la journée, Greg chercha la boîte, sans succès. Sammy lui proposa de dormir de nouveau au village et de tenter la recherche pendant la nuit. Greg passa la fin de l'après-midi à reprendre contact avec les enfants, jouant avec les plus jeunes, chantant avec eux et s'amusant de leurs pitreries. Il leur permit de mettre l'œil derrière la caméra, ce qu'aucun d'entre eux n'avait jamais fait. Ce fut la cohue. Les plus vieux quittaient leur travail pour se mettre en ligne et jeter un regard furtif dans cette petite boîte magique où l'on pouvait encadrer des morceaux de vie. Sammy eut même à intervenir pour faire cesser la récréation et reprendre le travail.

– On a des cercueils à livrer demain ! cria-t-il en les chassant gentiment vers les ateliers.

Après le festin du soir et le petit match de football, certains protestèrent au moment de rentrer dans les huttes. Euphoriques d'avoir si bien mangé et, surtout, de posséder enfin un vrai ballon, ils suppliaient Sammy de les laisser jouer encore un peu et de s'amuser avec ce Greg qui les distrayait, les étonnait et les rendait heureux.

– Vous les avez séduits, dit Sammy.

Greg fut touché par cette remarque. Il n'avait jamais su comment se comporter avec un enfant et voilà qu'avec quelques dizaines, le courant semblait passer.

– Vous avez séduit tout le monde, ajouta Sammy.

La noirceur l'empêcha de voir Greg rougir.

Les enfants couchés, Sammy accompagna Greg dans sa recherche de la boîte. Un orage subit les força à s'abriter dans un des ateliers de menuiserie. Il pleuvait à boire debout et la foudre rendait impossible l'utilisation du matériel d'écoute. Greg en profita pour demander à Sammy la plus grande discrétion quant à l'objet de son enquête.

– À qui voulez-vous que je parle de vous ? répondit Sammy, les yeux illuminés par un éclair. Je suis seul.

« Je suis seul. » Greg se rappela que quelques jours plus tôt, c'est lui qui prononçait cette phrase devant Gloria. Il se souvint aussi qu'elle lui avait dit : « Ne résistez pas... Lorsque vous retournerez chez vous avec la boîte noire, vous ne serez sans doute plus le même homme. »

– Mais dans les autres villages, on m'a vu avec vous ou avec les enfants.

– J'ai déjà dit à ces gens que vous étiez un travailleur humanitaire américain qui voulait nous aider à financer un puits.

Greg fut étonné de la vivacité d'esprit de ce jeune homme dont la voix semblait naviguer entre deux octaves. Lorsqu'il parlait à un groupe, le timbre montait. Lorsqu'il conversait à deux, la voix se faisait plus grave. L'orage perdit de sa vigueur. Ils allaient sortir de leur abri lorsque des phares de voiture illuminèrent l'entrée du hameau. Greg pointa sa torche électrique.

– Encore elle ! dit Sammy.

Nisha semblait déboussolée.

– Je savais que je te trouverais ici, lança-t-elle. Tu vis maintenant à Katchanga ?

– Nisha, baisse le ton, répliqua Greg. Les enfants dorment.

– Ces enfants, je ne les connais pas, Greg. Ils t'ont bouleversé, toi. C'est normal. Mais si tu crois que la pauvreté de l'Afrique me chavire, moi ! Viens avec moi en Inde, tu verras ce qu'est la vraie pauvreté, la misère profonde. Tu n'as encore rien vu. Tu sors d'Amérique pour la première fois, tu rencontres l'Afrique et, soudain, tu te découvres une vocation.

– Nisha, pourquoi ce drame, pourquoi me parler de l'Inde ici ? demanda Greg. Pendant que Nisha et Greg s'affrontaient, Sammy s'était éloigné.

– Je te parle de l'Inde parce que je serai obligée d'y retourner, dit-elle en éclatant en sanglots. C'est ta faute, Greg. Tu leur as dit, à l'ambassade, que jamais tu ne m'avais fourni tes coordonnées. Tu ne te souviens donc pas, au téléphone, avant de quitter ton pays ?... Tu m'as tout révélé, Greg. Tout. J'avais déjà ton numéro de téléphone, ton adresse ; et tu m'as fourni des détails sur ta vie... Je savais même que tu étais célibataire ! Oui, j'ai menti, juste un peu, en leur laissant entendre que tu m'avais autorisée à utiliser tes coordonnées. Mais la vérité, tu la connais : tu sais à quel point...

Elle s'interrompit encore une fois avant de lui dire « Je t'aime ».

Greg était sans mot. Il se souvenait bien de cet appel téléphonique et encore plus du mensonge de Hutton, qu'il avait maintenant honte de ne pas avoir démoli.

– Les salauds ! jura Greg. Ils t'ont menti, comme ils m'ont menti à moi, depuis des semaines. Hutton a essayé de te mettre sur le dos la responsabilité de l'échec de mon enquête. Il a profité du fait que tu avais fourni mes coordonnées pour ta demande de visa pour essayer de masquer leur sale travail.

– Greg, je ne sais pas de quoi tu parles. Je ne comprends rien à cette histoire. J'ai simplement voulu partir avec toi. Je suis maintenant interdite aux États-Unis ! Pendant trois ans. Trois ans, Greg !

– Je vais régler cette histoire très rapidement, répliqua-t-il.

Soudain, une flamme jaillit du bout d'une torche. Sammy s'approchait. Il avait tout entendu.

– Sammy, dit Greg, je ne dormirai pas ici ce soir. Je reviendrai demain poursuivre mon travail.

– Pardonnez-moi, monsieur Sammy. Il fallait que je voie Greg ce soir, ajouta Nisha, la voie brisée par l'émotion.

Elle tourna les talons au moment où un éclair vint zébrer le ciel.

– Nisha, dit Greg en l'emmenant à l'écart, nous allons rentrer à Kampala doucement. Je vais te suivre avec le camion. On s'en va au Sheraton et on va prendre le temps de tout se raconter ce qu'on ne sait pas déjà l'un de l'autre.

Nisha monta dans sa voiture. Greg allait faire de même lorsque Sammy s'approcha de lui.

– Je crois qu'elle vous aime beaucoup, dit-il.

* * * *

Il était passé minuit. En entrant à l'hôtel, Greg et Nisha s'étaient abandonnés l'un à l'autre. Puis, au moment où Greg croyait qu'elle allait retourner chez son oncle, elle lui avait dit : « Je t'emmène. » Il s'était laissé enlever.

Elle roulait dans Kampala, les fenêtres de la voiture ouvertes, à la recherche d'une improbable musique qui lui indiquerait la présence d'un club, d'une piste de danse, d'un bar où ils pourraient liquider leurs angoisses. Il se laissait conduire sans poser de questions. Il avait simplement envie que quelqu'un le prenne par la main, le réconforte et le fasse sortir d'Afrique. Elle posa une main sur sa cuisse. Il se retourna et lui offrit un sourire angoissé. Dans une rue sombre, derrière l'hôtel du Nil, elle perçut enfin ce signal qu'elle cherchait avec avidité. Le rythme syncopé d'une basse, enduit de cuivres percutants, s'échappait d'un bâtiment de béton construit comme un poste de douane aux abords d'une zone marécageuse. Nisha entraîna Greg vers les deux torches qui balisaient une porte d'acier. Elle frappa vigoureusement.

– Tu sais où l'on est ? demanda Greg.

– Non. Et ça n'a pas d'importance, répliqua-t-elle avec un sourire vainqueur.

Le judas s'ouvrit. Nisha glissa quelques shillings. Le gardien voulut discuter. Greg sortit un billet de dix dollars. Le gardien cessa de discuter.

Cette Afrique leur était inconnue. Sur les rythmes d'une musique techno, des dizaines d'hommes et de femmes, des Noirs et quelques Blancs, laissaient leurs corps épouser les pulsations d'un cœur électronique qui semblait habiter chacune des enceintes nourries par un DJ concentré sur ses tables tournantes. Des faisceaux de lumière stroboscopique découpaient les mouvements de la foule. Sur chacune des tables alignées le long des murs, des bouteilles d'eau et d'alcool résistaient mal à la soif des danseurs. Nisha s'empara de Greg et le jeta littéralement sur la piste. Il faisait si chaud que plusieurs hommes avaient laissé tomber la chemise. Greg et Nisha se laissèrent emporter par les vagues de la fête. Depuis le départ de l'hôtel, ils n'avaient échangé que deux ou trois phrases, comme s'ils avaient décidé de mettre le compteur à zéro et de tisser de nouveaux liens. Greg suait tellement qu'il ouvrit lui aussi sa chemise.

– Viens ! cria-t-elle, on va boire un peu.

Ils avalèrent un litre d'eau en quelques gorgées.

– Je crois que j'ai une attaque de paludisme, dit Greg.

– Tu vas prendre ceci, et ça ira mieux.

– Qu'est-ce que c'est ?

– C'est contre la fièvre… et ça contient de la sérotonine. Fais-moi confiance, dit-elle en lui remettant une grosse pastille.

À son départ de Mumbay, Nisha avait enfoui dans sa trousse de maquillage quelques condoms et quatre pastilles d'ecstasy. Lorsqu'elle allait danser avec ses copains, cette drogue était devenue la nouvelle manière de s'éloigner de l'Inde pour ces jeunes qui butinaient chaque nuit d'un continent à l'autre. Leurs bons salaires en avaient fait des clients ciblés pour les *pushers*, qui trouvaient moins risqué d'offrir de l'ecstasy que de la marijuana ou de la cocaïne. Nisha en avait fait l'expérience à quelques reprises et savait fort bien ce qu'elle allait provoquer chez Greg en lui offrant cette pastille. Pour voir jusqu'où Greg se révélerait, elle évita d'en prendre.

Une demi-heure plus tard, Greg se sentit envahi par le désir de toucher, de caresser tous ceux qui dansaient à ses côtés. Euphorique, il parlait d'amour universel, d'une profonde envie de partager. Elle ne l'avait jamais entendu divaguer de la sorte. Il dansait en souriant à tout le monde. Nisha le rattrapait, le collait à son corps, l'embrassait. Il frémissait à chaque contact de sa peau sur celle de sa compagne. Il lui caressait le visage, la poitrine, comme s'il la sculptait pour la remettre au monde.

– Oui, Greg, laisse-toi couler dans la vie, lui disait-elle. Il n'y a que de l'amour ici. Et l'amour, c'est moi.

Il l'entendait, mais ne semblait pas s'attarder aux mots et aux phrases. Il était au paroxysme de l'émotion, de la tendresse et de la félicité.

Ils dansèrent jusqu'à l'aube. En sortant du bar, ils s'extasièrent devant des dizaines de grands marabouts qui se régalaient de petits poissons que le marécage voisin offrait comme petit déjeuner. Les mâles se livraient à une danse de séduction auprès des femelles qui, trop harcelées, les chassaient à coups de bec. Le soleil fit gicler ses premiers rayons sur la nappe d'eau ridée par les ébats des oiseaux. Greg eut l'impression de revenir en Afrique, mais cette fois, il n'était plus seul.

Ils s'enfermèrent dans la chambre du Sheraton. Greg se laissait toucher, bercer par Nisha qui l'incitait à continuer à boire des litres d'eau. Une sorte d'ivresse inconnue ralentissait ses mouvements, au point où il paniqua à quelques reprises de se voir immobile au milieu d'une chambre, d'une ville, d'un continent qui lui avaient volé ses repères. Il n'y avait plus d'Afrique, plus de boîte noire, plus de Katchanga. Chaque sensation était reçue comme une découverte inouïe. Une bouffée d'air parfumée d'eucalyptus, le chant d'un oiseau devenaient des expériences sensorielles extrêmes qui le rendaient euphorique et faisaient parfois sourire Nisha.

– Où sommes-nous ? lui demanda-t-il.

Nisha mit quelques secondes avant de lui répondre. Elle aurait voulu arrêter le temps et dessiner un nouveau pays autour de leurs corps.

– Nous sommes en toi, murmura-t-elle. Je rêvais de partir avec toi en Amérique, mais tu m'as ouvert les portes d'un continent inconnu. Ton Amérique, Greg.

– Raconte-moi ce que tu as vu.

– J'ai entrevu un homme prisonnier de son image. Je ne peux rien faire pour le libérer. Rien d'autre que d'attendre… et souhaiter que je sois à la porte lorsqu'il l'ouvrira.

Le reste de la journée s'inséra comme une parenthèse dans sa vie, une zone intemporelle au-delà de laquelle il allait devoir réapprendre à écouter, voir, goûter, sentir et vivre.

Après le départ de Nisha, il se sentit gêné, presque coupable de s'être ainsi livré à elle. Il lui avait permis de voir en lui, de fouiller dans ses émotions les plus intimes. Cette étrangère en savait maintenant plus sur lui que Fred, Teresa et son père. Il ne pourrait jamais lui mentir.

# 25

Intimidés, les enfants avaient cessé de travailler. Sammy, impuissant, regardait les deux spécialistes mandatés par l'ambassade américaine discuter entre eux des sites sur lesquels on allait perforer le sol de Katchanga pour vérifier si la nappe phréatique était accessible à peu de frais.

– Il y a un marécage à trois cents mètres, dit Sammy. De l'eau, il y en a partout.

Les deux hommes, un Américain et un Ougandais, l'écoutaient poliment, mais continuaient à évaluer le travail à faire. Ils prenaient des photos, mesuraient la distance entre les bâtiments et dessinaient des plans sommaires des lieux.

– Je n'aime pas ça, confia Sammy à Greg.

– Ne vous inquiétez pas, répondit Greg. Une fois les plans réalisés, on aura le financement et le puits sera creusé en quelques jours. Pour obtenir l'eau, pour libérer les filles de cette corvée, il faut accepter d'ouvrir un peu le village aux étrangers.

Sammy s'en voulut d'avoir négocié un puits contre l'autorisation de séjour de Greg. Mais Greg serait reparti vite s'il lui avait remis la boîte. Or, il était de plus en plus important dans sa vie. Pour la première fois depuis bientôt dix ans, Sammy n'avait ressenti aucun sentiment de crainte face à un homme. Dès la première rencontre, il lui était apparu plus fiable que tous les autres. Mais cette histoire ridicule de boîte noire avait ouvert la porte à deux autres étrangers qui allaient bientôt fouiller le sol de son village.

Au bout de deux heures, les deux spécialistes partirent.

– Vous aurez de nos nouvelles bientôt, dit l'Américain.

La vie reprit à Katchanga. Mais le rythme des marteaux avait ralenti. Le passage des étrangers avait créé un malaise dans la petite communauté. Greg se rendit chercher l'eau. Des adolescents reprirent le chemin du hameau voisin avec leur charrette chargée de deux cercueils. Un orage vint perturber la sieste. Les enfants devaient se battre contre les moustiques qui semblaient avoir déserté le marécage pour renouveler leur provision de sang. Greg informa Sammy qu'il devait rentrer à Kampala jusqu'au lendemain.

– Laissez-moi vos appareils, dit Sammy. Cette nuit, je chercherai votre boîte magique.

Greg hésita, mais il n'avait rien à perdre. Il ne lui restait qu'une semaine pour la découvrir, mais cette échéance lui paraissait de moins en moins étouffante. Il s'était mis à l'heure de l'Afrique. Après une courte démonstration du fonctionnement du détecteur, il allait monter dans son camion lorsque le petit garçon qui lui avait offert une place dans sa hutte s'approcha. Il lui prit la main et posa une question.

– Il vous demande si vous allez revenir, dit Sammy. J'ai répondu, oui, demain.

L'enfant posa une autre question. Sammy hésita.

– Que dit-il ? demanda Greg.

– Il dit que si vous partez pour toujours, il veut que vous l'emmeniez. Il aimerait avoir un papa comme vous.

Sammy fixait les yeux de Greg. L'Américain eut envie d'oublier la boîte noire, la NASA, l'ambassade, Nisha, Fred, Langsworth, sa carrière. Il avait devant lui un enfant qui voyait en lui ce qu'il n'avait jamais vu : un père.

Greg s'approcha de l'enfant et lui glissa les mains de chaque côté du visage. L'enfant saisit les mains de Greg et l'obligea à refaire le geste. Il le prit dans ses bras et le serra fort, très fort contre lui. Sammy s'interposa doucement, prit l'enfant dans ses bras et lui demanda d'aller rejoindre ses amis.

– J'ai lu dans vos yeux, dit Sammy. Allez vous reposer.

Greg monta dans son camion. Dans le rétroviseur, il vit l'enfant le saluer longtemps de la main.

****

– Oui, papa, tout va bien. Très bien, même.

Greg avait enfin pris le temps de téléphoner à son père. L'enfant de Katchanga lui avait rappelé qu'il avait la chance, lui, de pouvoir dire « papa » à quelqu'un. Ils conversèrent pendant quelques minutes, Greg ne sachant trop que dire et le père n'ayant envie que d'entendre son fils lui apprendre la grande nouvelle.

– Je dois mettre la main sur la boîte au plus vite. C'est la dernière semaine de vie du signal.

– Tu ne sembles pas trop inquiet, dit John.

– Il se passe ici des choses qui font de la boîte noire un objet presque insignifiant.

– Mais ton nouveau job, tu l'auras ? s'inquiéta son père.

– Ne t'inquiète pas. Tout ira bien.

En refermant l'appareil, il poussa un soupir de soulagement, comme s'il venait d'accomplir une tâche agréable, mais obligatoire. Il fit livrer un club sandwich à sa chambre, écouta le bulletin d'information de Voice of America en « *special English* », où il apprit que son équipe de football, les Patriots de la Nouvelle-Angleterre, allait participer au Super Bowl. Il accrocha le carton « *Do not disturb*[23] » à la poignée de la porte, prit une douche et se coucha tôt, épuisé comme s'il avait travaillé sans arrêt depuis un mois.

[23] Ne pas déranger.

Le lit du Sheraton ne lui fit pas regretter la paillasse de la hutte de Katchanga. Baigné de sueur, il combattit la fièvre toute la nuit. Il s'éveilla vers dix heures le lendemain matin. Jamais il n'avait dormi si longtemps depuis son arrivée en Afrique.

Il prit la route de Katchanga en milieu d'aprèsmidi. Une fois sur la piste, il croisa les garçons qui rentraient d'une livraison de cercueils. Ils le saluèrent comme un des leurs. Il klaxonna. Sammy l'accueillit en lui demandant d'aller rapidement chercher l'eau qui commençait à manquer.

– Nous en avons besoin pour le repas. Je n'avais pas envoyé les filles en chercher, croyant que vous alliez venir ce matin.

Greg sentit que son engagement à livrer l'eau commençait à lui peser. Il fallait vite creuser ce puits. Après le repas du soir et le match de football, il aida Sammy à allumer les torches. Il se demandait s'il allait retourner dormir au Sheraton lorsque Sammy l'invita à l'attendre à la porte de sa hutte. Le jeune chef en ressortit une minute plus tard. Il traînait un coffre qui semblait lourd. Il le déposa aux pieds de Greg.

– Ouvrez, dit Sammy.

– Quoi ? lança Greg.

Une masse orange, la « boîte noire », reposait sur un lit de feuilles de nénuphar. On y lisait clairement les noms « NASA » et « USA ». Muet et excité, Greg l'ausculta et, malgré son poids, la retourna dans tous les sens en hochant la tête d'incrédulité. Des boîtes, il en avait récupéré une douzaine dans sa vie, mais aucune ne lui avait donné autant de frissons. Subitement, elle reprenait tout son sens, toute sa valeur. Il la touchait comme on caresse un trophée. Katchanga avait livré son trésor. Sammy souriait. L'Américain se précipita vers lui et l'étreignit avec force. Sammy ne résista pas.

– Sammy, vous êtes extraordinaire ! Merci ! Merci ! Mais, dites-moi, où l'avez-vous trouvée ?

– Dans le marécage, répondit Sammy.

Les deux hommes se regardaient en se tenant les bras en signe de solidarité et de victoire.

– Qu'allez-vous faire maintenant ? demanda Sammy, anxieux. J'imagine que vous devez partir.

Greg ne répondit pas immédiatement. Il regarda la hutte, le village et Sammy qui attendait sa réponse.

– Je ne partirai pas tant que mon travail ne sera pas complété à Katchanga.

– Votre travail ?

– Sammy, j'ai pris un engagement et je vais le respecter. Je partirai lorsque l'on pourra pomper l'eau du sous-sol de Katchanga.

Sammy s'approcha et, à son tour, l'étreignit. Une fois Greg parti, il s'enferma dans sa maisonnette. Il sortit un cahier dans lequel il faisait le décompte des jours. Il savait qu'il était minuit moins cinq pour

Greg. Dans quelques heures, la boîte n'aurait plus émis aucun signal. Il avait fait le pari que Greg respecterait sa parole plus facilement s'il récupérait la boîte noire avant plutôt qu'après la mort du signal. Il semblait avoir misé juste. Mais ce n'est que dans les prochains jours qu'il pourrait en être assuré. Greg pouvait encore partir et ne jamais tenir sa promesse. Anxieux, il mit du temps à trouver le sommeil.

# 26

Le message était clair et le ton, officiel. Langsworth, le patron de Greg, venait d'être informé des embûches posées par les diplomates américains en poste en Ouganda. « Les conditions dans lesquelles vous avez été obligé d'enquêter sont inadmissibles et nous allons en tenir compte dans l'évaluation de votre travail », disait-il. Il concluait en l'invitant à redoubler d'efforts « afin de mettre la main sur l'enregistreur de vol, même si les audiences devant le comité sénatorial commencent dans quelques jours. Nous avons obtenu le droit d'amender le rapport lorsque nous connaîtrons le contenu de la boîte noire. Bonne chance ». Greg avait pris le message en rentrant de Katchanga avec son colis de vingt-cinq kilos.

Cette boîte, il en rêvait depuis bientôt six semaines. Elle était là, inerte au milieu de sa chambre. Une grosse boîte à chaussures en titane qui, tout à coup, ne l'excitait plus, comme si le plaisir de la chercher avait été plus grand que celui de la trouver. Qu'y avait-il donc de si secret dans l'enregistrement des trente dernières minutes du vol de la navette ? Des données numériques sur tous les paramètres d'une machine volante à l'intérieur de laquelle on avait enfermé cinq hommes et deux femmes. Des Terriens, comme lui, qui étaient allés marcher dans l'espace, réparer un télescope et compléter des expériences scientifiques pour le compte de compagnies milliardaires avides de résultats financiers et commerciaux. Lui aussi, Greg, s'était envolé, avait atterri sur une autre planète, s'y était promené et avait amorcé une expérience dont les résultats se faisaient déjà sentir. Il composa le numéro de Fred. Personne ne répondit. Sur un ton sans émotion, il laissa un message. « Salut, Fred. Mission accomplie. La boîte noire est à mes pieds, dans ma chambre d'hôtel. Je crois que c'est à toi de la remettre à Langsworth. Cette boîte t'appartient plus qu'à moi. Je n'ai été qu'un coolie, comme disent les Indiens. Je ne veux plus de trophée. Je la mets dans l'avion pour Los Angeles, via Londres, à la première heure demain. Ses secrets t'appartiennent. Voilà. Je vous embrasse, toi et Teresa. »

Il était soulagé de se défaire de cette boîte comme on se débarrasse d'un examen pour lequel on s'est beaucoup trop préparé. Le résultat n'avait pas plus d'importance que le plaisir et l'effort qu'il avait fournis pour y arriver. Il respirait mieux. Il pouvait prendre le temps voulu pour aider Sammy à obtenir le puits. Le passage des deux experts de l'ambassade n'avait rien débloqué. Il fallait donner un dernier coup. Il se surprit à regretter l'absence de Nisha. Malgré l'ambiguïté de ses sentiments envers elle, il aimait bien savoir qu'il pouvait la rencontrer à l'hôtel, comme un homme retrouve sa femme à la maison en rentrant de travailler.

Mais il y avait plus que ce réconfort dans leurs rencontres. L'attitude de Hutton l'avait ulcéré. Nisha était, malgré elle, devenue la victime d'un jeu de pouvoir entre le Secrétariat d'État des États-Unis et l'administration de la NASA. Il se rendit compte à quel point cette injustice l'avait blessé. Il écrivit une lettre à l'ambassadeur Robert Clark :

*Monsieur l'ambassadeur,*

*Il y a quelques jours, j'ai rencontré le premier secrétaire, James Hutton, qui m'a fait part de sa décision d'interdire d'entrée pour trois ans aux États-Unis Nisha Bijapurkar, une citoyenne indienne qui est mon amie. Cette décision est injuste et basée sur des faits erronés. Je me souviens avoir fourni mes coordonnées à mademoiselle Bijapurkar lorsque j'étais en Californie, en décembre dernier. Elle les a naturellement et sans intention malicieuse utilisées comme références pour un prochain voyage dans notre pays. Je vous prie donc de revenir sur cette décision de lui interdire le séjour chez nous et vous confirme que je me porterai garant de sa personne, si elle décide de visiter notre pays.*

Greg Robertson

Enquêteur spécial

NASA.

P.S.

*Je vous informe que la boite noire a été retrouvée et expédiée aux autorités compétentes. Il ne reste plus à notre pays qu'à offrir un puits aux jeunes habitants de*

*Katchanga en retour de l'aide fournie pour retrouver le précieux module d'enregistrement.*

****

Chaque jour, il allait chercher l'eau et, aux deux jours, livrer des cercueils. Sammy était toujours aussi attachant et énigmatique. Il imagina ce que pourrait être une vie à construire des cercueils, coudre des chemisettes et transporter de l'eau. Un nuage de tristesse l'envahit. Katchanga n'avait plus de secret pour lui. Il ne lui restait qu'à remplir sa promesse du puits et à partir. Il tenta sans succès de joindre Hutton pour en savoir davantage. Il avait oublié de noter le nom des deux spécialistes. Personne ne semblait au courant du dossier Katchanga. Il décida d'imiter Fred et d'agir auprès des autorités ougandaises. Il se rendit chez le préfet, à Kiotera.

– Vous me dites que le gouvernement américain va financer un puits à Katchanga ? demanda le préfet, irrité.

Greg sentait qu'il avait frappé juste.

– Monsieur Robertson, nous ne pouvons que nous réjouir de l'aide que les États-Unis veulent nous accorder. Cependant, vous comprendrez que cela ne peut se faire sans autorisation de la part des autorités locales, c'est-à-dire moi !

Lorsqu'ils se séparèrent, Greg eut le sentiment qu'il venait de faire bouger les choses.

* * * *

– Monsieur le ministre, il arrive.

Par la fenêtre de son bureau, la secrétaire du ministre des Affaires étrangères avait vu la limousine noire de l'ambassadeur américain, Robert Clark, convoqué pour régler une affaire des plus sensibles.

– Excellence, je suis ravi de vous recevoir, dit le ministre ougandais.

Comme prévu par Fred Truman, à la suite de la découverte de la chute d'une partie de la navette spatiale sur son territoire, le gouvernement ougandais avait convoqué le représentant des États-Unis pour obtenir plus d'informations sur cette étrange histoire.

– Monsieur Clark, dit le ministre, nous ne comprenons pas pourquoi vous ne nous avez pas informés de la chute de cet objet sur notre territoire. De plus, vous nous avez fourni des informations erronées sur la nature de l'objet.

Clark, un diplomate d'expérience, commença par offrir des excuses officielles. Il savait que ses cheveux blancs obligeaient son hôte à le traiter avec plus de révérence que s'il avait encore été le jeune fonctionnaire arrogant et prétentieux qu'il était il y a quelques années. En reconnaissant d'entrée de jeu la gaffe commise par son pays, il permettait au ministre d'avoir l'impression de dominer, pendant quelques instants, le pays le plus puissant du monde. Puis, il contre-attaqua en expliquant que le Secrétariat d'État lui-même avait été mal informé par la NASA.

– Au départ, on nous a dit qu'un objet était tombé d'un avion expérimental, un avion sans pilote. Comme ces appareils servent parfois à espionner, il nous est apparu important de ne pas ébruiter l'affaire afin que votre pays n'ait pas l'impression que nous voulions vous surveiller. Ce que nous ne faisons pas, je vous l'affirme. La venue de Greg Robertson, un spécialiste des écrasements d'avion, qui travaille justement pour la section des vols expérimentaux d'avions sans pilote, confirmait la version de la NASA. Lorsque nous avons appris la vérité, nous avons fait l'erreur de ne pas vous informer de la véritable nature de l'objet recherché.

Satisfait de recevoir une réponse officielle crédible, même s'il n'y croyait absolument pas, le ministre passa au deuxième objet de la rencontre.

– On nous a informés de la volonté de votre gouvernement de financer le creusage d'un puits dans le hameau de Katchanga. Vous y avez dépêché deux spécialistes. Or, le préfet de la région n'a jamais été mis au courant de cette démarche qui relève de son autorité. Nous aimerions connaître les raisons de cette démarche et vos intentions réelles.

– La réponse est toute simple, monsieur le ministre. Ce Robertson, qui a pour mission de chercher le morceau de la navette spatiale, a découvert que des dizaines d'enfants vivent seuls, sans parents, sans eau, sans école. Il nous a demandé d'aider les enfants de Katchanga. Je sais qu'il existe des programmes bilatéraux par lesquels nous devons cheminer pour investir dans ces microprojets. Cependant, je peux vous affirmer que notre seule démarche a consisté à envoyer ces deux spécialistes dans le village afin de calmer les appréhensions de Robertson et les attentes du jeune homme qui dirige le travail des enfants. Nous n'irons pas plus loin. Nous reconnaissons que c'est votre responsabilité de vous occuper des enfants ougandais. Si, par le biais de certains de nos programmes, nous pouvons vous aider, nous serons heureux de le faire. Nous connaissons les efforts immenses faits par votre gouvernement pour aider les orphelins du sida.

Le ministre réprima une grimace qui, s'il l'avait affichée, eût trahi son agacement d'entendre parler de ce village où des enfants vivaient abandonnés à leur sort. La remarque de l'ambassadeur était presque une insulte à l'Ouganda, puisqu'il laissait entendre que le pays négligeait ses enfants. La rencontre se termina par une demande officielle du ministre dont le gouvernement souhaitait voir les États-Unis faire des pressions sur le FMI pour qu'il n'intervienne pas « dans les démarches politiques d'un pays en voie de reconstruction démocratique ».

* * * *

Cinq jours après sa rencontre avec le préfet, Greg roulait un matin vers Katchanga, comme un banlieusard le ferait, en route vers son travail. Aucune fièvre. Fred ne lui avait pas encore donné de nouvelles, donc la boîte ne lui avait pas encore été livrée. Il avait bien dormi. Il faisait beau et la journée s'annonçait écrasante de chaleur. Sur la route, la circulation habituelle : les camionneurs un peu fous, les troupeaux de vaches à longues cornes, quelques hommes à bicyclette et des femmes, beaucoup de femmes marchant l'une derrière l'autre, le corps bien droit pour ne pas échapper une seule goutte des bacs d'eau transportés sur la tête. Après six semaines dans la région, il avait ses habitudes. Il se méfiait de certaines courbes dangereuses qui masquaient la présence d'animaux en liberté, et ralentissait au sortir d'un boisé d'où surgissaient à tout moment des dizaines d'enfants. Il avait le sentiment du devoir accompli. La boîte noire serait en possession de Fred aujourd'hui ou demain et il avait tout fait pour que les enfants de Katchanga puissent bientôt boire l'eau de leur puits. Il allait dans quelques jours saluer Sammy pour une dernière fois, embrasser les enfants, clore son aventure avec Nisha, retrouver son ami Fred et embrasser son père, dont il imaginait la fierté. Il sentit soudain un poids de moins sur ses épaules. Il pouvait enfin se débarrasser de cette obligation obsédante d'être un homme irréprochable. Ici, en Afrique, à l'abri du regard des siens, il avait commis des gaffes, fait des erreurs et troublé la vie d'une femme qu'il affectionnait de plus en plus. Pourtant, personne ne lui avait reproché de ne pas être le Greg Robertson compétitif et performant. Il était devenu tout simplement un homme heureux. Il avait fait son devoir. Il avait été un bon Américain : généreux, compétent, efficace. Il n'avait plus à en faire la preuve à personne. Il souriait lorsqu'il bifurqua dans la piste qui mène à Katchanga.

Il appliqua les freins. La piste était barrée par une demi-douzaine de véhicules : une Jeep de l'organisme humanitaire américain Vision mondiale, deux voitures officielles et trois camions de l'armée. Les enfants couraient partout comme des petits animaux excités d'avoir ouvert la porte de leur cage. Un militaire lui interdit le passage.

– Que se passe-t-il ? demanda Greg, inquiet.

– Qui êtes-vous ? répliqua le soldat, fusil-mitrailleur à l'épaule.

– Je suis Greg Robertson. Je travaille avec Sammy, le chef du village. Il m'attend.

Le soldat communiqua avec un officier par son walkie-talkie. Au bout d'une minute, qui parut une heure, le soldat l'autorisa à s'avancer vers le centre du village. Quelques enfants l'entourèrent en scandant « *Mister Greg* ».

Une douzaine de soldats encadraient la place centrale. Ils n'arrivaient pas à contrôler les enfants qui avaient déserté les ateliers. Il régnait une atmosphère confuse de fête foraine et de drame absurde. Entouré de quelques fonctionnaires, reconnaissables à leur chemise blanche et à leur cravate, Sammy discutait, la rage au ventre. Il n'arrivait pas à retenir ses larmes et le flot de ses paroles donnait l'impression qu'il voulait en faire un barrage pour empêcher les gens du gouvernement d'agir. Soudain, un homme et deux femmes sortirent d'une des huttes, les bras chargés des vêtements des enfants. Greg reconnut Gloria. Il s'avança sans que Sammy le voie.

– Monsieur Greg, je pense que le jeune chef sera heureux de vous voir. Il a parlé de vous à ces messieurs du gouvernement, dit Gloria.

– Que se passe-t-il ?

– Le ministère des Affaires sociales et de la Famille a décidé de fermer ce village.

Greg comprit qu'il avait lui-même ouvert la porte de Katchanga au préfet en lui demandant d'intervenir. Il avait détruit ce qu'il voulait aider à construire.

– On m'a demandé de venir parce que je connais bien les ressources de la région, dit Gloria. On va placer les enfants.

– Pourquoi ? Pourquoi ? répétait Greg à mi-voix.

– Je sais que vous êtes venu ici souvent, monsieur Greg, dit-elle. Nous avons appris que vous aviez trouvé le financement pour creuser un puits. Votre geste a été apprécié, mais le gouvernement ne pouvait tolérer que des enfants vivent ainsi, sans parents, sans adultes pour les superviser.

– Votre gouvernement connaissait l'état de ce village. Il intervient aujourd'hui pour protéger son image face aux États-Unis puisque l'ambassadeur Clark est au courant. Quelle hypocrisie !

– Vous avez sans doute raison, soupira Gloria, mais ces enfants doivent aller à l'école, vivre dans des familles ou dans un orphelinat.

– Mais Sammy s'en occupait très bien. Il a tout fait cela seul, depuis au moins quatre ans ! Pourquoi faut-il maintenant détruire son œuvre ?

Sammy se retourna et aperçut Greg.

– Greg ! hurla-t-il. C'est épouvantable ! Ils vont fermer Katchanga. Ils m'enlèvent les enfants. Faites quelque chose !

Les fonctionnaires regardèrent l'Américain avec un certain mépris. Greg s'approcha.

– Ne dites rien, chuchota Gloria. Ils savent qui vous êtes. Ne vous en mêlez pas.

Greg entoura Sammy de ses bras. Il le sentit tout à coup frêle, vidé de son énergie. L'homme qui avait réussi à harnacher la mort pour en faire une source de vie venait d'être condamné à vivre sans la mort. Pendant que le jeune chef sanglotait dans ses bras, Greg regardait les militaires et les fonctionnaires rassembler les enfants, vider les huttes et amasser les outils des ateliers. Gloria et sa consœur essayaient de rendre le rassemblement joyeux. Avec beaucoup de doigté et de délicatesse, elles parlaient aux plus vieux, écoutaient les plus jeunes et portaient attention aux chemises que les fillettes leur montraient avec fierté. Sammy se détacha de Greg et marcha vers sa maisonnette, que personne n'avait fouillée.

– Sammy pourra rester ici s'il le désire, dit Gloria. Il a vingt-six ans, je crois. C'est un adulte. Vous devriez aller le retrouver, nous allons maintenant emmener les enfants.

Greg s'approcha de la maison de Sammy, mais n'osa pas entrer. Il frappa. Sammy lui répondit de le laisser seul.

– Je veux vous voir, Sammy. C'est important, insista Greg.

– Revenez ce soir. Et merci pour tout, Greg.

Anéanti, Greg vit les enfants monter dans les véhicules de l'armée. Les plus vieux étaient silencieux. Certains pleuraient. Les plus jeunes s'amusaient de se retrouver dans un gros camion. Le garçon qui lui avait demandé de l'emmener serrait fort sur sa poitrine le seul ballon du hameau. Comme un petit troupeau, les yeux grands ouverts entre les planches, les enfants de Katchanga regardèrent s'éloigner le village de leur enfance, inconscients d'avoir vaincu la mort qui leur avait volé leurs parents. Le petit garçon montra le ballon à Greg comme pour lui signifier qu'il emmenait avec lui une bulle d'espoir, un morceau de liberté.

# 27

Avec la puissance aveugle d'un raz de marée, la décision du gouvernement avait lessivé Katchanga. Greg avait vu les enfants être emportés par une vague bureaucratique provoquée par le choc des plaques tectoniques de la politique et de l'image publique. Toute la journée, il avait erré dans et autour de Kiotera avec le fol espoir de retrouver quelques-uns des enfants arrachés à Sammy. Il voyait encore l'espoir dans les yeux de l'enfant au ballon. Il cherchait le sourire des adolescentes qui rapportaient les bacs d'eau. L'absence subite de ces garçons et de ces filles lui révélait à quel point un homme pouvait s'attacher à un enfant, à ses enfants.

Il attendit que le soleil bascule sous l'horizon pour reprendre le chemin de Katchanga. Les yeux brouillés de larmes, il roulait vers le hameau avec appréhension. Il aurait donné un million, dix millions de dollars pour que Katchanga n'ait pas existé, pour n'y avoir jamais cherché cette maudite boîte noire. Sammy n'aurait jamais dû exister. Ni les enfants. Ni le sida.

En empruntant la piste, il nota une lueur rouge qui émaillait le ciel, comme si le soleil s'était attardé au-dessus du hameau. En mettant pied à terre, une odeur âcre lui sauta à la gorge. Il courut comme le sprinter qu'il avait déjà été. Sur la place centrale, les tisons affolés d'une montagne de feu retombaient en gerbes incandescentes dans les eaux noires du marécage. Il allait hurler le nom de Sammy lorsqu'il l'aperçut de dos, les mains sur les hanches, contemplant l'incendie qu'il alimentait des derniers cercueils. Sammy se retourna et, sans dire un mot, pointa de sa main les ateliers et les huttes. Il n'en restait plus rien. Sa petite maison, éloignée du brasier, était la seule survivante de la mort de Katchanga. Greg eut le sentiment que s'il n'était pas arrivé à ce moment, Sammy aurait pu s'immoler. Pourtant, la lumière des flammes révélait le visage en paix d'un homme qui semblait s'être absenté de son corps.

Sammy s'éloigna du feu en reculant, comme le ferait celui qui veut maintenir le contact avec les yeux d'une bête menaçante. Avec calme il s'approcha de Greg qui, sidéré, n'avait pas bougé depuis son entrée sur la place centrale.

– J'ai soif, dit Sammy.

Greg courut chercher une bouteille d'eau dans la cabine du camion. Sammy en but la moitié d'un seul trait et offrit l'autre moitié à son ami. Il n'y avait rien à dire. Greg regardait Sammy comme s'il était transparent. Il eut l'impression de voir apparaître son âme. Allait-il mourir ? Sammy saisit le bras de Greg et l'invita à s'asseoir sur un tronc d'arbre couché, face au brasier.

Sammy regarda Greg dans les yeux.

– Qui es-tu ? dit-il.

Surpris, Greg ne put que sourire. Sammy reprit la parole, en posant son regard sur les flammes.

– Je vais te dire qui tu n'es pas. Tu n'es plus l'Américain qui cherchait la boîte de métal que j'avais trouvée le jour où elle s'était écrasée dans le marécage. Je la conservais. Je savais qu'un jour tu viendrais la chercher.

Greg était estomaqué. Sammy avait en main cette boîte depuis son arrivée. Il avait donc décidé du jour où il aurait le droit de la récupérer.

– Tu n'es plus l'homme blanc qui a découvert les petits Nègres miséreux et qui a décidé de les sauver.

Greg fut attristé d'entendre Sammy interpréter sa générosité comme de la condescendance. Il ne réagit pas.

– Tu n'es plus le Greg que tu étais à ton arrivée. Parce qu'il n'y a plus Nisha, plus d'enfants, plus de Katchanga. Tu as tout fait disparaître. Il n'y a même plus de Sammy.

Greg ne comprenait plus le jeune chef. Il crut que la tête lui tournait. Le délire s'était emparé de lui avec le départ des enfants. Sammy le regarda droit dans les yeux et posa sa main sur la sienne.

– Et Sammy te remercie, Greg. Tout a disparu. Tout peut renaître. Ne bouge pas. Regarde le feu. Je vais revenir.

Sammy se leva et entra dans sa maison. Greg obéit. Posées sur le voile de la nuit, les braises avaient l'éclat de rubis. Les grillons n'avaient pas encore reçu le signal de chanter. Il leva les yeux au ciel et ressentit le même vertige qui l'avait troublé cette nuit où, dans le désert Mojave, il avait observé le ciel en sentant la terre trembler sous ses pieds. Il ne vit pas Sammy s'approcher dans son dos. Il n'entendit qu'une voix murmurer.

– Greg, retourne-toi.

Sammy avait revêtu une longue tunique blanche, comme celle des Arabes du désert. Les dernières flammes du brasier jetaient encore un peu de lumière sur son visage transformé. Il s'approcha doucement de Greg. Il lui sourit en le regardant comme s'il le voyait pour la première et la dernière fois. Malgré la chaleur, Greg frissonna.

Sammy tourna sur lui-même une fois, deux fois et une troisième fois, comme un danseur amorce le mouvement qui le fera s'envoler. Puis, d'un geste lent mais déterminé, il détacha un à un les boutons de la tunique qui s'ouvrit légèrement. Il fit glisser le vêtement de ses épaules. Le tissu se répandit sur le sol, formant un pétale de nacre d'où jaillissait le corps nu d'une femme d'ébène.

Greg porta les mains sur sa bouche pour retenir son souffle et étouffer le cri qui lui montait du ventre.

Sous le visage de Sammy, il ne voyait maintenant que deux petits seins et un delta noir au confluent de son ventre et des hanches arrondies.

– Qui es-tu ? demanda Greg.

– Je suis Sarah.

La jeune femme se pencha, remonta la tunique dont elle s'enroba de nouveau. Pieds nus, elle vint prendre place sur le tronc d'arbre, là où Sammy était assis quelques instants plus tôt, dans une autre vie. Greg était vitrifié. Il venait d'être aspiré de nouveau dans l'interstice qui sépare la vie de la mort.

– Sammy..., chuchota-t-il.

Sarah mit son doigt sur les lèvres de Greg.

– J'avais onze ans. Je vivais ici avec ma grand-mère. Mes parents étaient morts ; mon frère et ma sœur aînée aussi. Un jour, ma grand-mère m'a dit : « Nous allons tous disparaître. La maladie de la mort circule dans nos villages. Une maladie transmise par l'amour, par les hommes. Tu seras bientôt une vraie femme. Ce sera ton tour. Les hommes croient pouvoir guérir en ayant des relations avec une vierge. Tu dois partir. Tu reviendras lorsque le village aura été nettoyé de la mort. » Alors ma grand-mère m'a emmenée chez une de ses cousines, en Tanzanie, où j'ai vécu pendant quelques années. J'allais à l'école. Puis, on a entendu parler de la guerre qui se préparait dans le pays voisin, le Rwanda. Ma grand-mère a eu peur. Elle est venue me chercher. Elle m'a ramenée en me déguisant en garçon. J'ai aplati ma poitrine avec des bandages. Une sage-femme m'a donné une potion à base d'herbes pour éviter que je devienne une vraie femme, tu comprends ? À Katchanga, il ne restait que quelques adultes. J'avais grandi. Les gens avaient oublié la petite Sarah. Ma grand-mère me présentait comme Sammy, un orphelin, petit-fils d'une de ses cousines. Depuis ce jour, Sammy s'était emparé de moi. Je ne craignais plus les hommes puisque les hommes ignoraient que j'étais une fille.

Greg était sans voix. Des cendres de Katchanga renaissait Sarah. Il se pinça pour vérifier s'il était encore lucide. Et vivant. Sarah prit une gorgée d'eau et poursuivit son histoire. Elle était détendue, radieuse même.

– J'ai pris la charge du village. À l'âge où les femmes ont deux ou trois enfants, moi, j'en avais près de trente. Je n'ai jamais toléré qu'un homme séjourne dans Katchanga, afin de protéger les filles, les jeunes vierges du village.

– Mais moi, fit Greg, je suis un homme...

– Toi, tu es l'homme qui m'a regardée sans me désirer. Je n'ai pas eu peur de toi. Pour la première fois de ma vie, j'ai pu approcher un homme sans le craindre. J'ai senti en moi un tremblement de terre qui a tout cassé. Tu as fait renaître la femme que je suis. Si le village n'avait pas été vidé de ses enfants, je crois que je n'aurais jamais été capable de montrer qui je suis.

– Mais ce matin, dans mes bras, tu pleurais de rage de voir qu'on t'enlevait tes enfants, ton village, ta vie !

– Ce matin, c'est Sammy qui pleurait. Sammy est mort au moment où les enfants sont partis. Sammy n'a plus de raison d'exister. Sarah a fait mourir Sammy en même temps que Katchanga.

– Pourtant, lorsque je t'ai proposé de faire creuser un puits, tu as accepté.

– Sammy le voulait pour ses enfants. Mais moi, je le voulais pour voir jaillir la femme que tu avais réanimée en moi. Il fallait un certain temps. C'est pourquoi j'ai fait apparaître et disparaître ta boîte noire. Je ne voulais pas te voir partir avant ma renaissance. Il fallait que la femme cachée en moi ait le courage de se révéler à toi, un homme.

– Tu as été en contact avec d'autres hommes. Alors pourquoi moi ?

Sarah respira profondément avant de répondre.

– Parce que… il y avait aussi Nisha. J'ai senti tout l'amour que tu avais fait naître en elle. Nous avons toutes deux le même âge. Si elle pouvait t'aimer, je le pouvais aussi.

Sarah mit sa main sur l'épaule de Greg. Elle s'approcha de son visage et posa les lèvres sur une joue.

– Je n'ai jamais embrassé un homme ; jamais fait l'amour, dit-elle.

Paniqué, Greg se leva et s'éloigna de Sarah en qui il voyait toujours Sammy. Il se mit de nouveau à suer, comme chaque fois qu'il avait vécu un stress important au cours des dernières semaines. Incapable de parler, il marchait en reculant, agitant les mains et la tête, comme celui qui va perdre la raison. Sarah le regarda s'approcher du camion.

– Merci, Greg ; merci de m'avoir libérée ! hurla-t-elle, la voix cassée par l'émotion.

Greg allait fuir. Fuir cet homme devenu femme, ce village devenu ruine, cette Afrique devenue ensorcelante. Sarah ne bougeait plus. Elle tendit les bras vers lui en signe de désespoir. Les phares du camion jetaient sur elle une lumière crue et paralysante. Enrobée de sa tunique blanche, elle ressemblait à une statue de marbre qui aurait résisté à l'incendie de son temple. Elle le fixait droit dans les yeux. Cette immobilité empêcha Greg de partir. Il se sentit lâche. Il n'avait plus besoin de Sammy, mais Sarah avait besoin de lui. Il ne pouvait l'abandonner ainsi, seule, après avoir provoqué sa renaissance. Elle portait la main vers lui, comme lui avait tendu une main impuissante vers sa mère pour la sortir de la voiture. Assommé, Greg éteignit le moteur et sortit du camion. Il s'approcha de Sarah, la serra contre lui et l'emmena vers la maisonnette où il entra pour la première fois.

# 28

La pièce unique, presque circulaire, était aménagée avec sobriété et une touche toute féminine. Une lampe à l'huile faisait danser des ombres sur les murs drapés de petits fichus colorés qui auraient vite trahi l'identité de son occupant à celui qui serait parvenu à y entrer. Une table, une chaise, un simple guéridon avec un pot d'eau, un miroir, un coffre d'osier, une paillasse constituaient la seule richesse de cette jeune femme. Comme les autres nuits, les grillons avaient lancé leurs incantations, des oiseaux invisibles poussaient des cris rauques et d'étranges plaintes nasillardes montaient du marécage. Mais cette nuit n'allait pas être comme les autres.

Muets, Sarah et Greg se regardaient avec l'impudeur de ceux qui n'ont d'autre choix que de se voir dénudés de tout artifice. Tout avait été dit et tout restait à dire. Greg n'arrivait pas à effacer le visage de Sammy sous les traits de Sarah. Et Sarah avait envie de cet homme qui l'avait réconciliée avec son corps et son âme de femme.

– Laisse-moi te toucher un peu, dit-elle.

Elle sentait l'incapacité de Greg de la prendre, de la posséder comme elle en avait le désir.

– Tu as froid et chaud, dit-elle en lui épongeant le front. Allonge-toi.

Comme un enfant affaibli, il obéit. Elle éteignit la lampe. Elle glissa un doigt sur son visage, ses épaules, sa poitrine, comme pour délimiter l'espace occupé par ce corps d'homme qu'elle ne voyait plus.

– Je n'ai jamais appris à être une femme. Je ne sais pas comment aimer un homme, murmura-t-elle.

Greg ne bougeait plus. Les attouchements subtils de Sarah ne lui répugnaient pas. Il ne la voyait pas ; Sammy avait disparu. Épuisé, il s'abandonna et s'endormit. Sarah ralluma la lampe. Elle le regarda dormir comme elle l'avait fait lors de la première nuit à Katchanga. Elle se mit à danser en silence, avec langueur, en mimant au-dessus du corps de Greg les caresses dont elle aurait voulu l'inonder. Elle apprivoisait les gestes de l'amour, de la séduction et de l'abandon. Parfois, elle effleurait son propre corps comme si Greg lui avait rendu ses caresses. Une intense chaleur envahit son ventre avant d'inonder toutes ses artères. Envoûtée, elle faillit s'effondrer sur le corps de Greg, s'en emparer et le posséder. Il bougea la tête comme s'il allait s'éveiller. Elle s'éloigna, souffla la lampe et s'allongea sur le sol, près de la porte qu'elle laissa ouverte pour la première fois.

Au matin, lorsqu'un coq s'égosilla, Greg était seul dans la maisonnette. Par la porte ouverte, il aperçut Sarah assise sur le coffre, la tête entre les mains.

– Il n'y a rien à manger, dit-elle.

À la lumière du jour, Greg était mal à son aise de redécouvrir Sammy habillé en femme. Il eut hâte d'en finir, d'effacer Katchanga de sa mémoire. Le coffre renfermait quelques objets dérisoires, des souvenirs qui perdraient leur sens sitôt sortis du hameau. Ils allaient partir lorsque Sarah lui demanda de s'arrêter. Elle descendit du véhicule et replaça le coffre dans la maisonnette où elle s'attarda une minute. Elle en sortit rapidement. À peine assise près de Greg, une épaisse fumée noire s'échappa par la porte et l'unique fenêtre. En quelques secondes, les flammes ravagèrent la dernière maison de Katchanga.

– Je sais maintenant que je suis Sarah, dit-elle, mais je ne sais pas où Sarah peut faire les premiers pas de sa nouvelle vie.

Greg se sentit devenir prisonnier de celle qu'il avait libérée. Ils quittèrent Katchanga sans qu'elle ne jette un seul regard derrière. Ils roulèrent vers Kampala. Sarah était à sa gauche sur la banquette, là où Nisha et Gloria s'étaient assises à quelques reprises. Ce camion était devenu la boîte noire de son séjour en Afrique, le creuset des découvertes, des affrontements, des réconciliations, des ruptures et de toutes les émotions. En silence, Sarah découvrait l'univers qui ceinturait Katchanga. Un pays qu'elle n'avait jamais vu. Greg était plus ougandais qu'elle ne l'était. Pour la première fois, elle mettait des images sur des noms de lieux qui, de Katchanga, lui semblaient à l'autre bout du monde. Sanje, Victoria, Masaka, Kammengo, Entebbe… Dans ces villes, près du grand lac, vivaient des milliers de Sammy et de Sarah qui ne savaient rien de Katchanga et de ses enfants. Sarah venait de naître, mais il lui fallait maintenant prendre racine, exister et vivre. Elle saluait de la main ces inconnus que le camion croisait ou doublait, l'air de dire : « Voyez, moi aussi j'existe ! » Greg ne parlait pas. Il souriait de voir cette femme agir comme une enfant. Il se dit que son ignorance et sa naïveté en feraient une proie facile dans la capitale, une ville de plus d'un million d'habitants. Il ne pouvait pas l'abandonner et n'imaginait pas comment elle se débrouillerait seule. Elle ne lui posait aucune question. Elle se laissait mener là où il le voudrait bien. L'image du petit garçon de Katchanga lui demandant de l'emmener avec lui était bien idyllique à côté de la réalité de cette femme de vingt-six ans qui, sous un corps d'adulte, cachait une âme d'enfant. Après la passion de Nisha, il lui fallait composer avec l'innocence de Sarah.

En entrant dans Kampala, ils croisèrent la grande rue qui mène au marché. Greg trouva à garer le camion en sécurité derrière un temple baptiste. Il ouvrit la portière comme un gentleman le ferait pour sa fiancée.

– Madame, dit-il en riant, je vous invite à faire une promenade dans le grand marché de Kampala.

Sarah descendit en s'appuyant sur le bras tendu de Greg. Elle en fut émue. Il lui accordait toute l'attention et la délicatesse qu'on affiche à l'égard de quelqu'un qu'on respecte et qu'on affectionne. Immédiatement, les regards des nombreux passants se tournèrent vers ce Blanc qui traitait avec déférence une femme qui, à l'évidence, n'avait ni la classe, ni l'apparence, ni les vêtements de celles à qui on offre le bras pour descendre de voiture. Greg ne poussa pas la blague plus loin. Affamés, ils avalèrent des beignets et du thé. La dernière fois que Sarah avait vu autant de monde réuni, elle avait presque quatorze ans. Sa grand-mère était venue la chercher à Bukoba, en Tanzanie. Au marché de la ville, elle lui avait procuré des vêtements de garçon avant de rentrer en Ouganda sous le prénom de Sammy. Depuis, elle n'avait connu que les villages autour de Katchanga. Cette fois, ce fut l'inverse. Greg lui offrait des vêtements féminins qui lui permettraient de se débarrasser de la tunique blanche. À nouveau, dans un marché, elle changeait d'identité.

Il était passé dix heures. Le soleil du matin écrasait déjà la foule de plus en plus dense. Sarah, étourdie de se sentir entourée d'un grand nombre d'adultes, avait l'impression que tous savaient qu'elle n'était plus un homme.

– Les gens me regardent, dit-elle. J'ai peur.

– Non, répondit Greg. On nous regarde. Les gens ne sont pas habitués à voir un Blanc se promener, main dans la main, avec une Noire. C'est plutôt moi qui devrais avoir peur.

– Tu as peur ?

Greg fit signe que non. Il n'avait pas peur de la foule, mais de lui-même. Il paniquait de plus en plus à l'idée de devoir prendre soin de sa protégée. Comme une plante fragile sortie de terre, elle devait vite s'enraciner dans un nouveau terreau. Il la sentait libre, mais perdue. Elle n'avait en poche que l'argent de la vente des derniers cercueils. Elle ne connaissait personne à Kampala. Il lui fallait un toit, un lit et du travail. Après lui avoir laissé le plaisir de choisir une robe, deux jupes, un pantalon, quelques chemisiers et une paire de sandales, ils revinrent vers le camion. En passant devant la porte du temple baptiste, il lui demanda de l'attendre dans le véhicule.

– J'ai un appel urgent à faire, dit-il avant d'entrer dans l'église où il obtint la permission d'utiliser le téléphone.

Il en ressortit avec une adresse griffonnée sur un bout de papier.

– Je t'ai trouvé un endroit pour dormir, dit-il fièrement.

– N'importe où. Ce que je veux, c'est dormir près de toi, dit-elle, anxieuse. Tu ne vas pas m'abandonner !

Greg était bouleversé. Sarah pleurait. Il lui prit les mains. Elle s'agrippa à lui comme cette femme sidéenne l'avait fait à Kiotera avant de mourir. Il sentit de nouveau la mort s'enrouler au bout de ses doigts. Une mort sournoise, déguisée en rupture. S'il avait vu le visage de Sammy, Greg aurait plus facilement coupé le contact. Mais voilà que Sarah avait pris toute la place, avec la puissance de la jeunesse et la faiblesse de la solitude. En quittant Katchanga, il n'avait fait que déplacer le problème à Kampala. Quelle que soit la ville, le pays ou la planète, elle avait besoin de lui pour l'aider à prendre possession de son corps de femme.

– Sarah, murmura Greg, tu ne m'appartiens pas. Je dois rentrer dans mon pays. J'ai, là-bas, une famille, des amis, du travail, des responsabilités. Tu as décidé, avec raison, de quitter Katchanga.

– C'est Katchanga qui m'a abandonnée !

– Katchanga... J'y cherchais une boîte de métal pour comprendre la mort de quelques personnes. J'y ai trouvé la vie qui se nourrissait de la mort. Je ne comprends plus rien. Je suis épuisé.

– Il ne faut pas chercher à comprendre. Il faut seulement vivre.

– Mais tu ne peux vivre que ta vie, Sarah. Et ta vie, elle commence ici, à Kampala. La mienne, elle va se poursuivre en Amérique. Fais-toi confiance comme je te fais confiance. Sarah a la même énergie que Sammy avait pour vivre.

– Ne me parle plus jamais de Sammy ! répliqua-t-elle.

Greg retira sa main et démarra.

– Où va-t-on ? demanda Sarah.

– Près d'ici, il existe une maison d'accueil pour femmes seules. Tu peux t'y installer quelques jours. Ensuite, on verra.

« Femme seule. » Ces deux mots venaient de gifler Sarah. Elle n'avait plus la force de se battre. Elle se laissait emmener en pleurant en silence. La joie de redevenir une femme était étouffée par la condamnation à la solitude. Greg avait joint Gloria par téléphone. Il lui avait raconté l'aventure de Sammy devenue Sarah. Gloria n'y avait d'abord pas cru. Devant l'insistance de Greg, elle lui avait fourni les coordonnées de ce refuge et l'avait autorisé à donner son nom comme référence. Des religieuses catholiques d'origine italienne dirigeaient la maison depuis une trentaine d'années. « Des femmes fortes, remarquables, avait dit Gloria, qui ont résisté aux régimes dictatoriaux du pays. » Aujourd'hui, ces religieuses accueillaient de plus en plus de femmes rejetées par leur famille ou abandonnées par leur mari.

Greg stationna à quelques mètres de l'entrée du jardin qui isolait la résidence gardée par des garçons armés de bâtons et de machettes. Sarah comprit : elle ne dormirait pas avec Greg. Elle ne pleurait plus.

– Tu es un homme droit et franc, dit-elle. Tu m'avais promis un puits. Tu as tout fait pour l'obtenir.

Elle lui glissa les doigts dans les cheveux.

– Tu n'as jamais changé la couleur de tes cheveux. Je sais que tu me diras la vérité. Viendras-tu me revoir avant de partir pour l'Amérique ?

– Je te le jure, répondit Greg.

– Embrasse-moi !

Il ferma les yeux. Les lèvres de Sarah étaient chaudes et charnues. Il avait posé sa bouche sur celle de plusieurs femmes dans sa vie, mais jamais il n'avait senti une vie si fragile et si puissante dans un baiser.

– Quand tu reviendras, je serai encore plus une femme que maintenant. Tu me désireras.

Elle descendit du camion et franchit la porte du jardin sans se retourner. Dans la poche du pantalon acheté au marché, elle trouverait un bon paquet de shillings qui lui permettraient de survivre pendant plusieurs jours.

# 29

Le concierge du Sheraton lui remit une liasse de messages. Tous comportaient la mention « urgent ». Fred, Nisha et Langsworth tentaient de le joindre depuis quelques jours. Il revit Sarah disparaître dans le jardin du refuge. Il eut envie de l'imiter : disparaître à son tour ; s'effacer et renaître. Greg jeta les messages sur le lit, se dévêtit et s'offrit la douche dont il rêvait depuis quarante-huit heures. Rafraîchi, il eut le réflexe de prendre un whisky, mais s'y refusa. Cette chambre, ces messages, la bouteille d'alcool, le parfum des eucalyptus : tout cela faisait partie d'une autre vie. Il ne lui restait plus qu'à rentrer, mais l'Afrique n'avait pas terminé son travail de sape. Une petite poussée de fièvre le força à se procurer de la chloroquine. Il mit les messages à la poubelle et descendit vers le quartier au pied de l'hôtel. Son sac photo en bandoulière, il marchait vers la pharmacie lorsqu'il aperçut un magasin de matériel de photographie qui vantait un service rapide de développement de la pellicule et des images numériques. Il y laissa ses cartes photo.

– Revenez en fin de journée. Tout sera prêt, dit le commis.

Il se promenait dans Kampala avec la certitude qu'il y passait ses dernières heures. Il se sentait aussi libre que celui qui a atteint le sommet de la montagne, mais craint de basculer dans le vide. Il marchait sur l'arête de la vie en narguant son passé. Dans le rétroviseur de sa mémoire, il voyait s'éloigner une route et des détours qu'il n'avait pas choisis. Il lui fallait saisir cet instant pour mieux s'en débarrasser. Personne autour de lui ne pouvait l'encadrer, lui permettre ou lui interdire quoi que ce soit. Avant de rentrer au pays, il devait s'affranchir de ce Greg qui n'était plus celui qui avait mis le pied en Ouganda, il y a près de deux mois.

Dans une banque, la carte de crédit de la NASA lui permit de faire le plein de shillings. Chez un marchand de stylos, il se procura une grosse tablette de papier et des crayons à colorier. Après un repas arrosé de bière au restaurant de l'hôtel du Nil, il récupéra ses photos et roula vers la source du Nil, qu'il avait visitée au début de son séjour.

« Lorsque vous retournerez chez vous, vous ne serez plus le même homme », avait prédit Gloria. Pendant des heures il s'acharna à esquisser des formes, à multiplier les couleurs sur des feuilles qu'il arrachait et jetait, devant l'échec de ses coups de crayon. « Pourtant, ma mère savait dessiner », pensait-il en souhaitant qu'elle lui ait transmis cette aptitude à reproduire la vie et l'âme des Hommes. Il avait rêvé de voir éclater subitement un talent enfoui en lui ; il lui suffirait de tracer quelques lignes de couleur sur une page blanche pour que le génie de la peinture s'empare de sa main et le guide vers la création d'une œuvre qu'il n'aurait qu'à signer « Greg R. ». Plus il s'acharnait, plus il constatait le gouffre entre l'inspiration et la technique, entre le regard et la reproduction de la vie. L'Afrique l'avait bousculé, avait cassé le moule de ses certitudes, mais ne lui inspirait pas les gestes à poser ni les chemins à emprunter pour affirmer celui qu'il sentait naître en lui. « Je ne mettrai sûrement pas trente ans à devenir un autre Greg », se dit-il, frustré. Il laissa le vent du soir s'emparer des feuilles coloriées sur lesquelles il s'était acharné à débusquer son talent. Il roula à grande vitesse vers Kampala, monta dans sa chambre et combattit une poussée de fièvre pendant des heures sous l'eau froide dc la douche.

# 30

– Toujours pas de nouvelles ? demanda Indira en servant le thé à sa nièce, dont les traits tirés l'inquiétaient de plus en plus.

– Non, murmura Nisha. Au Sheraton, on m'a dit qu'il a pris ses messages.

Depuis plus de deux semaines, Nisha avait tenté en vain de parler à Greg. Après leur nuit d'évasion et de frissons à l'ecstasy, il n'avait plus donné signe de vie. D'abord enfermée dans un mutisme complet, Nisha s'était ensuite ouverte à sa tante, qui s'était beaucoup rapprochée de sa nièce.

– Et si on y allait ? suggéra Indira.

– Où ?

– Dans ce village où il veut aider les enfants...

– Ça pourrait peut-être le vexer. Il ne voudrait plus jamais me voir...

– Tu n'as rien à perdre. Et les choses seront claires par la suite.

Les deux femmes prirent la route de Katchanga. Nisha conduisait avec assurance.

– Ce n'est pas la première fois que tu y vas, remarqua Indira, un sourire dans l'œil.

Nisha sourit sans répondre. Elle gardait les yeux sur la route. Elle appréciait la complicité de sa tante et la tolérance de son oncle. Ils étaient de la même génération que ses parents, mais, à cause de leur vie d'expatriés, n'avaient pas alourdi leurs bagages du poids de ces traditions indiennes qui lui rendaient la vie de plus en plus intolérable à Mumbay. Nisha risqua une question qui lui brûlait les lèvres depuis longtemps.

– Pourquoi avez-vous décidé de vivre en Ouganda ?

Indira mit un moment avant de répondre.

– La décision la plus importante a d'abord été de quitter l'Inde, dit-elle. Ton oncle et moi n'arrivions pas à avoir un enfant. La famille nous laissait entendre que cela était inacceptable. Un médecin m'a dit que j'étais infertile. Ramana et moi avons décidé de garder ce secret pour nous. La famille croyait que nous refusions d'avoir des enfants. La pression est devenue insupportable. Alors nous avons choisi d'émigrer. Comme il y avait beaucoup d'Indiens en Ouganda, la chose paraissait normale et l'honneur était sauf. Depuis, nous sommes heureux. Très heureux.

Nisha se sentit moins seule. Elle n'était donc pas la première à fuir le poids des traditions. Des millions de compatriotes s'étaient exilés partout dans le monde pour se sortir de la pauvreté. Mais elle, Nisha, qui empochait chaque semaine trois fois le salaire de son père, ne pouvait prétendre s'exiler pour des raisons économiques. Elle faisait partie de cette nouvelle génération instruite, moderne, sur laquelle l'Inde allait asseoir son développement économique et social. Branchée toutes les nuits sur l'Amérique, elle avait senti la tapisserie des traditions se décoller du mur de son identité. Personne de sa famille n'allait lui imposer un mari ou un mode de vie. Son Greg, elle l'avait elle-même choisi. Si sa tante et son oncle avaient été forcés de partir, elle choisirait de le faire en toute liberté.

– J'aurais dû être ta fille ! dit-elle à sa tante.

Indira tourna la tête pour masquer son émotion.

Nisha s'engagea sur la piste de Katchanga.

– C'est étrange, dit-elle. Normalement, à cet endroit, nous devrions avoir vu les enfants.

Elle rangea la voiture.

– Oh ! Mon Dieu ! hurla-t-elle.

Immobiles, la tante et la nièce fixaient un à un chaque coin du village calciné, à la recherche d'une explication. Elles se tenaient la main, l'une pétrissant les doigts de l'autre. Elles arpentèrent à deux reprises ce qu'il restait de Katchanga. Peu à peu,

Nisha découvrait non seulement le vide laissé par l'incendie, mais aussi la disparition de cet espace magique où elle avait suivi Greg, épié ses faits et gestes, été confrontée par Sammy et affiché son amour pour un homme qui l'avait attirée en Afrique.

– Il n'y a pas de puits, pas d'eau, remarqua Indira.

Les deux femmes retournèrent vers la voiture, n'osant imaginer le sort des enfants et de Greg. Elles foncèrent vers le Sheraton.

– Vous connaissez bien monsieur Robertson ? demanda le gérant.

– Je le cherche depuis plusieurs semaines, dit Nisha.

– Nous ne l'avons pas vu depuis six ou sept jours, enchaîna l'homme. Il y a plein de messages pour lui. Il n'est pas à sa chambre.

– Je suis son amie.

– Je sais, interrompit le gérant. Nous vous avons vue souvent ici, avec lui.

Indira baissa les yeux.

– Si vous le voyez, reprit l'homme, dites-lui que nous avons mis en consigne pour un mois ce qu'il avait laissé dans sa chambre.

– Il est donc parti...

– Je ne sais pas s'il a quitté le pays, mais nous avons récupéré la chambre. Nous en avons informé l'ambassade des États-Unis. Nous avons facturé les dernières semaines à sa carte de crédit.

– Et son camion, demanda Nisha, vous l'avez vu ?

– Il faudrait demander à l'agence de location, de l'autre côté de la rue.

À l'agence, on lui apprit que Greg avait remis le véhicule il y a une semaine.

– On ne l'a pas revu, affirma le gérant.

Catastrophée, Nisha regardait Indira qui semblait faire la part entre la peine d'amour de sa nièce et l'inquiétude causée par la disparition de Greg.

– On va rentrer, dit-elle. Demain, tu pourrais peut-être téléphoner à l'ambassade des États-Unis.

Nisha frissonna à l'idée qu'elle devrait faire face à ce diplomate qui l'avait accusée d'avoir menti en soumettant sa candidature pour un visa de touriste.

# 31

Greg avait décidé de larguer sa mission et son avenir à la NASA. Accoudé à la fenêtre de sa chambre, il vit le garçon sortir de la cuisine et balancer les restes de table et des carcasses de poulet sur le tas d'immondices qui dessinaient une butte pestilentielle entre l'hôtel et les abords du marais. Sur les branches basses des arbres, les marabouts attendaient leur repas. Le garçon se retira. Des dizaines de ces gros charognards attaquèrent la colline d'ordures, se repoussant à coups de bec qui, comme de longs ciseaux de bois, s'ouvraient et se refermaient avec un claquement sec destiné à effrayer le reste de la meute. Ces grands oiseaux perchés sur de longues pattes mesuraient un mètre cinquante. Les plumes noires de leurs ailes dessinaient une redingote huileuse sur le plastron de leur poitrine blanche, ce qui accentuait le regard lugubre de leurs yeux cerclés de rouge. Au loin s'étendaient les eaux d'une baie du lac Victoria où se reflétaient les façades vitrées des quelques gratte-ciel dont s'enorgueillissait le centre-ville de Kampala. Sur la droite, il devinait les treize étages du Sheraton qui, sur sa colline, isolé par ses jardins, semblait faire partie de la vie d'un autre Greg.

Depuis trois jours, il s'acharnait à dessiner ces marabouts. Il rêvait de figer la vie, de la fixer un instant sur une page pour se l'approprier et la comprendre. Depuis que son univers avait commencé à basculer, depuis que ce qu'il croyait être la vie se révélait être son envers, Greg avait déserté l'univers du réel pour celui de la « conscience intérieure », comme il le répétait chaque jour au patron de l'hôtel. Il était lui-même devenu un oiseau de proie qui, du perchoir de sa chambre, traquait les restes de son existence pour mieux les déchiqueter à coups de crayon maladroits.

Le Marabout Hotel portait bien son nom. Le bâtiment de briques de trois étages avait été construit pour accueillir les voyageurs de l'Ouganda Railway Corporation, qui avait prévu une gare dans ce quartier périphérique de la capitale. Le projet avait été abandonné par le régime des dictateurs et aujourd'hui, le train en direction de la Tanzanie rouvrait chaque jour dans ce quartier pauvre, la cicatrice d'une promesse non tenue. Pour quelques dizaines de shillings par jour, Greg logeait dans ce lieu infect où la population du quartier commençait à s'habituer à ce bizarre Blanc qui s'aventurait, de jour comme de nuit, dans les rues et ruelles pour photographier les enfants vêtus de guenilles aux couleurs vives ; les centaines de cyclistes surchargés de meubles, de régimes de bananes et de casquettes, en route vers les marchés de la capitale ; les baraques de tôle et de briques bancales où survivaient, entassées, les plus pauvres des familles pauvres ougandaises. Encore ce matin, après les œufs au plat et les haricots noirs, Greg était monté à sa chambre, avait caressé son visage en friche envahi par une barbe sauvage aux reflets blonds et roux, s'était versé le premier whisky de la journée et acharné à dessiner ces grands charognards qui l'horrifiaient et le fascinaient tout autant. Devant l'échec répété, il ouvrit l'enveloppe où dormaient les centaines de photographies prises au cours des deux derniers mois. La sueur lui envahit la nuque et le front. Il avala un cachet de chloroquine entre deux gorgées d'alcool ambré.

Il feuilletait son passé. Un passé où il n'y avait plus de frontière entre la semaine dernière et le mois de décembre. Le visage inquiet de son père le cherchant des yeux à l'aéroport de Burbank ; Fred et Teresa qui l'encadraient comme un trophée ; Nisha, assise sur la banquette du camion ; Gloria, dans les jardins de la mort de l'hôpital de Kiotera ; Sammy, encore homme ; les enfants aux mille sourires, inoculés contre la mort ; et, surprise, lui. Lui qui cherche la boîte noire, lui, Greg, qui joue avec les enfants de Katchanga, qui marche en tenant un petit garçon par la main. Sammy avait croqué ces moments de vie sans le lui dire. Avant de détruire son village, il l'avait immortalisé pour en laisser une trace. Ému, Greg commença à dessiner au fusain les visages figés sur les photos. Un regard arrêté, un geste intercepté était moins menaçant que dans la réalité des humains. Tout à coup, sa main sembla libre de toute contrainte. Lorsque la vie en couleurs était coagulée sur un rectangle de papier glacé, il pouvait s'en emparer, l'analyser et la reproduire. Dans les yeux des enfants, droits comme des piquets devant leur hutte, il devinait la fierté d'avoir une maison. Sur la page dessinée apparaissait alors une hutte plus grande que nature, telle que les enfants l'imaginaient. Lorsqu'il sentait la fierté de Fred et de Teresa à ses côtés, il saisissait le sens de leur affection. Sur la feuille dessinée, il affichait alors un Greg à la taille démesurée. Il haletait, soufflait comme s'il courait après la vie. Isolé dans la bulle d'une conscience nouvelle, il cherchait et trouvait dans le regard des personnages photographiés l'aura de leur vie. Il lisait dans leur tête, s'infiltrait dans leurs rêves, démasquait leurs désirs les plus secrets. Il les faisait vivre, les libérait de l'instant présent et les transportait dans l'univers de leur choix. Il était Dieu.

Greg ouvrit les yeux. Pendant quelques secondes, il ignora où son corps se trouvait. Étendu sur le plancher, les vêtements imbibés de sueur, il tourna la tête pour découvrir dans la pénombre le profil d'une bouteille de whisky vide. Impossible de se lever. Des mains invisibles le retenaient au sol et son corps, trop lourd, n'arrivait pas à s'extirper de la mer de feuilles blanches, inondées de visages dessinés, qui l'entouraient. Il était devenu une île où son délire l'avait fait s'échouer. En suivant du regard un lézard qui explorait le mur encadrant la fenêtre, il reprit contact avec l'espace et le temps : sa chambre, l'odeur du dépotoir, les cris des marabouts, le piaillement des enfants dans la rue. Il tituba jusqu'à la fenêtre. Le miroir orangé et violet du lac Victoria absorbait les dernières giclées de soleil. Il lui fallait repartir à la conquête de sa nouvelle complice, la nuit. « L'envers du jour, expliquait-il au patron indifférent, c'est là que se cache la vérité des êtres. Le jour fait fuir les âmes. La nuit les ramène. » Il descendit au rez-de-chaussée. Dans la salle à manger, une dizaine de clients occupaient les bancs et les tables de bois grossièrement assemblés. Personne ne se préoccupa de lui. Le patron lui servit une platée de ragoût de mouton et des bananes frites. Et de la bière, évidemment. Beaucoup de bière. Il signa la note, lâcha un rot sonore et, comme tous les soirs, partit dériver dans les rues de Kampala.

# 32

Fred Truman avait toutes les raisons de se réjouir. La boîte noire avait révélé des informations qui confirmaient l'hypothèse de la NASA : une chute de pression subite, sans doute provoquée par une fissure. Or, la réduction des budgets avait incité la direction à retarder le vol de la navette. Mais les pressions politiques des gros « clients » qui commanditaient certaines expériences en état d'apesanteur avaient réussi à imposer ce vol dangereux, qui s'était avéré mortel. Langsworth avait été félicité par les grands patrons. Il avait vanté l'instinct de Fred grâce à qui on avait déniché « l'excellent enquêteur, Greg Robertson ».

Mais Fred n'était pas joyeux et Langsworth était inquiet. Greg n'avait pas donné de nouvelles depuis l'expédition de la boîte et du matériel de détection, il y avait maintenant plus d'un mois. Au Sheraton, on lui avait indiqué que monsieur Robertson avait déserté sa chambre il y a plus de quinze jours.

– Tu devrais téléphoner à son père, suggéra Teresa. Il a peut-être des nouvelles.

– J'hésite, dit Fred. Si Greg ne l'a pas appelé, John sera alors très inquiet. Il est habitué, lui, à ne pas avoir de nouvelles de son fils pendant de longs moments. Pas nous.

Le lendemain, Langsworth, de plus en plus anxieux, contacta Hutton, le premier secrétaire de l'ambassade.

– Pas de nouvelles, dit Hutton. Mais je peux m'informer auprès des autorités du pays pour vérifier s'il a franchi la frontière à l'aéroport. Il est peut-être parti en excursion du côté du parc des grands singes. J'enquête et je vous reviens là-dessus. Mais avant de vous quitter, puis-je vous poser une question ?

– Certainement, répondit Langsworth, méfiant.

– Vous avez bien récupéré la boîte noire ?

– Oui, et je vous remercie de l'aide exceptionnelle fournie à Robertson…

Hutton comprit qu'il n'en saurait pas plus. En refermant l'appareil, il appela Gloria.

– Madame Molunga, Hutton à l'appareil.

– Que puis-je faire pour vous ? dit-elle avec hésitation.

– Si jamais vous avez des nouvelles de Greg Robertson, faites-moi signe. Son patron, ses amis et sa famille s'inquiètent de son silence. L'avez-vous vu récemment ?

– Non, monsieur Hutton. Si j'en ai des nouvelles, je vous le ferai savoir.

Gloria déposa le récepteur et expira lourdement. Elle leva les yeux vers l'homme assis en face d'elle.

– Vous avez deviné qui c'était ?

– Oui. Hutton. Que veut-il ?

– Il vous cherche, Greg. Tout le monde vous cherche.

En arrivant à son bureau un peu avant sept heures du matin, Gloria avait vu un homme étendu qui dormait à la porte de l'édifice des services sociaux. Le gardien avait dit que ce Blanc jurait être un de ses amis. Gloria l'avait emmené chez elle où elle l'avait forcé à se laver et incité à dormir quelques heures. Au milieu de l'après-midi, il était venu la retrouver au bureau. Depuis maintenant deux heures, Greg racontait comment l'Afrique possédait une vérité que le reste du monde ne soupçonnait pas. Une véritable diarrhée verbale, parfois brillante, souvent hallucinante. L'homme maudissait un passé que des millions d'Africains auraient pourtant rêvé de vivre.

Gloria regarda discrètement sa montre. Le soleil allait bientôt abandonner le ciel à la nuit et à ses angoisses. Greg l'épuisait par ce fleuve de phrases incohérentes qui noyait sa capacité d'écouter. Si son fils avait vécu, il aurait presque l'âge de Greg. Il lui aurait offert des petits-enfants qui lui permettraient de justifier sa volonté de lâcher prise, de s'éloigner de ce métier pour lequel elle avait de moins en moins d'énergie. Si son mari ne l'avait pas quittée, elle pourrait rentrer chez elle, lui confier ses tracas de la journée, comme on se débarrasse d'une grande fatigue, et prendre le temps de rire et de s'amuser avant de se lover contre lui et de s'endormir. Mais ce mari avait fui à l'étranger après avoir été identifié aux amis de la dictature. Et ce fils avait laissé sa vie dans les bordels où le sida lui avait tendu une embuscade fatale. Dans le discours de Greg, elle entendait l'écho de la voix de son fils qui maudissait la vie et jurait de triompher du mal qui l'avait envahi. Mais Greg pouvait être rescapé. Ce serait sa manière à elle de renverser le cours des choses et de s'offrir une victoire sur ces démons qui assassinent les espoirs des Africaines. Elle vit soudain Greg comme un Africain. La couleur de sa peau n'avait pas d'importance. Il n'était qu'un homme qui lui tendait la main. Elle pouvait le ressusciter.

Le taxi venait de les laisser descendre. Gloria avait emmené Greg au sommet de la plus haute des collines de Kampala. À plus de mille mètres d'altitude, le vent frais achevait de le dégriser. Comme une pieuvre phosphorescente, la ville étendait ses tentacules lumineux au creux des vallons sombres. Dans son sac de paille, elle avait emporté les centaines de dessins que Greg lui avait montrés en y décodant les secrets de sa vie. Elle l'assit près d'elle.

– Parle, dit-elle. Tu n'es pas seul.

Greg commença par bouger les lèvres sans laisser sortir un seul son. Muet, il articulait des mots et des phrases qu'il était seul à comprendre. Gloria lui prit la main. Il sursauta. Elle posa un bras autour de son épaule, le rapprocha d'elle et, avec tendresse, se mit à lui caresser les cheveux. Il s'abandonna peu à peu. Il sentit les doigts parcourir sa tête bouclée et répandre sur son visage une chaleur que seule une mère peut transmettre. Puis, il expira un premier mot.

– Maman… Je suis en Afrique. Tu ne me croiras pas, mais il fait froid ici. Froid dehors. Chaud dedans. Mon corps brûle depuis des semaines. Ma tête éclate. Je suis venu chercher une boîte noire. À l'intérieur, il y avait tes crayons et tes pinceaux. Je savais qu'un jour je te retrouverais, que tu guiderais ma main pour dessiner la vie. Mais je n'y arrive pas. Chaque fois que je fais un trait, il y a des dizaines d'enfants qui surgissent sur la feuille. Ils me regardent en me tendant la main. Parfois, c'est Sammy qui se transforme en Sarah. Parfois, c'est Nisha qui refuse de s'écarter de ma route. Et il y a papa qui rêve de me transformer en Fred. Et il y a Fred qui veut que je sois son fils plutôt que celui de mon père. Et il y a Brenda. Et il y a moi qui ne sais plus si j'existe encore ou si je suis mort.

Gloria ne bougeait plus. Ce grand garçon blotti au creux de son épaule n'était plus qu'un enfant. Si son fils avait pu reculer dans le territoire de sa vie comme Greg le faisait, il serait sans doute encore vivant. Mais la vie pouvait sans doute se transporter d'un homme à l'autre. Son fils s'était peut-être réfugié dans le corps de Greg. Elle secoua la tête pour se débarrasser de cette idée folle et glissa de nouveau ses doigts dans les cheveux de son Africain blanc.

– Est-ce que j'ai pleuré ? demanda Greg quelques minutes plus tard, comme s'il émergeait d'une autre vie.

– Oui, dit Gloria, mais tes larmes coulaient à l'intérieur de toi. Tu as voyagé sur les flots de tes larmes. Un beau voyage, je crois.

Greg se détacha de la chaleur de Gloria et se leva. Il fit cinq pas et s'arrêta net. Il sentit le bout de ses pieds basculer dans le vide. Devant lui, un gouffre creusait l'espace. Un précipice. Un pas de plus et il n'y aurait plus de Greg. Figée, Gloria était incapable de se lever et de courir lui prendre la main. Elle craignait de précipiter sa chute plutôt que de l'empêcher de sauter. Le vent souffla un peu plus fort. Elle plongea la main dans le sac de Greg et en sortit les feuilles dessinées. Elle en tint une à bout de bras. Comme un drapeau, le vent la fit claquer. Greg se retourna. Gloria laissa s'envoler la feuille.

– Encore, dit Greg, comme l'enfant qui découvre un nouveau jeu.

Elle sortit une deuxième feuille et l'offrit au vent qui s'empressa de la cueillir. Greg recula et revint vers elle. Il enfouit ses deux mains dans le sac. Il en sortit quelques feuilles qu'il lança vers l'abîme. Puis deux autres. Et un bon paquet. Il vidait le sac par de grands gestes infantiles, riant de voir autant de rectangles blancs être avalés par la gueule noire de la nuit. Puis, il s'approcha de Gloria et la prit dans ses bras avec force, comme l'homme adulte ressuscité. À son tour, elle se laissa bercer.

Cela ne lui était pas arrivé depuis près de vingt ans.

# 33

– Pourquoi ne rentres-tu pas chez toi ? avait demandé Gloria avant de s'enfermer dans sa chambre.

Elle avait proposé à Greg de dormir sur un vieux divan dans la pièce de séjour. Sur le mur, une photo : un jeune homme, la tête appuyée sur l'épaule de Gloria. Amaigri, il avait les yeux exorbités comme ceux de la femme qu'il avait vue mourir à la clinique de Kiotera. Il s'endormit en pensant à la suggestion de Gloria : rentrer. À plusieurs reprises, le chant d'un oiseau l'éveilla. Un cri sec, strident, identique à celui qu'il avait entendu lors de sa première nuit dans la hutte de Katchanga. Il revit l'ombre de Sammy fuyant son regard. Et le regard de Sarah fuyant le corps de Sammy.

Au réveil, il était seul dans la maison. Sur la table, une note : « Je devais partir tôt. Je n'ai pas voulu te réveiller. Il y a du café, des fruits et du pain à la cuisine. Si on ne se revoit pas, je t'embrasse. Bon retour. — Gloria. » L'écriture était celle d'une femme qui avait sans doute étudié chez les religieuses. Les lettres bien formées étaient toutes inclinées dans le même axe, comme les arbres exposés aux vents du nord le long de la route de Burlington. Greg plia la note et la glissa dans la poche de sa chemise. Dans sa valise, il trouva des vêtements propres et repassés. Dans le miroir de la petite salle de bains, il découvrit le visage cuivré d'un homme transformé. Sous les yeux, il nota quelques rides dont il n'avait pas encore remarqué les sillons. Il glissa une main ouverte sur l'épais duvet qui lui couvrait les joues et le cou. Dans cette savane embroussaillée miroitaient des reflets roux jamais vus dans ses cheveux. Sa tête bouclée lui conservait un air de jeunesse. Il ressemblait à un enfant qui refusait de vieillir. Il déposa dans le tiroir d'une commode le paquet de seringues emportées des États-Unis et partit.

En avalant une banane, il marcha jusqu'au poste de taxis. Il imprégnait son regard de cette ville, ces rues, ces marchés, ces hommes et ces femmes qu'il ne reverrait plus. Il cherchait à fixer dans sa mémoire le fait qu'il les avait vus, qu'il avait vécu parmi eux à leur insu. Il était venu chercher ici un peu de gloire et allait repartir sans laisser une seule trace de son passage. Que leur avait-il donc apporté ? N'avait-il pas bousculé des dizaines de personnes sans rien donner ? Il se rappela les quelques pages de l'histoire du pays où les colons venaient s'approprier les richesses pour ensuite repartir vers l'Europe en ne laissant que des institutions inadaptées et la culture de la corruption. Soudain, en croisant le panneau annonçant la route de l'aéroport d'Entebbe, il commanda au chauffeur de faire demi-tour. Il retrouva le nom de la rue du refuge pour femmes seules où il avait laissé Sarah.

– Vous ne pouvez pas entrer là, dit le chauffeur.

– Je sais. Mais je peux attendre, dit-il en payant.

Il descendit de l'autre côté de la rue, face au jardin dont l'entrée était toujours surveillée par deux garçons armés de gourdins. Le bâtiment ressemblait à une ancienne caserne militaire. Pendant une demi-heure, il observa le va-et-vient près de la porte du jardin, espérant bêtement voir apparaître Sarah. Il avait juré de la revoir avant de quitter l'Afrique, ne serait-ce que pour prendre de ses nouvelles, se rassurer sur son sort. Mais il voulait aussi se convaincre qu'il n'était pas venu pour une simple boîte noire qui ne faisait même plus partie de ses priorités. Il avait mis des semaines à pénétrer sur le petit territoire de Katchanga, à apprivoiser Sammy, à se passionner pour le sort des enfants, à chercher les moyens de faire creuser un puits. Il ne restait rien de tout cela. Rien, sauf ce garçon devenu femme, « la seule personne qui me doit un peu la vie », se dit-il. Il se sentit plus seul que jamais. La majorité de ses amis étaient déjà pères de famille. Lui n'avait été qu'un récepteur de vie et un capteur d'énergie.

Il attendait maintenant depuis près d'une heure. Une heure à fixer l'entrée du jardin en souhaitant que la magie fasse apparaître Sarah qui viendrait le remercier de l'avoir fait renaître. « Je suis vraiment un stupide égocentrique », se dit-il en saisissant sa valise et en cherchant des yeux un taxi. Or, depuis plus de dix minutes, aucune voiture n'avait circulé dans cette rue normalement achalandée. Il régnait un étrange silence, semblable à celui qui précède un orage. Il s'approcha des gardiens du refuge.

– Vous savez où je peux trouver un taxi ? demanda-t-il.

– Pas ici. Pas aujourd'hui, répondit le plus costaud des deux hommes. La police a barré la rue parce qu'il va y avoir une manifestation.

Greg remonta vers l'intersection bloquée. Quelques minutes plus tard, il vit une petite foule apparaître. Puis, la masse humaine grossit. Des centaines de jeunes femmes, de blanc vêtues, occupaient la rue en chantant des hymnes religieux et en scandant des slogans favorables à l'abstinence sexuelle. « Pas encore les vierges ! » se dit-il en riant. Une intuition vite confirmée par les pancartes des Églises, tant catholiques que protestantes. La foule arriva à sa hauteur. Contrairement à ce qu'il avait vu il y a près de trois mois, cette fois des hommes s'étaient joints au défilé, de même que des familles entières. Il se glissa dans la foule où personne ne s'étonna de sa présence. Le cortège des vierges bifurqua vers le refuge des femmes où il s'immobilisa. Les portes du jardin s'ouvrirent et une dizaine de femmes se joignirent au groupe. De loin, Greg vit apparaître Sarah qui avait, elle aussi, revêtu la tunique blanche de la virginité. Il décida de remonter vers elle, fébrile, mais un peu inquiet de sa réaction lorsqu'elle découvrirait sa présence. Un homme lui remit un feuillet sur lequel il pouvait lire les paroles des hymnes et des incantations. De la main gauche, il traînait sa valise à roulettes ; de la droite, il tenait la feuille de papier et faisait mine de chanter tout en se rapprochant de Sarah. La procession arrivait maintenant dans le secteur des grands hôtels et du centre-ville. Il n'avait qu'à tendre le bras pour toucher l'épaule de Sarah. Il n'osait s'y risquer. Il l'observa pendant de longues minutes. Elle lui parut beaucoup plus belle que lors de la dernière nuit à Katchanga. La finesse de ses traits, sa tête bouclée, ses longs doigts qui émergeaient de la manche ample de la tunique laissaient deviner une jeune femme que la vie n'avait pas encore écorchée. Autant Sammy semblait avoir été étouffé, autant Sarah lui semblait être une femme libre et fière. Pourtant, il l'avait quittée il y a à peine trois semaines. Il s'approcha. Les effluves d'un parfum poivré traversaient sa tunique. Il remarqua les muscles de sa nuque dont lui seul connaissait la force et la puissance. Elle ne chantait pas. Elle marchait simplement parmi les autres, sans avoir l'air aussi zélote que les femmes qui l'entouraient. Il allait tendre la main pour lui toucher l'épaule lorsqu'un homme lui lança un regard réprobateur. Il retint son geste. Une rue plus loin, n'y tenant plus, il s'approcha et lui glissa à l'oreille : « Sarah ! » Elle tourna lentement la tête. Pendant quelques secondes, elle ne le reconnut pas : les cheveux longs, la barbe, les traits tirés. Mais à ses yeux, à la couleur de sa peau, elle faillit hurler en le découvrant si près d'elle. Ses yeux s'embuèrent. Elle souriait sans dire un mot. Elle lui fit signe de marcher à ses côtés. Elle le prit immédiatement par le bras, en le serrant fort, très fort.

– Que fais-tu là ? demanda-t-elle.

– Comme toi. Je marche pour la virginité, dit-il avec un sourire malicieux.

Elle retint un fou rire.

– Moi, c'est pour la liberté, répondit-elle sans le regarder pour ne pas attirer l'attention. Cette manifestation, c'est une belle occasion de sortir en toute sécurité !

Comme des complices, ils marchèrent en se jetant des coups d'œil par lesquels ils semblaient vouloir effacer le passé et profiter au maximum de ce moment magique où ils se sentaient seuls et libres dans la foule. Le rassemblement déboucha sur un grand carrefour où les policiers décidèrent de laisser passer les véhicules dont les centaines de chauffeurs klaxonnaient d'impatience. Des manifestants franchirent la rue et les autres furent forcés d'attendre quelques minutes. Pendant que les organisateurs tentaient de rassembler le troupeau, Sarah et Greg se regardèrent et, sans dire un mot, se glissèrent hors du groupe. Ils empruntèrent une ruelle où Sarah en profita pour enlever sa tunique. Elle portait un pantalon et un T-shirt ajusté qui laissait deviner les courbes de sa poitrine. Greg la prit dans ses bras avec une détermination qui le surprit lui-même. Elle resta ainsi collée à lui pendant de longues secondes, s'enivrant de l'odeur de sa chair.

– Tu as beaucoup changé, lui dit-elle.

– Et toi, tu es enfin Sarah.

Elle posa un doigt sur la bouche de son compagnon pour l'empêcher de parler de Sammy, du passé, des enfants. Elle avait rêvé de ce moment depuis le jour où, pour la première fois, elle l'avait aperçu à Katchanga. Il n'était ni blanc ni américain. Il était simplement un homme qu'elle avait eu le plaisir d'observer incognito, de l'intérieur de son personnage « Sammy ». Elle l'avait repoussé, attiré, contrôlé. Jamais il ne l'avait rejetée. Jamais il ne l'avait dominée. Sans le vouloir, Greg lui avait permis de se réapproprier son âme, son cœur et son corps de femme. Il avait poussé Sarah hors des bras de Sammy. Elle ne pouvait plus aujourd'hui être autre chose qu'une femme.

Elle était condamnée à s'emparer de la vie plutôt que de laisser la vie s'emparer d'elle. Au cours des semaines passées au refuge, Gloria était venue lui rendre visite. « Tu dois apprendre à vivre comme une femme, lui avait-elle suggéré. Pendant plus de dix ans, tu as été paralysée. Tu dois retrouver les gestes, les comportements, les réflexes d'une jeune femme. » Jamais Sarah n'aurait cru pouvoir affirmer aussi vite cette féminité. C'est une femme qui était dans les bras de Greg.

La foule des manifestants avait déserté le carrefour. Greg glissa son bras sur l'épaule de sa compagne. Ils marchèrent dans la ville en se racontant leur vie quotidienne des dernières semaines. Le temps s'était figé autour d'eux. Ils bavardaient, marchaient, s'arrêtaient, riaient. Plus rien ne pouvait les atteindre. À la hauteur de l'hôtel du Nil, Greg s'arrêta.

– Viens, dit-il simplement.

Ils commandèrent des jus de fruits, assis sous un parasol planté au milieu d'un vaste jardin où des paons se pavanaient en liberté surveillée. Ils se touchaient du bout des doigts. Des musiciens accordaient leurs instruments, entourés de quelques marabouts frondeurs.

– À quelle heure dois-tu rentrer au refuge ? demanda Greg.

Elle éclata de rire.

– Maintenant que nous nous sommes retrouvés, l'heure, le jour, le mois, tout cela n'a plus d'importance.

– Alors nous allons manger ensemble ce soir.

Ils prirent un copieux repas à la salle à manger de l'hôtel du Nil. Sarah se servit à deux reprises, goûtant tous les mets proposés sur la longue table du buffet. Pour la première fois de sa vie, elle but du vin. Elle avalait tout comme si l'occasion ne devait jamais se représenter. Elle ne leva le nez que sur un seul plat : un dessert aux bananes. À la fin du repas, elle emprunta quelques shillings à Greg et s'éclipsa un instant. De retour à la table, elle arborait des lèvres colorées d'un rouge éclatant.

– Comment m'aimes-tu ? demanda-t-elle en tournoyant. Je viens de m'acheter, avec ton argent, mon premier tube de rouge à lèvres ! La jeune fille de la boutique m'a aidée à l'appliquer.

Ce simple dessin écarlate donnait du caractère à son visage.

– Tu es séduisante, dit Greg, amusé.

– Maintenant, tu m'emmènes danser !

Greg se souvint de sa nuit sous l'effet de l'ecstasy. La boîte était située à quelques centaines de mètres derrière l'hôtel. Il mit sa valise en consigne et entraîna Sarah vers le club de danse.

« Tu dois retrouver les réflexes d'une jeune femme », lui avait dit Gloria. Greg fut son premier témoin : Sarah n'avait jamais dansé. Elle se lança le plus naturellement du monde sur la piste. En quelques minutes, la musique l'avait ensorcelée. Tous les hommes, toutes les femmes devenaient ses partenaires. Elle modelait son corps aux rythmes les plus complexes. Elle séduisait le DJ, qui prit plaisir à lui offrir des « mix » où elle glissait du techno à la salsa, comme si elle avait passé les dix dernières années à danser. Épuisé, Greg s'effondra sur la banquette le long du mur, d'où il observait, admiratif, l'explosion de joie et de liberté chez cette nouvelle jeune femme. Ils quittèrent le temple de la danse au moment où un filet de lumière mauve, ourlé de poussière mordorée, annonçait que le coq allait bientôt abolir la nuit.

– Tu veux dormir ? demanda Greg.

– Non, je veux vivre !

Ils marchèrent le long des marais. Elle se laissait dériver dans cette ville inconnue où elle devait apprendre à être, chaque jour, une femme. Greg l'emmena prendre le petit déjeuner à l'hôtel du Nil où il devait récupérer sa valise.

– Je vais partir. Pas trop loin… J'habiterai toujours la même planète que toi. C'est un peu le même pays partout.

Il lui glissa un doigt sur les lèvres ; elle le mordilla comme une enfant.

– Tu m'as dit que tu me devais d'être redevenue une femme, poursuivit-il. Tu l'étais avant de me rencontrer, comme un papillon déguisé en chenille avant de sortir du cocon… J'aime de plus en plus les animaux. Je sais qu'ils ne peuvent pas mentir, eux.

– Toi, tu ne m'as jamais menti, dit-elle en lui caressant les cheveux. Tu es le premier homme de ma vie.

Elle lui caressait les doigts, lui pétrissait les mains pour s'imprégner à jamais de son odeur.

– Ce premier homme de ta vie, tu le connais mieux que moi. Je le découvre à peine. J'espère que je pourrai un jour présenter le nouveau Greg à la nouvelle Sarah. Nous recommençons tous les deux à vivre… Une nouvelle liberté…

– Nous sommes tous deux prisonniers de cette nouvelle liberté, dit-elle.

Greg mit la main dans la poche de sa veste. Il en sortit une liasse de shillings.

– Je veux que tu prennes cet argent et que tu quittes le refuge. Tu n'es plus une « femme seule »… tu es une femme, une vraie femme.

Elle ne résista pas. Il glissa l'argent dans son sac.

– Laisse-moi partir, dit-il. Je ne me retournerai pas. Va voir Gloria. Elle saura t'aider, comme elle l'a fait pour moi.

Ils rapprochèrent leurs lèvres un court instant. Sarah garda les yeux fermés pendant une longue minute. Lorsqu'elle les rouvrit, Greg s'était éclipsé.

« Une femme, une vraie femme », se répétait-elle en marchant vers le bureau des services sociaux, où Greg avait laissé un message à Gloria l'informant de la venue de Sarah.

# 34

Greg n'arrivait pas à dormir. « Il aurait fallu réserver votre place, lui avait dit le préposé de la British Airways, à Entebbe. Sur les vols vers Londres, les sièges de première classe sont retenus longtemps à l'avance. » Il s'était donc résigné à voyager au milieu du troupeau humain que les compagnies aériennes entassent comme du bétail sur les vols de nuit entre l'Afrique et l'Europe. Des dizaines d'expatriés ougandais retournaient en Grande-Bretagne, les sacs remplis de victuailles, de figurines et de tissus que les douaniers se feraient un plaisir de saisir en débarquant, alors qu'ils inspecteraient à peine les valises des Blancs. Engoncé dans un siège coincé au milieu de la travée centrale, pour éviter la conversation avec ses voisins, il avait avalé coup sur coup deux whiskys, s'était débarrassé du repas en le noyant de vin rouge, avait couvert ses yeux d'un masque et isolé ses oreilles avec des bouchons en espérant dormir. L'alcool ayant retardé l'action de la chloroquine, une poussée de fièvre l'avait mené au bord du délire. Il grelottait malgré la couverture de coton dont il s'était drapé.

L'Airbus était bondé. Près de trois cents êtres humains qui emportaient dans leurs bagages des rêves, des contrats, des angoisses, des souvenirs et des espoirs. Chacun avait, pour une dizaine d'heures, la propriété exclusive d'un petit territoire composé d'un siège, de deux accoudoirs et d'une ceinture. Mais au long du voyage, les rôles allaient changer. Au départ, à Entebbe, c'était lui l'étranger. À mesure que l'Afrique s'éloignait, il redevenait aux yeux des autres passagers et du personnel de bord un Américain ; blanc et riche. Son territoire naturel s'agrandissait. Le respect s'imposait. Mais il était seul à savoir que l'image ne reflétait pas la réalité. En même temps qu'il laissait en terre d'Afrique une Nisha déracinée de l'Inde, une Sarah dépouillée du fantôme de Sammy, une Gloria chez qui il avait fait renaître les gestes et l'affection d'une mère, il prenait conscience qu'il ramenait en Occident un homme métamorphosé. Toute la nuit, il fut tiraillé par les images juxtaposées des trois derniers mois au cours desquels il s'était délesté de cette identité qu'il croyait soudée pour toujours à celui qu'on appelait Greg Robertson. Et plus il se rapprochait de l'Occident, plus les visages de John, Fred, Brenda, Langsworth et Teresa se superposaient à ceux et celles qu'il venait de quitter. Tour à tour, ces personnages l'assaillaient, l'envahissaient, le fuyaient et le rattrapaient. Ils le secouaient pour le dépouiller de sa nouvelle image. Il sortit de son cauchemar lorsque l'image de sa mère sembla chasser le fantôme des autres.

****

Il avalait lentement le petit déjeuner qui précédait d'une bonne heure l'atterrissage à Londres, lorsqu'il fut pris d'une envie de vomir. Il bouscula les passagers des trois sièges qui le séparaient de l'allée et s'enferma juste à temps dans les toilettes, la tête dans la cuvette. Hébété, prostré, il sentit son corps l'abandonner, comme si son armure était tombée. Il se sentait nu et tremblait de tous ses membres. Il entendait les pulsations d'une nouvelle vie battre dans ses tympans. Ses lèvres bégayaient des bulles d'émotions et de tourments. En silence, sa tête se vidait de sa mémoire, de son passé et de ses angoisses. Il resta ainsi cloîtré jusqu'à ce que, dans un petit haut-parleur, une voix d'homme avise les passagers de regagner leur place pour l'atterrissage.

En débarquant à Londres, sa décision était prise. Il n'avait pas le courage de retrouver Fred. Il se sentait coupable de ne pas lui avoir donné signe de vie ; de s'être débarrassé de la boîte noire plutôt que de la rapporter lui-même ; de ne pas avoir respecté son engagement ; et surtout, de ne plus être le même Greg. Il échangea son ticket vers Los Angeles pour Montréal, où il ne serait qu'à une heure de voiture de Burlington. À une heure de John, son père.

# 35

– Bon Dieu ! Greg, où es-tu ?

Estomaqué, John était immobile au milieu du salon. Il n'arrivait pas à croire que son fils était au bout du fil. Il n'avait pas reçu de ses nouvelles depuis près de deux mois.

– Tu ne me croiras pas, dit Greg, mais je suis au-dessus du Saint-Laurent. Je débarque à Montréal dans moins de deux heures !

Le téléphone à la main, Greg s'amusait comme un enfant. Par le hublot, il admirait l'immense nappe blanche qui recouvrait encore les terres du Québec en ces derniers jours de février. Les rives enneigées dessinaient un fourreau à ce grand fleuve qui, comme un glaive de glace, s'enfonçait dans le flanc est de l'Amérique jusqu'au cœur du continent. Greg connaissait un peu Montréal où, enfant, John l'avait emmené à quelques reprises voir les matchs de hockey de l'équipe des Canadiens. Pour les gens du Vermont, Montréal était « la grande ville ». Ils venaient y faire des emplettes, fêter dans de bons restaurants et assister à des spectacles de calibres supérieurs à ceux qu'ils pouvaient voir dans une petite ville comme Burlington. Greg referma l'appareil téléphonique de bord et se laissa caler dans le large fauteuil de première classe qu'il avait pu s'offrir entre Londres et Montréal. John avait le temps de se rendre dans la métropole québécoise pour venir le chercher à l'aéroport.

* * * *

Leur étreinte fut musclée et silencieuse. John glissa ses doigts massifs dans la longue chevelure de son fils. Greg ne dit que deux mots : « Oh ! *Dad*[24] ! » Les cheveux en désordre, la barbe ébouriffée, le regard moins vif qu'à l'habitude, ce Greg n'était plus tout à fait le même. John comprit que son fils ne revenait pas d'un simple séjour à l'étranger ; il était plutôt un étranger qui entreprenait un nouveau voyage.

Pendant les quatre-vingt-dix minutes qu'ils mirent à rentrer « à la maison », Greg raconta la saga de la boîte noire de même qu'une foule d'anecdotes sur l'Ouganda. Jamais il ne fit allusion à la manière dont il avait vécu cette découverte de l'Afrique. Il attendait le bon moment.

– C'est tout un privilège que tu me fais de passer me voir avant de rentrer chez toi, dit John. As-tu téléphoné à Fred ?

– Non. Tu es le seul à savoir que je suis de retour. J'avais envie de te voir, seul à seul ; d'homme à homme.

[24] Papa !

Comme d'habitude, John était malhabile à commencer une conversation avec son fils. Les réponses brèves et précises de Greg le glaçaient et il n'arrivait pas, non plus, à digresser longtemps sur un même sujet.

– Tu as sans doute appris que ton équipe favorite, les Patriots, avait gagné le Super Bowl, dit John.

– Non. Je ne savais pas.

John connaissait la passion de Greg pour le football et son enthousiasme à l'égard de l'équipe des Patriots. Il fut stupéfait de l'entendre répondre négativement et d'une manière si détachée de cet événement sportif qui, chaque année, fait les manchettes des pages sportives partout dans le monde, l'Afrique comprise. Décidément, Greg n'était plus le même homme.

– Évidemment, le football, en Afrique...

– Au début, j'écoutais les résultats des matchs sur Voice of America. Puis, j'ai oublié...

John ne parla plus. Ni de football ni de quoi que ce soit d'autre. Même si l'attitude de Greg le mystifiait, il n'osa pousser plus loin la conversation. Il était de cette génération d'hommes qui avaient appris à garder leurs émotions pour eux-mêmes. Ils avaient pris la parole plus souvent que leurs parents ne l'avaient fait, mais pour défendre des idées et non exprimer des sentiments. C'est pourquoi, lorsqu'il refoulait ses émotions, ses yeux s'embuaient et, parfois, quelques larmes s'échappaient. John n'avait pas beaucoup parlé dans sa vie, mais avait beaucoup pleuré ; en secret.

Ils avaient franchi la frontière et s'approchaient de Burlington. Le soleil traçait des sillons orangés sur la surface gelée du lac Champlain. John avait quitté l'autoroute quatre-vingt-neuf et emprunté la route de contournement de la ville qui mène directement à la maison. Ils traversèrent un petit boisé piqué de gros pins et de cèdres enneigés.

– Arrête une minute ! demanda Greg.

– Ha ! je vois ! dit John.

Greg descendit et marcha vers l'arrière de la voiture. John, demeuré au volant, l'observait dans le rétroviseur.

Les arbres étaient maintenant plus grands, plus nombreux, mais le lieu était toujours le même : c'est là que Madeleine avait perdu le contrôle de sa voiture. Un camion doubla la voiture stationnée, soulevant des volutes de neige poudreuse. Greg se revit un instant au bord de la route poussiéreuse de Katchanga, debout face à Nisha qui lui révélait son amour. Coup sur coup, les images de ces deux femmes se télescopaient. Il revint vers la voiture sans dire un mot.

– Je suis content que tu m'aies demandé d'arrêter ici, dit John. Chaque année, le quatorze décembre, je viens déposer une gerbe de fleurs au pied du grand sapin. Lorsque je repasse, le lendemain, il y a toujours un second bouquet qui s'est ajouté. Je n'ai jamais su de qui cela venait.

Il jeta un œil vers Greg, qui souriait d'aise de voir son petit secret enfin révélé.

– Pourquoi ne m'en as-tu jamais parlé ? demanda John.

– Tu ne m'avais jamais non plus parlé de ton bouquet !

John lui tapota la cuisse pour l'en remercier. Ils ne dirent plus un mot du reste du trajet.

* * * *

– Je sais que tu aimes le whisky, dit John. J'ai toujours une bouteille dans l'armoire.

Greg s'effondra dans un fauteuil, face au feu de cheminée que John réactivait. Il bâilla en acceptant le verre que lui tendait son père.

– Excuse-moi, dit Greg. Le décalage...

– Je me trompe ou tu as beaucoup maigri ?

– Tu as raison. J'ai perdu du poids... Peut-être mon emploi...

– Quoi ! Tu as trouvé la boîte noire ! Tu as livré la marchandise...

– Laisse, papa. Ça n'a pas d'importance...

– Au contraire, mon garçon. C'est très important. Le gouvernement t'a fait confiance ; tu as respecté les ordres ; tu as rempli ta mission...

Greg n'en revenait pas. Quarante ans après avoir quitté l'armée, John parlait encore comme un militaire : « Le gouvernement, les ordres, la mission. » Il ne manquait que le mot « héros » pour compléter le tableau. Mais il n'avait pas la force d'argumenter. Pas ce soir. Trop épuisé.

– Ne crains rien, dit-il, c'est simplement moi ; moi qui pense peut-être changer de job. Je t'en parlerai demain, à tête reposée.

Comme chaque fois qu'ils sentaient poindre une divergence d'opinions ou un affrontement, si petit soit-il, le père et le fils ne dirent plus un mot. Ils détournèrent la conversation et avalèrent une bouchée avant que Greg, bâillant plus que jamais, ne se retrouve au lit dans la chambre d'invités, autrefois la sienne.

****

L'odeur du café et du bacon tira Greg de son sommeil. Fourbu, il chercha à se rendormir, mais les effluves du petit déjeuner lui éveillèrent l'appétit.

– Ça fait une bonne dizaine d'années que je ne t'ai pas préparé à déjeuner, dit John.

– C'est un plaisir dont peu d'hommes de mon âge peuvent encore profiter, répondit Greg en posant la main sur l'épaule de son père. Quel jour sommes-nous ? Je suis un peu perdu.

– C'est aujourd'hui mercredi... Tiens, j'y pense, c'est ma réunion de vétérans ce soir... Quels sont tes projets pour cette semaine ?

– Rien, trancha Greg. Je n'ai surtout plus envie d'avoir de mandats, d'horaire, de rendez-vous. Je me sens comme ce jour où j'ai gagné ma première médaille d'or en natation. Tu t'entraînes, tu travailles fort pendant trois ou quatre ans. Puis tu gagnes, tu réussis. Et le lendemain, tu t'aperçois que tu n'avais pas prévu ce que tu allais faire après ta médaille !

– Oui, les médailles, les trophées, ça va sur les murs, les tablettes, enchaîna John.

– C'est comme tes médailles de guerre, je suppose.

Greg avait lancé la phrase sans réfléchir. Le visage détendu de John s'assombrit un peu. La fierté de ses médailles, il l'avait transmise à Greg. Le héros du Vietnam avait rêvé de voir son fils prendre la relève et prolonger sa gloire en la transformant en véritable victoire. Car cette sale guerre, les Américains l'avaient menée au nom de la liberté, contre le communisme, et ils l'avaient perdue. Comment pouvait-on se vanter d'être un héros lorsque la noble cause pour laquelle on se battait avait été enfouie dans les marécages du mensonge, du déshonneur et de la défaite honteuse ? John rêvait depuis longtemps que Greg devienne une sorte de héros dans son domaine, afin de ranger pour toujours ses propres médailles.

Le père et le fils se servirent à nouveau du café. Ils éprouvaient un plaisir évident à se retrouver en ce matin froid d'un hiver qui agonisait. John avait son fils pour lui seul, un fils absent depuis longtemps, mais qui, dans ce qui semblait être un virage important de sa vie, avait choisi de retrouver d'abord son père. Il savourait sa présence, ses phrases courtes, ses silences. Il retrouva soudain l'image de ce bébé, le jour de sa naissance : un être vivant, mais fragile, à qui lui et Madeleine allaient apprendre à marcher, à parler, à vivre, à être libre. Il eut envie de demander à Greg « Qu'est-ce que tu veux faire quand tu seras grand ? » mais se retint. Ce matin, Greg était à la fois grand et petit.

Après sa toilette, Greg suggéra à son père d'aller marcher sur la rive du lac Champlain. Le vent du sud-ouest avait chassé les nuages et importé les premières bouffées d'air tiède qui annonçaient l'arrivée du printemps dans quelques semaines. John prêta un anorak, des gants et des bottes à son fils. De loin, on aurait dit deux frères. Des jumeaux.

– Tu dois avoir froid, dit John pour rompre le silence. Tout un contraste entre l'Afrique et le Vermont !

Greg ne répondit pas sur-le-champ. D'instinct, il avait décidé de bifurquer vers le Vermont au lieu d'atterrir en Californie. En plus de vouloir éviter Fred, il avait senti un appel irrésistible. Cette renaissance amorcée en Afrique devait se poursuivre par un grand ménage dans son univers secret. Il n'avait plus le choix. Comme ce jour où, au bout du tremplin de trois mètres, il lui avait fallu plonger ou alors effacer ses rêves.

– J'ai parfois eu plus froid en Afrique qu'aujourd'hui au Vermont, répondit Greg. J'ai eu froid en dedans. Comme hier, lorsque je t'ai demandé d'arrêter le long de la route, là où maman est morte. C'est précisément ce jour-là que j'ai commencé à devenir le Greg dont tu rêvais. Tu m'as tout donné, papa. Même tes ambitions. Je ne pouvais pas te décevoir. Je n'avais que toi dans la vie et tu ne pouvais pas te tromper. Tu m'as indiqué le chemin à prendre, tu m'as fourni un modèle : Fred. Et j'ai toujours essayé de devenir un héros, comme toi, comme grand-papa. Mais je ne pouvais pas aller en guerre. Alors j'ai tout fait pour devenir un gars irréprochable, droit, franc, honnête.

Greg s'arrêta et fixa son père droit dans les yeux.

– Eh bien, ce Greg franc et honnête veut te dire aujourd'hui qu'il n'a jamais voulu être un héros ; un homme irréprochable. Je suis ton fils, mais aussi le fils de Madeleine. Et j'aurais voulu être comme elle, du moins, un peu comme elle.

John se racla la gorge et s'essuya les yeux. Il ne dit rien.

– Je ne te fais aucun reproche, poursuivit Greg. Au contraire. Des milliers de garçons auraient rêvé avoir un père comme le mien. Mais je veux simplement te dire que je n'y arriverai jamais. En Afrique, j'ai failli tout bousiller. J'ai trouvé la boîte noire à la dernière minute. Mais je me suis rendu compte que ça n'avait pas d'importance, parce que ce métier d'enquêteur, je ne l'ai jamais aimé. Je l'ai fait avec la seule ambition de réussir ce que tu souhaitais me voir réussir. Toi, et aussi Fred. C'est pour cette raison que je suis d'abord venu te voir. Pour te dire que je ne serai jamais le héros dont tu rêvais ; et, aussi, parce que j'étais incapable de voir Fred face à face et de lui dire la même chose.

John glissa son bras sur l'épaule de son fils et le serra tout contre lui.

Greg acheva son récit en racontant son aventure en Ouganda. Il n'épargna aucun détail. Pour la première fois de sa vie, il ne sélectionnait pas les informations pour ne retenir que celles qui pouvaient faire la preuve qu'il était toujours le même homme. Il n'avait aucune pudeur, même face aux détails les plus intimes de son comportement. Parfois John éclatait de rire ; parfois, il se disait ahuri, comme ce fut le cas face à la transformation de Sammy en Sarah. Et plus Greg racontait, plus John se sentait fier de son fils, heureux de l'entendre parler en homme libre. À quelques reprises, il essuya des larmes de joie.

Ils rentrèrent à la maison. John servit deux whiskys.

– Ce soir, je t'invite ! dit John.

– Mais tu as une réunion de vétérans...

– C'est justement à cette réunion que je t'invite. Et tu ne peux pas refuser.

Ils trinquèrent.

****

Il était dix-neuf heures trente. Située à une demi-heure de route au sud de Burlington, la petite ville de Bristol accueillait, chaque mois, des vétérans de la guerre du Vietnam dans les locaux de la Légion américaine. Vietnam Veterans of America était une organisation fondée en mille neuf cent soixante-dix-huit, trois ans après la fin de la guerre. Vingt-six ans plus tard, la VVA comptait encore cinquante mille membres à travers le pays. En plus de les aider à trouver les bonnes ressources au sein de l'appareil gouvernemental américain, les chapitres locaux organisaient des réunions où ces hommes sexagénaires tentaient encore de se débarrasser de leurs vieux démons, des fantômes et des stress de la guerre. Dans la brochure officielle, une phrase retint l'attention de Greg. La VVA travaillait « à créer une nouvelle identité pour cette génération de vétérans » qui, contrairement à ceux qui avaient combattu dans les guerres mondiales précédentes, se sentaient souvent honteux, voire méprisés d'avoir participé à cette guerre entre mille neuf cent soixante et un et mille neuf cent soixante-quinze. Greg feuilletait le document où l'on soulignait aussi le nombre d'enfants de ces vétérans qui avaient eu droit à des bourses d'études. Il faisait partie des statistiques.

La réunion commença par l'hymne national. Une quinzaine d'hommes, la main sur le cœur, chantaient à capella pendant qu'un des leurs hissait un drapeau souillé et meurtri, rapporté d'un champ de bataille. Pour la première fois depuis vingt ans, Greg entendait ce chant patriotique en dehors d'une enceinte sportive. Ici, l'émotion l'emportait sur la fierté.

John avisa ses collègues qu'il avait invité son fils. Ils approuvèrent en l'applaudissant. Ils avaient tous entendu parler de ce Greg dont John Robertson était si fier. Après les renseignements d'usage sur les derniers affrontements avec les bureaucrates de Washington qui géraient les affaires des vétérans, le président de l'assemblée lança l'invitation aux échanges informels et aux témoignages. Un homme se leva. Il lui manquait un bras. Greg revit Langsworth et son bras coupé, la poignée de main, l'offre d'une mission spéciale en Afrique, la promesse d'un job d'enquêteur et la fierté sur le visage heureux de Fred.

L'homme raconta que son petit-fils de quinze ans avait découvert un sachet de marijuana dans son atelier. Il demanda à ses collègues s'ils avaient déjà vécu pareille aventure et comment ils s'y étaient pris pour expliquer à l'enfant de ne pas faire ce que grand-papa faisait ! L'assemblée éclata de rire. On en discuta ouvertement. L'atmosphère était décontractée. Greg sentit que son père lui faisait partager un coin secret de son univers d'homme seul. D'autres sujets furent abordés. Cela ressemblait à une sorte de grande thérapie douce où, dans le confort et la discrétion d'une fraternité d'intérêts, ces hommes prolongeaient, des décennies plus tard, la cure d'une grande blessure intérieure. Puis John se leva.

– Vous le savez tous, c'est la première fois que je prends la parole ici. Et je vous remercie de m'écouter.

Il se racla la gorge, regarda Greg dans les yeux et détourna son regard vers le drapeau, en avant de la salle.

– Le quatorze décembre mille neuf cent soixante-sept, je faisais partie d'un des pelotons qui devaient s'emparer de Thuy Bo, à une vingtaine de kilomètres au sud de Da Nang. J'avais vingt-sept ans. Comme beaucoup d'entre vous, j'avais été conscrit. Quelques-uns de mes amis avaient décidé de déserter le pays pour ne pas faire la guerre. Ç'aurait été facile pour moi. On n'est qu'à une heure de route de la frontière avec le Canada. Mais par respect pour mon père qui avait fait la guerre en Europe entre mille neuf cent quarante-trois et mille neuf cent quarante-cinq, j'ai obéi à l'ordre de la conscription. J'ai alors décidé que, tant qu'à faire la guerre, mieux valait la gagner. Et, si possible, en héros. Comme mon père. Donc, en ce quatorze décembre, j'étais mitrailleur dans un hélicoptère. Nous volions à basse altitude. Les gens fuyaient comme des cerfs sous l'hélico. Aucun soldat. Que des civils. Surtout des femmes et des enfants. J'ai reçu l'ordre de tirer. J'ai hurlé au commandant : « Ce sont des civils, pas des militaires ! » Il m'a répondu : « *Shoot* ! *It's an order*[25] ! »

John ouvrit une bouteille d'eau, en avala une gorgée, jeta un œil vers Greg et continua après avoir inspiré lentement.

– Je me suis mis à mitrailler ces gens. Une vraie séance d'abattage ! Nous n'étions qu'à quelques dizaines de mètres au-dessus d'eux. Ils couraient

[25] Tire ! C'est un ordre !

comme des lapins effrayés. Des femmes s'agenouillaient en nous montrant leurs enfants à bout de bras. Nous les mitraillions. Une espèce d'euphorie s'était emparée de nous. Certains hurlaient en riant ; d'autres rageaient, pleuraient ou gémissaient. L'enfer ! Puis un tir de mortier nous a atteints. En quelques secondes, nous étions au sol. C'était à notre tour de fuir comme des lapins. Je perdis de vue mes compagnons. J'étais blessé au bras. Je ne pouvais plus me défendre facilement.

John reprit une gorgée d'eau. Il poursuivit, les yeux à demi fermés, comme pour ne pas laisser échapper son récit.

– J'ai marché pendant deux jours dans une rizière devenue un marécage jonché de cadavres. Il pleuvait. Les insectes me dévoraient. Je n'avais rien d'autre à me mettre sous la dent que ces maudites tablettes de sel. Je me suis caché dans la jungle où j'ai trouvé à boire et quelques fruits à manger. Une nuit, je dormais, épuisé. Je me suis éveillé, entouré d'hommes portant des flambeaux. J'étais prisonnier. Les Vietnamiens ont soigné ma blessure, m'ont nourri et, avant de m'enfermer dans une cage souterraine, m'ont forcé à les aider à transporter les cadavres de dizaines de femmes et d'enfants que j'avais sans doute tués. Une semaine plus tard, une contre-attaque américaine a permis de me libérer. Je fus rapatrié et....

John éclata en sanglots. Greg bondit et saisit son père par les épaules.

– Arrête, papa. C'est assez. Tu n'as pas besoin de...

– Oui, j'ai besoin... Je le fais pour toi.

Greg se rassit, la tête entre les mains, incapable de voir son père pleurer et raconter la fin de son histoire.

– Je fus rapatrié et on m'a décoré. On m'a remis une médaille et un certificat où il est écrit que ma bravoure et mon dévouement ont fait de moi un homme exemplaire. Un héros.

John renifla et cessa de pleurer. Son visage s'illumina. Il sourit un peu en regardant son fils.

– Alors je voulais te dire, Greg, que ton père n'a jamais été le héros que tu croyais, le héros que je t'ai laissé imaginer. Oui, j'ai obéi aux ordres. Mais selon les conventions de Genève, j'avais le droit de refuser de tirer. Je savais qu'il n'y avait que des civils.

Greg se leva. John l'enveloppa dans ses bras. Ils restèrent ainsi pendant de longues minutes au cours desquelles les autres vétérans s'approchèrent en silence pour entourer de leurs bras ce père et son fils qui n'avaient jamais été aussi soudés l'un à l'autre.

Ils rentrèrent à Burlington en roulant lentement. Greg avait pris le volant. John avait abaissé la fenêtre et respirait l'air pur des forêts.

# 36

Malgré les effets du décalage horaire, Greg eut peine à dormir. Le témoignage de son père l'avait bouleversé. Alors qu'il aurait pu le faire dans l'intimité de sa maison, John s'était libéré de son secret en public. Son fils lui avait ouvert la porte, mais ses amis vétérans lui avaient fourni l'énergie et le courage d'aller jusqu'au bout. Son père était un véritable héros ; celui qui ne craint pas de se dresser devant l'ennemi. Et l'ennemi était ce démon intérieur qui lui dévorait l'âme et la conscience depuis des décennies. « Que va-t-il devenir maintenant ? se demandait-il. Jusqu'où ira-t-il ? Il a soixante-quatre ans ; il vit seul ; il n'y a que moi dans sa vie. »

Lorsqu'il descendit vers la cuisine, Greg retrouva son père allongé sur le divan du salon.

– Je n'avais pas envie de dormir dans ma chambre, dit John.

– Prends ton temps, c'est moi qui prépare le petit déjeuner ce matin, dit Greg.

Après un deuxième café, John invita Greg à monter avec lui dans sa chambre. Il ouvrit une vieille malle héritée de son grand-père. Il en retira quelques chandails qui camouflaient des boîtes de chaussures dans lesquelles reposait un véritable trésor. John les ouvrit. La première renfermait quelques médailles et décorations militaires. Il voulut s'en débarrasser, mais Greg intercepta son geste.

– Ne fais pas cela, papa. Depuis hier soir, tu es mon héros. Un vrai héros qui n'a pas craint de s'ouvrir le cœur devant tout le monde pour soulager les autres du même mal.

– Ces médailles sont comme des pierres tombales, répliqua John. Derrière chacune, il y a un mort. J'en ai assez de vivre avec la mort.

Aucune larme, aucune émotion ne fit trembler sa voix comme c'était le cas d'habitude. Il jeta ses médailles et leurs rubans au panier.

John ouvrit les autres boîtes. Il déposa des dizaines de photographies sur l'édredon. Les grands-parents, John enfant unique dans les bras de son père, des copains lors d'une fête d'anniversaire. Puis, Madeleine : Madeleine enfant, adolescente, amoureuse ; Madeleine qui danse, qui boit, qui peint ; Madeleine enceinte, nue, le ventre étiré sous la pression d'un Greg qui veut naître. Et Greg : enfant, adolescent, champion nageur, le mortier de bachelier sur la tête. Aucune photo du Vietnam.

John ouvrit une enveloppe. Elle ne contenait qu'une coupure de journal. Quelques lignes décrivant un accident de voiture survenu en périphérie de Burlington, le quatorze décembre mille neuf cent quatre-vingt. Une femme, Madeleine Robertson, était morte. Greg, son fils de dix ans, avait survécu. Un texte de dix lignes, sans photo.

– As-tu déjà imaginé de quoi aurait l'air maman si elle était encore avec nous ? demanda Greg.

John sourit et ferma les yeux pendant quelques secondes. Il tendit la main vers une autre boîte dont il sortit quelques lettres et, surtout, une foule de petits mots qu'elle lui laissait chaque semaine. « Maillot de bain pour Greg. Fleurs pour ta mère. Lait, pain, beurre… Je t'aime. »

– Elle serait la plus belle, la plus séduisante des grands-mères.

Le mot avait échappé à John. Il ne chercha pas à le rattraper. Il venait encore une fois d'utiliser le détour de Madeleine pour exprimer un désir tout à fait personnel. Greg baissa les yeux.

– C'est ma faute, dit Greg.

– Tu n'as pas à t'en vouloir de ne pas avoir fait d'enfant, répondit John en lui plaçant la main sur l'épaule.

– Je ne parle pas de ça. Je parle de l'accident. Si je n'avais pas hurlé dans la voiture, si elle n'avait pas tenté de me faire taire, elle n'aurait pas perdu le contrôle…

John regarda son fils quelques instants, se pinça les lèvres avant de les rouvrir pour inspirer lentement, comme il le faisait chaque fois qu'il allait se confier.

– Greg, tu n'es pas coupable de quoi que ce soit. Il te manque une partie de l'histoire. Hier soir, j'ai raconté que le quatorze décembre mille neuf cent soixante-sept j'avais mitraillé des femmes et des enfants au Vietnam.

John garda un long silence. Greg ne le quitta pas des yeux.

– Chaque année, par la suite, cette date du quatorze décembre a été difficile à franchir. Le quatorze décembre, de mille neuf cent soixante-huit à mille neuf cent quatre-vingt, j'ai toujours refusé de travailler. Je prenais congé, j'allais marcher, je ne rentrais pas souper et je me soûlais la gueule.

– Et le treize décembre mille neuf cent quatre-vingt...

– Oui, Greg, le treize décembre mille neuf cent quatre-vingt je me suis soûlé. Je suis rentré tard, complètement ivre. Madeleine m'a aidé à monter à la chambre. J'ai été désagréable. Elle en avait assez. Le lendemain matin, je devais t'accompagner à la piscine pour les finales de natation de Burlington. Je ne me suis pas éveillé. Madeleine était furieuse. On s'est engueulés. Elle est descendue en vitesse. Tu l'attendais dans la cuisine, stressé ; tu craignais être en retard. Tu connais la suite...

– Maudit Vietnam ! jura Greg. C'est mon pays qui a tué ma mère !

– Ne dis pas ça, Greg. C'est aussi ton pays qui l'a fait vivre.

John prit une autre enveloppe, scellée, et la remit à son fils.

# 37

Si la voiture était identique – une BMW noire, moteur turbo, toit ouvrant –, le conducteur, lui, n'était plus le même. Greg avait loué le véhicule à Burlington ; il le rendrait à San Francisco où il allait retrouver Fred et Teresa. « Mais qu'est-ce qui m'arrive ? » ne cessait-il de répéter.

Il en était à sa troisième journée de voyage qui le ferait dormir aux environs de Salt Lake City, Utah. Par la fenêtre ouverte du toit, il laissait les premiers vents tièdes du début de mars entremêler ses longs cheveux châtains qu'il ne coiffait plus depuis de nombreuses semaines. Depuis qu'il avait laissé son visage buriné être envahi par une savane de poils sauvages, il ne reconnaissait plus dans les miroirs et le rétroviseur le Greg fier, responsable et irréprochable qui avait quitté la Californie il y a trois mois pour récupérer la boîte noire la plus recherchée au monde.

Il roulait à fond, insouciant des limites de vitesse. Il souhaitait même se faire intercepter par un policier pour s'offrir un interlocuteur à qui il pourrait hurler sa solitude, son désespoir et sa haine du mensonge.

Il n'avait plus pour son pays le même respect. Il n'avait plus de la planète la même vision. Fred, cet ami à qui il devait tout, devrait maintenant s'expliquer. Pourquoi l'avait-il recommandé à la NASA ? Pourquoi ne l'avait-il pas averti que l'Afrique allait le transformer ? Pourquoi ne lui avait-il jamais parlé du secret que son père avait sans doute partagé avec lui ?

Il loua une chambre de motel, « au rez-de-chaussée, avait-il spécifié au gérant. S'il y a un tremblement de terre, je veux que tout me tombe dessus ». Le gérant avait souri. Le lendemain, très tôt, toujours vivant, il reprit la route vers San Francisco.

Greg tournait et retournait l'enveloppe entre ses doigts. Il devait la remettre à Fred, à qui son père et lui avaient téléphoné la veille du départ pour l'informer du retour de l'enfant prodigue.

– N'oublie pas l'enveloppe. Il y a des années que je voulais lui remettre ce document, avait répété John en refermant la portière de la voiture.

Greg parti, il avait rappelé Fred pour lui donner des détails supplémentaires et lui raconter comment son fils avait changé.

Greg rendit la voiture au préposé de la location et téléphona à Teresa pour l'informer de son arrivée. Sur le répondeur, un message intrigant était enregistré : « Bonjour, nous sommes absents pour quelques heures. Greg, si tu appelles, viens directement à la maison. On t'expliquera. » Inquiet, il sauta dans un taxi. Il se rendit dans le jardin où il trouva la clé de secours, toujours cachée au même endroit. Il désamorça le système de sécurité dont il connaissait le code et s'installa dans la chambre d'invités. Le téléphone sonna.

– Ah ! Greg ! dit Teresa. Je suis heureuse de te savoir là.

– Que se passe-t-il ?

– Rien de grave, mais Fred a eu un petit malaise ce matin. On est toujours à l'hôpital. Il subit des tests. Ça ressemble à de l'arythmie. Le médecin va décider s'il rentre à la maison ou s'il doit rester sous surveillance.

Greg était pétrifié. Fred, malade : jamais il n'aurait imaginé cet homme en parfaite santé victime d'un malaise cardiaque. Pendant un instant, il l'imagina mort. C'en était trop. Après tous ces cadavres qui avaient meublé son existence au cours des dernières années, après l'Afrique et le sida, voilà que cette mort sournoise rôdait autour de son ami.

– Que puis-je faire pour vous ? demanda-t-il en se trouvant ridicule.

– Rien. Tout est sous contrôle, répondit Teresa. Je te rappelle d'ici une heure. On est vraiment désolés de ne pas être là pour t'accueillir. Il y a tellement longtemps qu'on s'est vus... Allez ! À plus tard.

Greg se servit un whisky. Double. Il erra dans la maison, s'y sentant à la fois étranger et parfaitement chez lui. Il en connaissait tous les recoins, mais, comme un chat, se sentit obligé de se réapproprier le territoire. Il visita les pièces une à une, frôlant les meubles, glissant ses doigts sur le dossier des chaises et des fauteuils. Il se permit même un regard furtif dans la chambre de Fred et Teresa. Il y nota une photo encadrée : John, Madeleine et Greg, âgé d'environ six ans. Il était décidément chez lui. Il imagina que si ses amis avaient eu l'enfant souhaité, une autre photo que celle-là aurait trôné sur la table de chevet. Il en profita pour y déposer, à côté de la photo, l'enveloppe que John lui avait remise. Puis il se fit couler un bain, installa ses pénates dans « sa » chambre et attendit. Un silence étrange régnait dans la maison. Les Truman n'avaient ni chien ni chat. Pas d'oiseau en cage, pas d'aquarium. Seuls des photos, des tableaux et un portrait de Greg peint par Madeleine habillaient les murs. Il se trouva ingrat de ne pas leur avoir donné signe de vie depuis près de deux mois. Mais ce Greg « ingrat » n'existait plus. Le nouveau Greg devait maintenant reconquérir sa place auprès de ses amis. Le téléphone le tira de ses réflexions.

– Nous rentrons, claironna fièrement Teresa. Mon homme n'est pas à la veille de mourir !

Greg entendit Fred éclater de rire derrière la voix de Teresa.

****

Les retrouvailles furent un cocktail d'émotions, de curiosité, de réconfort et d'inquiétude. Fred n'avait subi qu'une légère chute de pression artérielle, sans doute provoquée par du surmenage, avait dit le cardiologue. Mais Greg remarqua une petite distance entre Fred et eux, une minuscule absence où il sentit que cet incident avait sonné une alarme qui menaçait maintenant de se faire entendre à tout moment. Il s'approcha de son ami et lui mit la main sur le bras, discrètement. Fred se retourna, lui sourit et lui tapota la main, l'air de dire : « Ne t'en fais pas. Merci d'être là. »

La problème de santé de Fred occupa à ce point la conversation qu'il oublia de dire à son protégé qu'il avait contacté Langsworth, son patron, pour l'informer du retour au pays de son jeune enquêteur. Après le repas, Fred s'était éclipsé quelques minutes vers sa chambre où il avait trouvé l'enveloppe dont John lui avait parlé la veille.

Greg venait de se retirer dans sa chambre lorsque Teresa remarqua l'air inquiet de son mari.

– Fred, tu me caches quelque chose, dit-elle en fermant les portes du salon.

– J'allais justement t'en parler, répondit Fred en s'écrasant dans un fauteuil.

Il agita l'enveloppe sous les yeux de sa femme.

– Là-dedans, il y a de la dynamite.

Teresa comprit vite.

– John a parlé ?

– Il n'a pas tout dit…

– C'est ce qui t'a troublé aujourd'hui ?

– Peut-être. Je savais que ce jour allait arriver, mais je n'imaginais pas que ça pouvait me toucher autant. Pourtant, ça ne change rien à notre vie. C'est John qui l'avait demandé. Mais j'ai l'impression qu'une fois le secret révélé, ce ne sera pas la fin, mais le début de quelque chose.

Teresa s'approcha de son homme et lui caressa le cou et les joues.

– Tu n'es pas seul, mon amour. Tu n'as pas à t'inquiéter. Allons dormir. On verra tout cela demain.

# 38

– On ne s'est pas beaucoup parlé de la boîte noire, hier soir, dit Fred.

– Y a-t-il un problème ? demanda Greg.

L'apparent détachement surprit son ami. John avait vu juste ; Greg avait changé. Fred expliqua que la boîte avait livré ses secrets juste à temps, que l'enquête avait été prolongée et que la réputation de Greg Robertson était sans taches.

– Sauf pour ces deux derniers mois, poursuivit-il. Personne n'a compris. Les rumeurs les plus folles ont circulé. Certains t'ont cru malade. Mort. D'autres ont prétendu que tu avais disparu avec une jeune Indienne. Sans compter les factures qui s'accumulaient sur la carte de crédit. J'ai dû intervenir pour qu'on ne l'annule pas.

Greg ne baissa pas la tête comme il l'aurait fait il y a quelques mois devant l'évidence d'une gaffe ou d'un manque de jugement.

– Je rembourserai toutes les dépenses jugées personnelles, répondit Greg. Passons aux choses sérieuses... Je ne sais pas ce que je vais devenir, mais je sais ce que je ne deviendrai pas : un enquêteur pour Langsworth.

La phrase fut lancée comme un gros caillou au bout d'une catapulte. Elle fracassa le rêve de Fred avec une telle violence qu'il en sourit au lieu de se montrer catastrophé. Teresa ne disait pas un mot. Elle observait de près le visage de Fred pour y déceler la moindre trace de malaise.

– Je suis désolé, Fred, reprit Greg. Je sais tout ce que tu as fait pour moi. Tu as mis ta réputation en jeu pour me faire avancer dans ce métier. Mais je suis rendu ailleurs, tu comprends ? Ailleurs... C'est pourquoi je t'ai fait parvenir la boîte noire. Elle t'appartenait plus qu'à moi. Tu t'étais engagé à la retrouver.

– Non, Greg. Je ne m'étais engagé qu'à présenter la candidature d'un homme compétent... et que j'aime. Tu as bien fait ton travail. Merci. Mais je veux comprendre ce qui t'arrive. Où que tu ailles, je te soutiendrai. C'est ton choix. Pas le mien.

Greg avala une gorgée de café tiède. Il raconta en détail son délire africain, le choc des secrets et des mensonges, la découverte de la puissance de la passion, la régression d'un homme vers son enfance.

– Il n'y a plus de place pour le mensonge et l'illusion, dit-il avec l'assurance juvénile de ceux qui découvrent qu'il existe plusieurs vérités dans la vie. J'ai compris, grâce à toi, que ça ne donne rien de chercher à décoder ce qui se passe dans l'univers si on ne sait pas comprendre qui on est, à l'intérieur de soi. J'ai découvert en Afrique que j'étais aussi, et peut-être plus, le fils de ma mère que de mon père. J'ai suivi les traces suggérées par John, mais au fond de moi, ce sont les traces de ma mère que j'aurais souhaité retrouver.

Pendant que Greg continuait à soliloquer à grands traits de vérités et de principes, Teresa fit signe que oui avec la tête en fixant Fred dans les yeux. Lorsque Greg s'interrompit, lui-même étonné de tout ce qu'il venait de dire, Fred se racla la gorge, comme John le faisait si souvent lorsque l'émotion bloquait la parole. Greg le remarqua. Fred mit la main dans la poche de sa chemise et en sortit l'enveloppe apportée par Greg. Il la déposa sur la table.

– Ton père m'a fait parvenir cette enveloppe en me demandant de décider si elle devait être ouverte. Elle t'appartient. Ouvre-la.

Étonné, freiné dans son élan, Greg saisit l'enveloppe. À l'intérieur, deux pages avec l'en-tête de l'Hôpital général de Boston. Une date : le 15 décembre 1980. « Par la présente, nous confirmons avoir transplanté le cœur de madame Madeleine Robertson, décédée accidentellement le 14 décembre 1980 près de Burlington, Vermont, à monsieur Fred Truman, de Boston. »

Greg cessa de lire. Livide, il regarda Fred comme s'il n'existait pas. Tétanisé, aboli, il fixait droit dans les yeux cet homme qui, depuis plus de vingt ans, avait prolongé la vie de sa mère sans le dire. Fred et

Teresa se précipitèrent pour l'entourer de leurs bras, lui caresser le visage et la nuque, le pétrir comme leur enfant. Ils pleuraient tous les deux, sans dire un mot, noyés de bonheur et d'angoisse. Greg, les yeux secs, les repoussa doucement.

Il lut et relut le document de l'hôpital.

– Maman t'a sauvé la vie, dit-il.

– Je souffrais d'une maladie héréditaire, la cardiomyopathie hypertrophique... une défaillance des deux ventricules. Je terminais mon doctorat à Boston. J'avais trente ans. Avec la transplantation, on me donnait soixante-dix pour cent de chances de vivre encore dix ans. Vingt-quatre ans plus tard, je suis encore vivant.

– Mais pourquoi ne me l'as-tu jamais dit ?

C'était la question que redoutait Fred, celle qui l'avait perturbé hier, après la conversation téléphonique avec John. La question qui l'avait mené à l'hôpital. John avait donné à Greg des détails qu'il ignorait sur la mort de sa mère, mais avait laissé à Fred le soin d'aller au bout de l'histoire. Essoufflé par tant d'émotion, il regarda Teresa, qui prit la parole.

– Je crois que ton père t'a raconté à quel point il se sentait responsable de la mort de Madeleine.

Greg fit signe que oui.

– Il avait décidé de compenser la disparition de ta mère par une hyperprésence, par une générosité sans limites. Sans te faire oublier Madeleine, il voulait te forcer à te concentrer sur ta réussite personnelle et tes succès. Tout devait être axé vers toi. Si tu avais su que le cœur de ta mère battait toujours, il était convaincu que tu te serais éloigné de lui pour te rapprocher de la personne qui avait le cœur de ta mère. Il ne voulait pas te perdre. En même temps, il savait que le cœur de ta mère vivait dans la poitrine de Fred. Il se sentait incapable de laisser une autre femme s'approcher de lui. Il avait la folle impression qu'il l'aurait trompée ! Il nous a demandé de ne pas t'en parler.

– Mais il m'a malgré tout jeté dans les bras de Fred, si je puis dire.

– Oui, dit Fred en riant. Dans mes bras... pour notre plus grand bonheur !

– Tu m'as dit, un jour, que vous vous étiez rencontrés lors d'un séjour de Fred à l'hôpital. C'était pour cette opération ?

– Tout à fait, dit Teresa. Je travaillais comme infirmière en chirurgie cardiaque. Fred fut mon patient... Et, plus tard, mon amoureux.

Greg n'arrivait pas à s'arracher du texte du certificat de l'hôpital. Il tenait entre ses doigts la preuve qu'on lui avait menti, qu'on ne lui avait jamais fait confiance depuis vingt-quatre ans. Il se leva et se mit à marcher en cercle. Il tremblait de rage.

– Vous m'aimez, dit Greg. Oui, vous m'aimez tellement que vous m'avez isolé dans un monde irréel... Un monde qui n'a servi qu'à protéger vos vies au lieu de m'aider à développer la mienne ; ma vraie vie.

Greg s'arrêta. Teresa et Fred reculèrent.

– J'ai trente-quatre ans, et j'ai l'impression de sortir d'un incubateur où l'on a essayé de me cloner pour faire de moi un homme idéal… Je suis devenu un monstre agréable à regarder ! hurla-t-il.

Fred et Teresa se glissèrent sur le divan en se rapprochant l'un de l'autre.

– N'ayez pas peur, dit-il avec un rire moqueur. Je ne suis pas méchant. Je ne peux pas être méchant… on ne me l'a jamais enseigné. Parce que, vous le savez bien, je ne sais faire que ce que l'on m'a appris. Être champion, réussir, obtenir des diplômes, suivre les traces de mon maître, déménager, attendre, serrer la main du monsieur, me taire, dire oui quand il le faut, partir, chercher, trouver… C'est moi tout cela. Moi, Greg Robertson, enfant modèle, homme irréprochable, fils respectueux, ami fiable. On se sert même de moi pour transporter le message qui confirme ma soumission la plus totale, mon obéissance la plus aveugle, la preuve de mon incapacité de comprendre la vie ; la vraie vie… Celle des adultes, celle où les gens mentent, meurent, se taisent, font semblant. Je suis aujourd'hui une sorte d'eunuque : émasculé, incapable de se reproduire. Un trophée ; je suis votre trophée ! Vous avez tous gagné contre la mort en me dépouillant de ma vie. Je vous ai cru. Je vous ai aimé. *Shit*[26] ! Je vous aime encore. Je ne sais faire que cela : aimer ceux qu'on m'a appris à aimer. Je n'arrive même pas à aimer par moi-même. Faut-il que je

[26] Merde !

meure à mon tour pour pouvoir renaître et vivre... ? Comme ma mère !

Il s'effondra sur le divan, prostré, incapable de pleurer.

Fred et Teresa étaient livides. Ils se tenaient la main comme des enfants paralysés par la peur. Greg était en crise. Ils n'osaient le toucher, l'apaiser, lui parler. Ils craignaient surtout qu'il ne claque la porte et parte, pour ne jamais revenir. Teresa se glissa doucement à ses côtés sur le divan. Elle ne quittait pas Fred des yeux, de peur qu'il ne subisse une autre chute de pression.

– Puis-je te parler ?

Il fit signe que oui. Teresa, d'un coup d'œil, demanda à Fred de se retirer. Il monta vers sa chambre. Teresa sentait qu'il valait mieux parler à Greg sans que Fred, par sa présence, ne donne l'impression d'être juge de la situation.

– On n'a jamais voulu te mentir, Greg. On n'a tout simplement pas su comment t'aimer. On a essayé, du mieux qu'on pouvait. À ce que je vois, on a tout raté. Tu nous en veux beaucoup ?

– Je ne sais pas comment avoir de la rancune, répondit-il sans la regarder, la tête dans les mains. Vous ne me l'avez jamais appris. Ni vous ni mon père...

Teresa garda un petit silence avant de poursuivre. Était-ce le moment de chercher des explications ? des coupables ?

– Tu nous as raconté l'histoire incroyable de Sarah qui s'était déguisée en garçon pour survivre, dit-elle. Si elle n'avait pas menti, Sarah, elle serait sans doute morte.

Greg expira lourdement. Il se sentit soulagé d'entendre Teresa lui parler malgré l'orage de fiel qu'il venait de déverser sur elle et Fred.

– Je dois apprendre à vivre seul, dit-il en l'embrassant.

Il monta dormir.

# 39

Le minibus secouait la demi-douzaine de touristes indiens qui avaient déboursé une petite fortune dans l'espoir d'observer, ne serait-ce que pendant cinq minutes, quelques-uns des trois cents gorilles qui vivaient encore dans le parc national de Bwindi. Ils venaient de quitter Kabale, la seule ville de la région qui pouvait accueillir des visiteurs. En une demi-heure, ils seraient aux portes de cette forêt qualifiée d'« impénétrable » par les autorités ougandaises. Leur guide, une jeune Indienne de moins de trente ans, leur racontait les efforts incroyables déployés par le gouvernement de Kampala pour conserver au parc Bwindi son titre de « Site naturel classé au patrimoine mondial » par l'UNESCO.

– Trois cent trente-six espèces d'oiseaux, cent vingt espèces de mammifères, deux cent deux espèces de papillons, récitait-elle, sans compter les vingt-trois familles de gorilles, une espèce menacée d'extinction.

– Dites-moi, Nisha, demanda un homme armé d'une caméra avec une lentille de trente centimètres, quelles sont nos chances de voir les gorilles ?

– Entre dix et vingt pour cent, répondit la jeune femme. Mais c'est la saison des pluies et il n'y a pas beaucoup de visiteurs. Vos chances sont donc meilleures, car les grands singes sont moins dérangés en ce temps de l'année.

Depuis plus d'un an, Nisha avait monté, avec le soutien financier de son oncle, une petite entreprise qui se spécialisait dans l'accueil de touristes et de visiteurs indiens. Ses compatriotes venaient de plus en plus nombreux explorer les occasions d'affaires en Ouganda et Nisha avait eu l'idée de leur offrir des séjours sous la tente dans les parcs nationaux. Celui de Bwindi figurait en tête du palmarès à cause de la réputation de ces grands singes en voie de disparition, les gorilles. Depuis la guerre civile au Rwanda, et compte tenu de la mauvaise réputation de la République démocratique du Congo pour la sécurité des visiteurs étrangers, l'Ouganda profitait d'une importante poussée du tourisme basé sur l'observation de la nature.

– Et si vous n'en voyez aucun, poursuivit-elle, alors il y a une boutique à Kampala où l'on vend de magnifiques photos.

Elle leur en fit voir quelques-unes.

– Jamais vous n'arriverez à approcher les singes comme ce photographe a pu le faire.

****

– Robertson, voici les dernières photos satellites. On les a reçues ce matin à Kampala. Exceptionnelles !

Greg Robertson, admiratif, passa de longues minutes à comparer les clichés les plus récents et ceux des dernières années.

– Tu vois, dit-il à son collègue britannique, on a maintenant la preuve. Le gouvernement va pouvoir agir.

Depuis un an, Greg s'était installé en Ouganda, où il avait accepté de revenir dans le cadre d'un programme conjoint de l'Agence spatiale européenne et de l'UNESCO. Le projet nommé BEG, pour *Build Environment for Gorillas*[27], était unique au monde. Les satellites de l'Agence spatiale européenne photographiaient les parcs nationaux du Rwanda, de la République démocratique du Congo et de l'Ouganda, afin d'observer le déplacement des gorilles et les changements de leur habitat. Ce matin, en comparant avec des images satellites d'archives, Greg pouvait faire la preuve de la dégradation de l'habitat des primates au cours des quatorze dernières années.

– La population humaine en périphérie du parc est en train d'exploser, dit-il, surtout à cause des réfugiés des pays voisins en guerre. La déforestation est évidente. Les gorilles ont de moins en moins de place pour se nourrir et se multiplier. Il faut alerter l'opinion publique. Il faut agir !

[27] Bâtir un environnement pour les gorilles.

Son collègue, installé depuis mille neuf cent quatre-vingt-six au campement permanent de Ruhija, était stimulé par l'énergie que ce nouveau venu déployait pour préserver les animaux de Bwindi.

Après son retour en Amérique, Greg avait décidé de repartir à zéro, de se rebâtir une vie. Il avait remis sa démission à la NASA, coupé peu à peu les ponts avec Fred et Teresa et ignoré les invitations à renouer avec Brenda, que son mari avait abandonnée quelques mois après la naissance de leur enfant. Seul John avait droit à des nouvelles de temps à autre. Greg avait lu dans une revue spécialisée qu'on cherchait des candidats pour un programme expérimental de protection des gorilles. Il n'avait pas hésité une seconde lorsqu'on l'avait sélectionné. Ce n'est pas tant son expérience en technologie de l'espace qui avait impressionné le jury que sa passion pour les animaux. « Même si vous refusez ma candidature, j'irai malgré tout. Je crois plus aux animaux qu'aux hommes, avait-il déclaré. Ils ne peuvent pas mentir. »

On lui avait confié le poste le plus périlleux. Il lui fallait se rendre au cœur de cette jungle « impénétrable » pour y planter des balises électroniques dont les ondes étaient reçues par des capteurs spéciaux installés dans les satellites. Son long séjour en forêt l'avait transformé en ermite. Il y avait réalisé des centaines de photographies des gorilles et esquissé autant de dessins calqués sur les photographies. Son collègue en avait tiré des cartes postales qu'on vendait maintenant aux touristes à Kampala, où il ne se rendait que très rarement.

* * * *

– Faites vite, criait Nisha, nous sommes à une heure d'Entebbe. Et l'avion n'attendra pas !

Le petit clan de touristes indiens avait obtenu de leur guide l'autorisation d'arrêter pendant une vingtaine de minutes au marché central de Kampala. Ils achevaient leur séjour de deux semaines en Ouganda et devaient s'envoler vers Mumbay dans quelques heures. Et, comme pour tous les touristes, à quelques heures du départ, ils avaient une envie frénétique de dépenser tous les shillings qu'il leur restait. Ils voltigeaient d'une boutique à l'autre, attrapant n'importe quoi qui ressemblait à un souvenir d'Afrique : tire-bouchon d'ébène en forme de crocodile, bracelets de faux jade, turbans multicolores dont l'étiquette « *made in India*[28] » avait échappé à leur regard.

– Et les photos ? demanda un homme. Les gorilles ?

Nisha les mena vers une boutique du *Wild Life Conservation Project*[29] où des photographies émouvantes de la vie des gorilles étaient en vente. Elles étaient signées : « Greg R. »

– Voici mes clients, dit Nisha à la vendeuse. Il faut faire vite. Ils ont un avion à prendre dans moins de trois heures.

Nisha fut intriguée par les yeux de la vendeuse.

---

[28] Fabriqué en Inde.
[29] Projet de protection de la vie sauvage.

– J'ai l'impression de vous avoir déjà vue quelque part, lui dit-elle.

La vendeuse lui sourit et se tourna vers les clients. Elle portait une jupe ample, légèrement ballonnée par son ventre gonflé. Sur son chemisier multicolore, une épinglette affichait son prénom : « Sarah. »

Ce n'était pas la première fois que Sarah voyait cette guide indienne se précipiter à son comptoir en compagnie de touristes. Dès la première visite, elle l'avait reconnue. Elle avait décidé de ne pas lui révéler son identité. Pourtant, elle lui devait, indirectement, d'être redevenue une femme. Elle avait même eu envie de la prendre par le cou et de l'embrasser en la remerciant. Mais c'était retourner dans une autre vie.

Après le départ de Greg, Gloria s'était beaucoup occupée d'elle. Elle l'avait adoptée, d'une certaine façon. Elle lui avait trouvé un poste de bénévole dans un hôpital pour sidéens de la capitale. C'est là qu'elle avait rencontré le fils d'un homme malade, qu'elle avait accompagné jusqu'à la mort. Le fils était revenu la voir pour la remercier. Ils s'étaient liés d'amitié, puis l'amour avait fait son chemin… jusqu'à ce qu'elle devienne enceinte. Le père de l'enfant travaillait dans une des boutiques du Wild Life Conservation Project où elle était maintenant vendeuse. Sarah était rayonnante et sa beauté, remarquée par tous les clients.

– Vous connaissez l'identité du photographe ? demanda un touriste en montrant une carte postale où l'on voyait une mère gorille abattue et dépecée à côté de son bébé aux yeux ahuris.

Sarah lut le prénom suivi de la lettre « R », qu'elle n'avait jamais remarqué. Elle fut tellement émue qu'elle faillit en pleurer.

– Non, monsieur, répondit-elle.

– Le sort des enfants semble vous émouvoir, dit l'homme.

Elle ne répondit pas, encaissa l'argent et se réfugia dans l'arrière-boutique pour s'éponger les yeux.

* * * *

– L'avion de Londres est-il à l'heure ? demanda Greg.

– Oui. Il atterrit dans dix minutes.

Le grand Américain sauvage, barbu, faisait les cent pas dans l'aéroport, l'appareil photo accroché à l'épaule. Il s'amusait à regarder les présentoirs de cartes postales où figuraient de nombreuses photos de gorilles signées : « Greg R. » Il n'avait pas photographié un seul être humain depuis près de deux ans. Que des animaux, des papillons et des fleurs. Il se rappela le jour où il attendait son père à l'aéroport de Burbank et du plaisir qu'il avait pris à le photographier à son insu. Il allait renouer avec les humains aujourd'hui. John venait le visiter. Afin d'ajuster le foyer de sa lentille zoom, il braqua son appareil vers le comptoir des compagnies aériennes. Il fixa l'objectif sur Air India. Un groupe de touristes discutaient avec leur guide. Soudain, il figea. Nisha saluait des Indiens qui franchissaient le cordon de la sécurité nationale. Il l'observa avec émotion. Voulait-il la revoir ? Allait-il relancer cette aventure ? Il abaissa la lentille lorsqu'il la vit se diriger dans sa direction. Il ne bougea pas, comme pour laisser au hasard le soin de décider de ce qui allait se passer. Elle ralentit en s'approchant, le regarda avec curiosité et continua. Plus loin, elle se retourna et jeta un autre coup d'œil discret vers ce barbu qu'elle semblait reconnaître.

« British Airways annonce l'arrivée du vol de Londres. »

L'annonce dans les haut-parleurs déconcentra Greg qui jeta un œil sur le tableau. L'avion roulait sur la piste. Il se retourna. Nisha avait disparu.

Quarante-cinq minutes plus tard, Greg mitrailla de loin, avec son appareil photo, un homme grand, amaigri, qui cherchait du regard son fils. Ils s'étreignirent en silence.

– Mon Greg… Comment ça va ? balbutia John.

– Et toi ? Le voyage a dû te fatiguer.

– Tu ne seras jamais assez loin pour que je n'aie pas l'énergie pour venir te voir.

– Viens, on va d'abord passer deux jours à Kampala. Ensuite, je t'emmène voir mon nouvel habitat.

– C'est loin ?

– Ce ne sera jamais trop loin pour me priver de la fraternité des animaux.

Ils se dirigèrent vers la sortie.

– Avant que je n'oublie, dit John, Teresa t'embrasse bien fort.

– Comment va-t-elle ?

– Mieux, maintenant. La mort de Fred l'a bouleversée. Elle vient de vendre la maison de San Francisco. Elle a décidé de poursuivre sa vie au Chili. Elle part pour Santiago la semaine prochaine.

En franchissant la porte de l'aérogare, Greg ne remarqua pas Nisha qui, en retrait, les regarda monter dans une camionnette dont elle nota le numéro de plaque.

(Montréal, novembre 2004 — mai 2005).

28/10/08

Louis A. Boudreau

**Remerciements**

Dans ce retour en Ouganda, je me suis souvenu avec émotion de la complicité de mon compagnon et ami, Karl Parent, avec qui j'ai produit un reportage sur les orphelins du sida, en 1992, pour la télévision de la Société Radio-Canada.

Dans le développement de mes personnages et de leur quête, j'ai apprécié le regard discret, l'appui généreux et les interventions pertinentes de ma directrice littéraire, Monique-H. Messier.

Dans la solitude de l'écriture, j'ai pu compter sur l'amour, la complicité et le sens critique de Francine, ma compagne.

Cet ouvrage a été composé en Usherwood book corps 12,5/14,5
et achevé d'imprimer au Canada en octobre 2005 sur les
presses de Quebecor World Lebonfon, Val-d'Or.